好讀出版

連臺好戲

一代新聞工作者林今開
重新素顏登場

林今開／著

目錄／

專文推薦　《連臺好戲》——讓我更以記者工作為傲　文／詹怡宜……8
專文推薦　新聞記者眼中的浮世繪　文／王御風……10
妻之序言　林今開遺著新版序　文／周碧瑟……13
妻之序言　把林今開還給讀者　文／周碧瑟……14
一、最早的一課……18
二、母難日……28
三、一縷青煙……37
四、強盜和乞丐……44
五、殺手與神父……55
六、一分之差……66

七、李連春的連臺好戲……81
八、包龍眼的紙……92
九、黑驢子之夢……98
十、焚稿嫁女報平安——喜帖……109
十一、能傳家缽似君稀……112
十二、月夜換馬奔豐田……120
十三、機器人遊臺北……132
十四、戲如人生……142
十五、小就美……144
十六、傳家之寶……146

十七、高處不勝寒……158
十八、郵差父子……165
十九、花燭下的祈願……175
廿、雨中殘荷……179
廿一、相看兩不厭……182
廿二、啞寺之夢……187
廿三、說「們們」……193
廿四、假冒……196
廿五、三面鏡子……204
廿六、「北京人」的遺風……212

廿七、老書僮遊美記……221

廿八、魚淵行動……240

廿九、死亡的迴響……251

卅、兩個太陽……256

賞析推薦　且聽狂人說故事——重讀林今開《連臺好戲》　文／歐宗智……264

【專文推薦】

《連臺好戲》——讓我更以記者工作為傲

文／詹怡宜
TVBS新聞部總監

這幾年記者這個行業的負評越來越多，我總是很不甘心。拜讀林今開前輩的《連臺好戲》，那種不甘心的記者魂又被召喚出來。不是跑新聞要跑出獨家來證明自己的那種熱情，是一種想認真把「成為好記者」作為一生志業的尊貴記者魂。一篇篇高度真實的故事提醒我，記者有以下幾個特質，不因時空改變：

記者是有趣的人。有趣的人是對事情總有高度興趣的人，對生活感到好奇才會積極發問，問對問題才能得到好答案和好故事。我對林今開先生描寫的糧食局長李連春的故事讚嘆不已。特別是從一張〈包龍眼的紙〉窮追不捨，推敲出一九五一年一幕臺北松山機場傳奇見聞的過程，若非本身是好奇有趣之人不可能做到。

記者是富正義感的人。通常因使命感而來的傻勁的確讓記者們願意不眠不休，但林今開先生的〈黑驢子之夢〉把他自己使命感的由來說得格外具體。「當年爲了討叔叔喜歡，曾放過田邊的一批黑驢子，作踐的只是幾根稻穗而已，今天，我如果再聽從『叔叔們』的話，放任社會上的『黑驢子』，受作踐的就不再只是幾根稻子了。」我們記者的工作總是不斷在面對社會上的鄉愿「叔叔們」，勇氣是記者的必要條件。

記者是會說故事的人。既稱故事，不是抽象論述，是從人的生活對話、細微情感、前因後果的具體描述，給人身歷其境的時空錯覺。唯有對生命經驗感興趣、懂得生活且能設身處地的人，才能把故事說得觸動人心。而且他的文字中「故事」多於「意見」，證明他一直是記者，沒有成為名嘴。

佩服這位有著尊貴記者魂與精采生活的前輩，《連臺好戲》讓我更以記者工作為傲。

【專文推薦】

新聞記者眼中的浮世繪

文／王御風
國立高雄海洋科技大學基礎教育中心助理教授
前《台灣日報》記者

如果要說有哪一種職業，可以增廣見聞、拓展人脈，加上鍛鍊文筆，那應該就是新聞記者。

當新聞記者，必須要交遊廣闊，這樣才有源源不絕的情報。也必須要樣樣「懂一點」，否則無法與採訪者暢所欲言。這些特點，都在新聞前輩林今開的《連臺好戲》中展現無遺。林今開的書中，可說是橫跨多個領域，題材相當多元，有醫學、有藝術、有糧食、有幫派、有對各國的文化比較，雖說這是林今開用多篇文章串連起一生，也可看到新聞記者閱歷豐富的一面，也是本書的一大特點。

但閱歷豐富，只是新聞記者的基本條件，一般人很難接觸的大官，對新聞記者來說，也只是個採訪對象，甚至有時候，還是個「諜對諜」的對手。〈李連春的連臺好戲〉一文中，就可看到糧食局長李連春如何與林今開「鬥智」，藉由林今開的筆，幫他解決一些問題。

實際上，在我短短的新聞經驗中，也常發生這種事，大家都以為記者有三頭六臂，可以發現只有「我、當事人及老天知」的弊案，實際上，這往往都是「高級線民」提供的情報，這些局長處長等級的「高級線民」在新聞見報時，SOP模式就是裝無辜，說他不知情，也感到驚訝，回去一定徹查，如有不法，一定查辦。這都是「連臺好戲」，因為要「處理」的人，背景太雄厚，如果公事公辦，必然無疾而終，倒不如訴諸輿論，藉人民力量解決。這種記者與官員的「共生」，在這篇文章中展現無遺。

只是記者何其多，真能脫穎而出，必須要有敏銳的「新聞眼」，在眾人不疑處看到蛛絲馬跡，循線追查，同樣是李連春擔綱主演的〈包龍眼的紙〉也看到林今開的功力，在一張包龍眼的紙中，看到了與平常不同的「異象」，遂展開新聞大追擊，上窮碧落下黃泉，終於找到真正的答案，這種「新聞大追擊」的功力，可以看到林今開的記者魂。

記者魂中除了鍥而不捨外，更重要是追尋「公平正義」，從林今開全書中，可以看到這種精神貫穿全書，〈黑驢子之夢〉更是展露無遺。〈黑驢子之夢〉講的是高雄醫學院院長杜聰明及當時高雄市長陳啟川的一段公案。臺灣首位博士杜聰明當年離開臺大醫學院後，立志要辦一間超越臺大的醫學院，後來拜訪高雄首富家族：陳家的陳啟川，陳啟川慨然捐出土地與金錢，辦了如今我們熟知的高雄醫學院，由杜聰明擔任院長，陳啟川家族掌管董事會，但後來杜聰明與陳啟川鬧翻，董事會要求杜聰明下臺，學生群起抗議，當時陳啟川已是高雄市長，這起「市長」與「院長」對決的事件轟動一時，最後則是杜聰明辭去院長、陳啟川退出董事會，雙雙下臺收場。在這種新聞場合中，新聞記者該如何報導？我們看到林今開在文中迂迴表達他經過深思後，最後決定仗義執言，但不為高層所喜，也被迫離開新聞圈，因此在〈黑驢子之夢〉中，林今開不再提此事件，改以一段寓言來說明他堅持的新聞之道，這也看到新聞記者「說實話」的難處。

既然不能說實話，那就插科打諢。《連臺好戲》中的每個小故事，應該都是林今開本身的經歷及所見所聞，但很多事情不能寫成新聞，只好寫成小說，不管是〈高處不勝寒〉、〈郵差父子〉都是如此，在〈傳家之寶〉中，更藉著老頑童柯傳夫子自道，「我寧願相信小說，而懷疑所有歷史」。在林今開戲謔的文章背後，其實有更多對人性、「真實」的觀察，讓我們思索，我們看到的新聞，究竟有多少是真實？這應該是林今開輕鬆有趣文字背後，最深刻的反思。

妻之序言——林今開遺著新版序

有一天，電子郵件出現臺中好讀出版簡伊婕編輯的來函，打算出版林今開《新狂人百相》與《連臺好戲》這兩本書，我回覆ＯＫ。就這樣，伊婕與總編輯鄧茵茵，兩人帶了合約書上臺北，請我在兄弟飯店用晚餐，並簽約。

我們三人，一見如故，暢談甚歡。茵茵說：當年學生時代，看到書訊報導一篇林今開的文章〈包龍眼的紙〉，但只刊了一半，她很好奇想知道究竟，於是向家裡申請「買書款」，就這樣，成了林今開的讀者。時隔數十年，至今再看，經得起時代的考驗，可讀性依然高。因此，林今開的遺著重新問世。

伊婕倒是對於我自己四十歲時寫的〈回顧來時路〉（發表於《中央日報》副刊，編輯將題目改為〈在貧窮中我活得泰然〉）那五千字，瞭如指掌，從結尾的十個字「隨緣惜緣（**對人**）；盡人事聽天命（**對事**）」談起，談到我生命中的一些告白，談到她眼眶泛紅……，令我震驚！

本來寫序，應該重閱全書，但是，不堪回首，牽動太多情感，擾亂我目前修行的心。因此，本文只就最近發生的事做一個交代，以為序言。

周碧瑟

寫於二〇一六年元月　禪七前夕

妻之序言——把林今開還給讀者

我認識林今開有十一年，嫁給他也有八年，在最近一年中，他相繼出了兩個集子❶。這本集子定名為《連臺好戲》，這原是書中一篇名，用之於書名，對書和人都很切題，因為他的一生相當戲劇化，又很能從現實生活中吸取戲劇的素質，而表現在他的散文和小說裡，串連起來讀，真的很像觀看幾場連臺好戲。

林今開的「戲路」著實很廣，連臺角色各有千秋，時間和空間涵蓋也很廣，這顯然跟他大半生從事新聞工作，又兼是個「雜學家」，很有密切的關聯；職業又使他成為徹頭徹尾的寫實主義，因此，他的短篇小說的廣度和真實度都很高。這集子，他不以作品的類別或年代編排，大致按「劇情」發生的年序而輯成。全書各篇我早已熟讀，而且大半由我手抄謄正。如今，輯成集子，從頭到尾讀了一遍，雖然各篇自成單元，互不相干，可是，綜覽整體，倒像是林今開的一本相當完整的自傳，縱使請他認真用傳記體寫一本自傳，恐怕也很難比這集子來得更自傳而更自然。

我是他的第二任老婆，從《連臺好戲》的戲目來看，我是在第十目〈焚稿嫁女報平安——喜帖〉的年代（一九七七年）起，登上了他的「戲臺」。那時我和林今開相識三年，已決心嫁他，只因父母以我這個才廿八歲「臺大醫學院碩士」的女兒，竟然下嫁為人續弦，當人晚娘，堅決反對；我又矢志不改，於是只好慢慢拖著，一直拖到林今開打算嫁女兒，而且女兒似乎有了「訊息」，我才真的著急起來：我再不結婚，恐怕就要當未婚祖母了，於是積極進行我的家庭「婚姻革命」，當時我家人以為我是奉「兒女之命」不能再拖了（其實也對，可不是嗎？），我就將計就計，終於如願以償。一轉眼，我已是兩個小學生的外婆了，大概我是世界上最年輕的祖母。

從嫁女的〈喜帖〉起，我重讀一遍，如同回顧我過去十一年人生旅程的影集。正如已故的前任國立陽明醫學院韓偉院長所言：「今開和碧瑟兩人是一體的。」我和今開是夫妻兼同事，生活的每一環節和景象幾乎完全緊扣重疊在一起。我一直伴著他走，走遍臺灣及世界好多角落，眼看他如何在「大千世界」中捕捉人生的素材，由我替他作筆記，然後帶回巢去，讓他慢慢釀製成文，再由我替他謄正，只一轉手，他又大改特改，我再謄正，每篇文章起碼反覆修改三、四次，甚至於七、八次之多。

在反覆謄改的過程中，個中滋味，唯我知之。最近在電視及廣播訪問節目中，我看到、也聽到幾位年輕名家很得意地自道：他們寫過的文章從不再看第二眼。此輩固屬「天才」，但失去那份跟文字「苦戀」的情趣。我們在王安石先生〈泊船瓜州〉一詩稿中，見得那句「春風又綠江南岸」的「綠」字，起初原用「到」，由「到」而「過」，而「入」，而「滿」……改了十來次，終於選定最貼切的「綠」字，而成此千古佳句❷。今開無此才情，書中少有佳句，而他勤能補拙，在反覆修正過程中，

---

❶ 另一本書為《新狂人百相》，於一九八五年夏天由皇冠出版社發行。二〇一六年下半年，好讀即將重新出版此書。

❷ 見宋代洪邁著《容齋續筆》之詞改字條。

我也能體味出類如〈泊船瓜州〉詩稿中那種推敲文字的情趣，尤其他的散文和小說，何止是斟句酌字？常在謄正中，突見佈局結構起了變化，此中驚喜之情，只有身為第一讀者的我才欣賞得到。

我人小膽粗，在抄寫今開的草稿時，有時會遇到很拗口的對白或不貼切的字眼，我會忍不住動它兩筆，今開大致同意照改。前幾年，今開收到一封遠自新加坡的老友馮龍雲先生來信說：「近來你的文字大有進步，而且偶爾在某些筆觸中會出現嫂夫人的影子。你的文章就是燒成灰燼，我也辨認得出。」讀了馮先生的信，今開和我無不心服，而且因得「文字知己」而喜不自勝。

兩年前的一個春夜，我正在美國紐奧良市杜蘭大學宿舍中沉睡著，被一陣電話鈴催醒，坐起接聽，那是林今開的三弟金楢遠自印尼雅加達打來的，他先為我當選中華民國第十屆十大傑出女青年而道賀，接著通知我：「今天我匯了一筆學費給妳。」在酣睡初醒，昏昏沉沉中，我對這突如其來的賀辭及贈款，一時不知如何以對，只輕輕說一聲「謝謝」！

「謝什麼？學問是用來服務人群，又不是妳私人的！」金楢此語擲地鏗鏘有聲，比他匯給我那筆學費重得多，在我心中，永烙難忘。因此，使我聯想到「作家原屬讀者的」。在我學成歸國之後，重新調整了我的生活，從今——一九八六年元旦起，也是我認識林今開的第十一年，我盡全力支持他卸下中華民國防癌協會的職務，全然把他交還給讀者，要他做個專業作家，不必再為瑣務而分心。

他確實這樣做了。不料，不出數月，就起了變化。蕭孟能先生為籌備《文星》復刊❸，跟我倆商量徵召林今開歸隊去。我雖生晚了，未逢《文星》之極盛，但從舊誌中頗為了解這一段光輝的事蹟，如今，今開有機會參與承繼此一使命重大的文化事業，並未違背今年元旦我倆所共同期許「作家還給讀者」的心願。寫序此刻，他已投入新《文星》，謹借此深深為他及所有文星人祝福。

周碧瑟

寫於國立陽明醫學院❹

一九八六年六月一日

---

❸《文星》雜誌：一本由文星書店創辦人蕭孟能創立於一九五七年的文化性雜誌，一九六五年底停刊；一九八六年九月一日復刊，一九八八年發行六月號後停刊。（編按）

❹國立陽明醫學院：已於一九九四年改制為國立陽明大學。（編按）

一、最早的一課

今年元宵節早晨，一位來自法國研究東方藝術的魯伊沙．柯黛小姐（Louisa Corday）經由天主教文化機構的介紹來看我，一見面，她微笑著說：

「林先生，我來訪問您，因為您曾經是一位出色的女演員。」

這話初聽可嚇人，使我立時掉入一個久遠的時光深淵中。記憶緩緩地提示我，在我童年時期，確曾斷斷續續地擔任好一段時光的「女演員」，此情此景早已褪色、稀淡，而幾乎遺忘。「柯黛小姐，」我覺得雙頰微微發燒著，「很久了，那是孩子玩兒戲罷了！沒有什麼好談的。」

「我感到興趣的，不在您的演技，而在您演過《放下你的鞭子》這本戲，是中國戲劇史上很突出的一齣劇本。我正計畫寫《中國抗日時期的戲劇運動》這本書，少不了這光輝的一章，希望您能幫助我。」

「在抗日時期，這是一齣家喻戶曉的街頭劇，在中國幾乎每一角落都演過，那時候，我年紀小，所知有限，妳應該到中國大陸去訪問比我大一輩的人，可能知道得完整些。」

「我從大陸過來的，當年戲劇工作者大都凋零星散，好容易人海中撈到了一、兩位，大都保持冷漠無言，或語焉不詳；其中倒有一位提起了您的大名，所以我特來拜訪，請您就記憶所及，不管怎樣瑣碎斷片，務必仔細告訴我。」

柯黛小姐伸手撳動她的手提錄音機，同時開始記錄我的談話。

一九三七年七月七日，日軍在盧溝橋引燃起戰火，驚醒了東方的睡獅，掀起了中國全民抗日的熱潮，在很短期間中，中國每一個地方都成立了「抗日後援會」。當時大眾傳播的力量很薄弱，於是全國大學、中學、小學生成為這熱潮的主力軍，那時，我在小學讀書，雖然羸弱多疾，派不上大用場，卻也投入大洪流中的小泡沫裡去。

那時候，全國學生最崇拜的對象，是上海女童軍楊惠敏❶，她曾趁黑夜游泳過黃浦江，把一面國旗送到在日軍包圍中的四行倉庫，而獻給浴血苦鬥中的八百壯士。我們只在圖片中，看到那彈痕累累的倉庫頂上飄揚著青天白日旗，都感動得不得了。在那天真幼稚的年代，竟然集會商議要求學校允許我們追隨楊惠敏姐姐上前線去。

這「熱症」顯然是全國流行性的，因此教育當局及時發出一項具有緩解作用的口號：「讀書就是救國」，在學校朝會或課堂上老師不斷地重申這個道理，使這股反應過度的熱流導向課本上；同時，每個學校——不論大、中、小學生，都紛紛組織抗日宣傳隊、劇宣隊、募捐隊。學生上街向人勸募愛

---

❶楊惠敏（一九一五～一九九二）：患腦中風重症，在臺北榮民總醫院療治，久久未醒，於一九九二年三月九日逝世，享壽七十八歲。（編按）

國捐款成為一項課外活動；到商店裡焚燒日貨，或強阻人家鋪張喜喪事，都沒人敢反抗。我九歲時，加入抗敵歌唱隊，那時正流行「一條鞭樂派」，主張歌唱不需鋼琴、風琴、口琴伴奏，只憑指揮者手中的一條鞭子，大家一齊跟著合唱；不久，我又被選入抗敵劇宣隊，開始走江湖演野戲。

當年盛行街頭劇，不用搭臺，大地處處皆舞臺，隨機演出，正如「一條鞭樂派」一樣，都是當時形勢造成的。在所有街頭劇中，最惡劣的一場戲是《毒井》，由男學生打扮成日本間諜，到人家水井放毒而被逮住，人家哪知道是演戲？於是假戲真作，險些被人家打死。這劇情過分誇張，不但危險萬狀，後遺症更大，害得各戶人家在水井上裝設蓋子，真是勞民傷財，後來就停演了。最轟動而感人的一齣，正是柯黛小姐所說的《放下你的鞭子》這幕戲。這戲最大的特色是沒有舞臺，隨處可演，派另個演員混在觀眾中，配合劇情製造高潮，極易感染氣氛而引起共鳴，達到驚人的戲劇效果。

街頭劇有個條件：道具和演員都應力求精簡。《放》劇在臺面上只有「父」與「女」兩角色，另外一個融入觀眾，戲就可以上演了。四十年前，劇運雖盛行，但是，除幾個大都市外，大陸各地民風都很閉塞，演出最大困難是「女演員」問題，尤以巡迴演出的街頭劇，真的是拋頭露臉到街上去，而且經常外宿不歸，很少女學生家長肯答應這樣做，學校也擔當不起這責任，因此，多由男生扮演女角，好在只需個小男孩，小到尚無性徵的表現，紮一條披巾在頭上，再穿上一襲女衫就得了，體態舉止稍加訓練即可；至於聲腔，男童女童原本無甚差別。

當時吾鄉縣邑由小學到中學，似乎只出一位出色的音樂老師江寶琛先生❷。他一身兼縣城許多中學和小學的音樂老師，也兼導演一手好戲。抗戰開始，他更加活躍，負起了全縣劇宣隊的訓練工作，尤其導演《放》劇特別出色。此戲是演江湖上兩個父女賣藝者，因此，江老師特地向外鄉請來一位江湖藝人來教練功夫，任由這位江湖師傅在學生中挑選人才。若論唱歌、講白，我樣樣都不如人，唯獨我天生一副軟骨骼，像麵人一樣，可任由師傅扭捏而被選上，很快就學會一套技藝功夫，連江湖人物都嘆為觀止。

經由短期訓練之後，我就能耍出一手好花棒，揮舞兩套好劍法；只幾個禮拜，我就能向後彎身下去，把背地一個茶杯咬起來，安放在面前地上。江老師認為《放》劇的情節單純而感人，唯賣藝一段難演，各地劇隊對此都只虛晃一下，我得此一技，必替本隊大大爭光。雖然，我身為男兒，當時社會風氣非常閉塞，又況我出身書香門第，不容我走江湖演野戲。家父身為中學數學教師，也許尚能容許，可是，我的奶奶、母親斷斷不肯答允。好在是男扮女角，正好瞞著大家，就這樣隨隊到外鄉走江湖演野戲去了。

演野戲，不搭臺子，演出之前，頭先找個好場地，通常選擇大廟口、市場邊、曬穀場等空地上。我扮演女兒，另派一位長得好高好大的中學生扮演老爸，他肩挑著一擔戲箱，我跟隨著走，走到合適場地，便打開箱子取出道具，我揹起花鼓，「老爸」敲起銅鑼，先把四處孩子吸引過來，接著，大人也圍擁過來，眼看觀眾集聚得差不多，先由我且唱且舞一支〈鳳陽花鼓〉歌：

---

❷ 江寶琛（一九一三～一九四三）：福建省福清縣人，抗戰末期，患瘋癲症而終。

咚咚嗆，咚咚嗆！
說鳳陽
道鳳陽
鳳陽本是個好地方
自從鬼子打進來
年年都要鬧飢荒
大户人家賣田地
小户人家賣兒郎
奴家沒有兒郎賣
身背花鼓走他鄉……
咚咚嗆……

觀眾聚多了，「老爸」才來個開場白。話從九一八事變說起，日軍佔領東北，姦淫擄掠，無惡不作，弄得他家破人亡，帶個孤女流落四方，無以謀生，賣藝度日，小女兒年紀尚幼，表演得好，請看官賞賜幾許掌聲；演得不好，多請海涵！

一聽「老爸」鑼鼓聲，我就知道該耍什麼花棒，或舞什麼劍法。表演過了，「老爸」拉起胡琴，由我再唱一支當年人人都會哼，但並不好唱的〈流亡三部曲〉，藉著這淒惻的歌曲把我賣藝者的身世描述了一番：

我的家住在東北松花江上
那裡有森林煤礦，
還有那滿山遍野的大豆高粱……

最難是那最後一段，嗓子要吊得好高：

爹娘啊！
爹娘啊！
哪年，哪月，
才能夠回到我那可愛的故鄉？

那時候，童子喉，不管唱得怎麼樣，再高的調子都吊得起來；接下去，由我表演特技，這在我比唱歌容易多了，好像練一套健身操那麼簡單。不過，按劇情，每回表演都得故意失手一下，這倒使我為難了。這本戲，我不知演過多少場次，只一次真失手，那回在一個機關禮堂舞臺上表演，我正反身弓背而下，看到我父親正坐在臺下觀賞，一驚失去平衡，跌倒在地；假失手，不好演，有時候正做得順手得意，在熱烈掌聲中，不免忘了「失一手」，「老爸」就瞪著死眼睛看我。這倒難怪他，我的失手，正是這本戲的高潮處，「老爸」才有機會舉起他的鞭條猛抽我的屁股，演出一場苦肉計，好掙點錢獻給我多苦多難的國家。雖然，江湖師傅教過「老爸」怎樣抽打，鞭條很響而屁股不痛，也替我在褲襠裡墊上一層厚羊皮，可是，打起來，我還是痛，不管痛不痛，我都要像死貓死雞一樣大聲哭叫，叫得四下觀眾心軟鼻酸，此時，突然由觀眾中躍出一條高頭大馬的壯漢來，厲聲粗氣地喝道：

「放下你的鞭子！」

全場空氣凝結了，那壯漢半側對著「老爸」，半側對著觀眾責問道：「這麼小，這麼可愛的女兒，你怎麼忍心這樣打她？老老實實地說，她是你親生的？還是你拐來的？」

噗的一響，那鞭條從「老爸」手中滑落在地上，我把頭低低垂下，不敢瞧一眼，渾身顫抖，聽「老爸」哭著向壯漢認錯、認罪，痛訴日軍怎樣燒殺家園，姦淫擄掠，無所不為，只把女兒搶救出來，流亡到此，賣藝為生，這幾天，小女不用心表演，常常失誤，一時氣憤，下手太重，苦苦哀求各位看官，體念父女倆迫於飢寒，出此下策，多加包涵！

「老哥，你太糊塗了！」那壯漢理直氣壯地教訓道：「聽你這麼說，你的仇人該是日本鬼子，應該去打日本人，怎麼打起女兒來呢？難道你嫌一家人受罪還不夠，再要加罪在女兒身上？你聽著，從今天起，我不許你再打女兒一下，她不是你的私產，她是中華的女兒，你可打不得，這裡有點錢，你拿去，另謀生計，好好把女兒養大！」

這時從人群中走出幾個好心人，一邊拭著眼淚，一邊掏出錢來，「老爸」趕緊端起銅鑼去承接，向看官叩頭又叩頭，認罪再認罪。這些觀眾倒是真觀眾，不過，這才是第一波次的賞錢，花招還有著呢！

「老爸」淚眼模糊，蹌蹌踉踉走過來，撫著我的頭髮，不，撫著我的頭巾，嗚咽著說：「女兒，爸真對不起妳，真委屈了妳，看死去媽的分上，原諒爸，打重了，還痛嗎？……」

「爸爸呀！——」我投向他的懷裡，「我，我，不……痛，不痛……」這時候，天上飄下一陣陣的錢雨，有彩紙的，也有金屬的，飄落在地上噹噹響。當年江老師很誇獎我叫「不痛」那一聲，其實，並非我有演戲天才，實在是很痛，硬要我叫不痛，自然而然會發出一種咬人心弦的淒切聲。

最後，「老爸」從戲箱中取出一幅紅聯，連同那位「觀眾」演員，三人手連手牽引著，聯布上呈現出一排鮮明斗大的白字：「XX縣抗日後援會第XX劇宣隊。全部賞錢充為救國基金，謝謝大家！」

驟然又起了狂風似的，從四方八面飄過來一陣又一陣的錢雨。此時，一道無形的帷幕垂落下來，一齣街頭劇至此終結。

喀嚓一聲，錄音機停止了，我這才注意到柯黛小姐的雙眼閃著晶瑩的淚光。

「沒想到，口述的《放》劇也能賺得妳幾滴眼淚。」我笑著說。

「使我感到心酸的倒不是劇情，而是小演員。一個小學生肯為國家這樣挨屁股，我聽起來覺得好難過。當時，你的年紀那麼小，怎麼忍得住挨鞭子呢？你一共演過幾場呢？挨過幾回鞭子？」

「演過無數場次、挨過無數下鞭打——從幼年演到少年，每一個假期，每一個年節，每一次大會戰的勝利或失敗之後，我們都有理由出去表演，每回演出幾乎都少不了《放》劇這一場。後來，我演的資格老了，索性留下披肩的長髮以便於化妝，這當然經過學校老師默許的。有一件事情很奇怪，在當時童子軍管訓時期，連我父母都不怎麼干涉我留下披肩長髮；也許，後來他們聽到了風聲，而不願揭穿這件事。我父母都很善於裝糊塗，才養成我這『糊塗世家』的子弟。」

「長年表演，場場挨打，你不會受傷？」

「通常是扮演『老爸』的❸打失手了，才會很痛，他會讓我休息幾天。好在街頭劇是隨時可以停演的。每回失手被打得過重，我會哭，同學只需一提女童軍楊惠敏，我又振作起來了。不但我如此，當時全國學生莫不如此。八年抗日戰爭中，不知犧牲了多少寶貴的小生命，包括餓死，病死的。在抗戰大洪流中，我只是其中一顆小泡沫，而全國可有幾千萬個這樣的小泡沫，匯成巨流，波濤洶湧，八年方止。」

「我自巴黎來探索東方藝術，因而發現中國抗日戰爭是一部可歌可泣的歷史，可惜未曾寫成史詩，卻抹掉了那筆大血債。」

「我從小嚮往法國文學，在小學課本上，讀到普法戰爭時代的一篇最感人的故事〈最後的一課〉❹，我好感動。」

她沉思一下，顯然正在追索那篇老掉了牙的故事，接著說：「法國的〈最後的一課〉，再怎麼感人，也比不上你最早的一課《放下你的鞭子》。我突然起了一陣感觸，歷史的鞭子長又多，折下了一條，又另起一條，該把《放》劇再演下去，不管你扮演什麼角色。」

彷彿覺得從山谷深處吹過來一陣涼涼的迴風，令我猛然清醒，又復茫然。

——刊於一九八四年八月號《皇冠》雜誌第五六六期

❸ 柯黛小姐提起在大陸訪問時，有人向她提起我的名字，聽她描述情形，我猜疑那人是演「觀眾」的傢伙。

❹〈最後的一課〉：由法國著名詩人兼短篇小說家杜德（Alphonse Daudet，一八四〇～一八九七）所著，胡適翻譯，散見於抗戰時期的小學課本。

二、母難日

從生日晚宴上帶回幾支殘燭，輕把凝結成條的燭淚剝淨，然後重新燃點起來；搖晃的燭光緩緩地解開久繫心中的暗語，讓我把這段往事說破……

我從小發願不做生日，長大了才知道，不做生日比做更累人。今天晚上，我被迫去參加我的壽宴，就是個顯明的例子。我於六年前結婚，再娶的周碧瑟年紀雖輕，悟性很強，也夠灑脫，凡事輕輕一點她就懂，從那年起，我才充分享有不做生日的自由。初相識，她難免問我生日事，我只淡淡地回說：「每天都是我的快樂生日，只除生日那天不是。」她從此絕口再不提。結婚之後，她循例為所有親人和她自己祝壽，也讓我分享此中樂趣，只對我的生辰獨冷，連她最常用的生日賀卡也免掉，還費盡口舌打消任何人為我祝壽的意圖，她真不愧為我的紅粉知己。幾番思量向她吐露隱衷，話到嘴口又嚥下。

小時候，聽陳雲官老師講「生日」一課，他說：生日是母親受難的日子，也叫做「母難日」，這一天，我們應特別感念母親。那時，年少不懂事，聽了好像沒聽。上這課沒多久，我母親就進入醫院待產第七胎。人家都說：我媽生孩子像母雞下蛋一樣快，這一胎卻不順，入院幾天了，還沒個動靜。我對這家基督教醫院一如對我母親一樣有信心，我家兄弟姐妹全在那裡出世的，距我學校很近，上課時，透過教室玻璃窗瞧得見醫院樓廊。那天放學，我揹起書包，從學校側門出去，到醫院去探望母親，才走到院門口，一位護士奔出來招呼著：「小弟，趕快來，你媽又生個小弟弟，她的情況很不好，跟我進去看看她。」

母親仰臥在產床上，她的臉好像灰紙糊的，醫護人員七手八腳忙著急救，我悄悄地伸手去摸一下，她那隻手好冰，好冰。那位好心的護士隨即帶我到嬰兒室門口，透過玻璃看到了初降生的金楨弟，他又瘦又小，怎麼會把媽弄成那個樣子？我真想不通。

謝天謝地，天黑時分，母親終於得救了，我被召喚到床邊，她從嘴角擠出絲絲的微笑，迸出微弱的聲音：「孩子……你還不能……沒有媽……」

「媽，剛才我好駭怕。」

「女人生育……本來就是……半身躺在床上……半身在棺材邊……一不小心……就翻下去……」

我把下巴擱在床沿上，激動地抽搐著，她伸手替我擦拭著眼睛，擦過了又擦，忽然我大叫一聲：「媽，我懂了！」從此一門艱辛的「母難日」課程開始進入實習階段。

從那日起，我下了決心不要做生日，也把這心意告訴了母親，可是，那年我的生辰她依然替我做，我一看到那香噴噴的壽麵、壽蛋、壽糕，什麼都忘了。在那夜裡，我做了一場惡夢，夢見我母親又生第八胎，沒生好，死在產房中。我驚惶大哭，母親應聲從她的臥房奔過來。

「我看見媽死了！」

「別胡思亂想。」

「媽，我求妳不要再生孩子，永遠不要——好嗎？」

她愕然地望著我。我卻用母親慣常教訓我的話質問著：「媽，妳為什麼喜歡玩險的？」

她笑了，安撫著說：「媽老了，不會再生。」

「我永遠不要再做生日，永遠不要，好不好……妳答應我，好不好？」

她終於答應了，緊緊地抱住我。這時，巷子上傳來一陣陣的更聲，催著我重入睡鄉。

母親終於信守諾言，她果然狠下心來，不再替我做生日，雖然她嘴裡總是唸個沒完。不過，這日子也不長，往後她再不可能這麼做。持久的抗日戰爭，已造成普遍的飢饉，尤其我家食口繁多，不得不開始「放生」，只要哪個走得了，都放生。每回送別，母親都裝出很鎮靜的樣子；一送走了，她就關起房門暗泣。我是不用父母替我操心的，早就打好路子，自己放生去了。

在我初放生的階段中，「母難」這門功課我倒是修得很踏實，離家頭一章，就看到一個女人在溪邊分娩，聽說她用石片割切臍帶，取溪水沖洗；再往下走去，目擊著許多流亡婦女在風雨飄零中、殘垣斷壁下哺乳。及至戰火爆發，在一片機槍、炸彈、砲彈的煙火交織中，不時出現婦女揹著嬰兒衝塵而過，那實在是很淒壯的場面。有一回，有個中年婦女向我的藏身處猛撲過來，只差幾步，她仆倒在一片血泊中，死了好一陣子，忽然「哇」的一聲，她的懷中發出一陣嬰兒啼哭聲，那死婦竟然奮力掙扎著，終於仰起頭來，睜大眼睛，朝著懷裡的嬰兒一瞥，發出一股極盡驚愕、淒惻、祈求、絕望的目光，只一閃，她隨即倒下去，卻在我心中攝成一張永不褪色的底片，使我體會到自古英雄榜上不留母親的芳名，而天下母親都志不在此，她們所表現的果敢行動，只追求一種平凡的動章——兒女。

懷著如此強烈的「母難」意識，促使我早年即成為提倡婦女節育的狂熱份子之一。在當年，我們一群被指為「斲喪民族生機」的青年，在社會上為人所鄙視和嫌惡，斷不下於當今巴游組織❶的恐怖份子，我也著實為此吃過不少苦頭。大戰結束，我隨著時代巨流的碎浪散波而漂至臺灣，發覺這裡的「社會氣壓」很適合，於是長居下來。有一天，看到一位年輕的婦產科醫師，在大庭廣眾中，手執一具塑膠製的子宮模型，公開演講婦女的節育道理和方法，在當年，尤其戰後不久，這是極大膽的作風，我真替他捏一把冷汗，簡直把他當做婦女的守護神。他究竟是誰呢？他是滿首斑髮的當今行政院衛生署署長許子秋先生❷，如今他在朝發言，仍不時要闖禍，單舉推行「優生保健法」及新的避孕藥「狄波」（Depo-Provera）兩樁事，可見他仍不減當年的豪氣衝勁。

在單身流居的生活中，我很輕易地拋棄世俗的壽誕，而獨守著「母難日」。每年此日，我倒過得充實，通常在當日下午借題請個半天假，到花圃去選購一枝梅花——我很幸運，我的生辰趕在梅花的季尾，帶回單身宿舍，關起門來，使勁先把自己從生活的濁水亂流中撈起，赤裸裸地呈放在意念中的母親面前。一年有三百六十五日，只這半日，我把我，給我母親，不算奢侈吧？趁此時，也好把歷經四季風霜摧蝕的「自我」破片，稍加檢修，補綴，整刷一番，換了個新的面貌，再仔細端詳，確實有

---

❶ 以色列於一九四八年宣佈獨立建國後，周圍的阿拉伯國家即與之衝突對立不斷，許多巴勒斯坦人更建立游擊組織，不時對以色列發動攻擊。（編按）

❷ 許子秋（一九二〇～一九八八）：於行政院衛生署的任期，自一九八一年至一九八六年止。

令我自慚的一面，倒也有頗可自豪的一面，然後，舉杯獨飲，自我歡祝，昂首舉步邁入新的一歲。

那時，從西方世界進口了許多廉價而精緻的舶來品，其中有一項叫做「母親節」訂在每年五月的第二個禮拜天。我好興奮，希望能在這個節日中尋找到一點兒母親的影子，同時和大家一起享受思母的情趣，以彌補我獨守母難日那分孤寂。於是，一大早，我就打扮得漂漂亮亮的，懷著虔敬的心情走向教堂，門口一位女接待員立即端起一個盆子迎過來，那盆上分列著兩組紅白的康乃馨花朵，她很溫婉地問我母親是否健在？然後替我在胸前別了一朵紅色的。教堂比往常熱鬧得多，我到處走動，繞了一圈又一圈，好像在尋找什麼親人似的。細看男男女女的打扮穿著，閒聽他們夾雜著洋腔的交談和賀詞，覺得氣氛不大對勁，雖然女性同胞居多，卻找不到一個真正中國母親的風貌，我愣在座位上好一會，才開始唱詩禱告，然後，我很懇切為我以及所有中國苦難中的母親而祈禱，在冥思中，我漸漸覺察出此日此堂所採用的心靈波長和週率與我母親的頻道相差很大，我無法在這裡跟母親搭上心靈的熱線，儘管我不斷地調節，默默地呼叫，嘗試又嘗試，千呼萬喚都喚不出。

散會後，我悵惘地回到宿舍，走過廊道，順手把那朵康乃馨扔到水槽上，正把鑰匙插入房門鎖洞，隔室的李小姐眼快，她緊追出來問道：

「林哥，你怎麼啦？」

「沒有。」

「我看不大對勁！你媽可好嗎？她沒事吧？」

「沒有。」

「哼，你是個愛花人，怎麼會把花丟在這裡？何況是這一天的康乃馨？」

我明知錯了，偏要轉過頭去，瞅她一眼，理直氣壯地自護著說：「哈！跟梅花比，它算是哪一流？……」

我讓她愣在那裡，輕把房門關上。

我原是個愛熱鬧的人，偏偏獨守著母難日。在成了家，也立了小小的業之後，情況不同了。我不要做生日，可是大家要我做，而且要做得風光體面。母難日之所以可貴，在於母子連心，遙遙互感，默默相應，若為此而有所討論或爭議，則情趣毫無，因此，只宜自持默守，怡然自樂；也恐一經說破，多少會損染別人的生日情趣。我既不做生日，又不肯說破，所承受世俗的壓力自必很大，且壓力乃隨年齡而加重。幸虧在我人生的半途中，遇到了周碧瑟，她既通情，又絕俗，而能不密不疏地為我過濾凡世俗塵。論年齡，她和我至少相差二十歲，我家的往事對她古老得有如史前史，她無從憑藉言詞的傳達而隨我同步於時間管道，只憑其超人的悟性而默體我心，護著我安然度過了五個年頭的母難日，我能不感激？

一九八四年春的某一天，是我喪母後第一個母難日，心情難免特別沉重，事先向花圃預訂了一枝梅花，準備下班時帶回家去，置於父母遺像之前，燃起一炷清香，再取出雙親的遺物，好好地追思一番。沒料到，好友張世良、徐世芬夫婦從防癌保險卡中發現我的生辰，他倆居然牢記在心，而起了另一種心思，念此日是內人出國留學以後，我的第一次誕辰，怕我過得太孤寂，所以，暗裡為我籌辦一個壽誕祝會，要給我來個大驚喜。於是，趁我下班之前，施用巧計把我引進一個場所，出現在眼前竟是一個華麗的生日晚會，我這才意識到，我已陷入一個壽糕壽麵的陷阱中。在那迷人的燭光下，悅耳的音樂中，我笑不得，哭無由，逃無路，只傻傻地愣著。無可奈何，且把這場如幻似夢的盛宴當做他人的壽會，隨緣同樂一番吧！於是，人家向我舉杯祝賀：「祝您生日快樂！」我也舉杯回應：「祝您生日快樂！」

「林大哥，請問您——」一向精細入微的徐世芬側身輕問著：「要不要通知國際電話臺，如果林夫人有隔洋電話，請轉到這餐廳來？」

「謝謝，不必。」我不假思索地回答：「只有她知道，一年之中，只這一天我在娘處，她斷不會干擾我。」

我不知道徐世芬懂不懂我的意思；如果她不懂，必以為剛才我把酒喝猛了。

在這盛宴上，我不停地平撫著自己：要克制，要隨俗，要隨緣，而與人同樂，可是，有一股莫名的暗潮起自內心深處，汩汩湧出，快將冒上來了，百般努力抑制著……這時，幸虧張世良宣告合唱〈生日快樂〉歌，我趕緊起立，昂著頭，直著喉，用力高唱，拚命地用力，要唱到壓倒眾聲，壓倒會場，壓倒一切……只為使自己不在這快樂的生日宴會上爆炸開來。

歌罷，氣竭，心潮落。

「我從沒有見過林大哥像今天晚上這樣快樂，」徐世芬又轉過頭對我說：「這是我頭一次聽林大哥唱歌，是嗎？」

「是的。」我像個初上臺的小學生。

「今天晚上，林大哥真開心，比誰唱得都起勁。」夫妻倆一唱一和起來。

在散席前，我起立獨唱一支抗日時期少年歌曲〈長思〉，以酬答友好。我沿著那兩列綴著燭火、鮮花的長桌，緩緩地且行且唱著，每唱一段，吹滅一朵燭火，席間照明漸漸由強轉弱，歌聲隨而由高而低，彷彿在月光下，又彷彿在林間，而帶著微微激動的顫音，唱著：

母親啊！
天清日麗的時候，
我想妳；
夜靜月明的時候，
我想妳。
母親啊！
風吹而飄的時候，
我想妳；
天寒地凍的時候，
我想妳，
……
啊！母親喲！

烽火連天，
槍林彈雨中，
我更想妳，
……。

當最後一支燭火熄滅，一場盛宴失落在黑暗中，不待電燈通明，我匆匆自席間摸下幾支尚有餘溫的殘燭，放入口袋裡，悄悄溜出餐廳，奔回家去，趕做一件事，要說破它，要說破它。

三、一縷青煙

我從小就對炊煙入迷。在晨曦或晚霞中，我常透過樓窗眺望著山坡田邊間的村落，冉冉升起一縷縷的炊煙，只這時光，鄉野呈現出色、香、味兼備的多元景色。

我不善作畫，卻能繪出幾筆生動的炊煙，只要有片刻的閒暇及一筆在手，我常常不經心地畫幾筆炊煙，從童年到現在，我的筆桿一直是一座很會吐煙的煙囪。

從鄉村移居小城，小城移居到都市，我逐漸遠離了炊煙。先是煤球，繼而煤油爐、電爐、瓦斯爐的出現，大灶和炊煙隨而逐漸消失。有時候，我忙裡偷閒，騎著腳踏車、機車到市郊去觀賞鄉野的夕照炊煙。

到後來，炊煙又在郊野消失，我便駕著汽車遠去追蹤，偶然在窮鄉僻野處見到一縷炊煙，直如荒野遇故人。

在舊時，縱使荒村人家雞犬不相聞，炊煙卻在傳達家常無聲的「訊息」，它傳送著非常清淡、自然、和祥，而互不干擾的號誌，如果哪戶人家的屋頂三日不冒煙，大家都得投以關心了。

炊煙對於我兼具時間與空間的兩層隧道，那一縷悠悠裊裊的青煙具有近乎催眠的力量，誘導我回到童年時代，奔向遠方的故居；尤其我母親曾經抓起一大把炊煙給我上過一堂很重的功課。

那是我在抗戰期間最艱苦的一個春節，日機不時擾襲我的家鄉，我家於是由城鎮遷離至山村。難得我父親在流亡生活中，他還有興致寫春聯，很應景地作了幾幅，貼在柴扉上那幅寫得最真切，上聯是「無中生有」四個字，下聯是「死裡求生」四個字，未曾身歷過那情景的人很難體會出這聯句的悲壯意味。

這回過年我媽使出怪招，在大年除夕日，她竟讓父親到他學生家中玩樂去，而且還讓大哥和弟弟們伴隨著去。我對家事最笨拙，她竟獨留我在家幫她忙，派給我頭一樁事，竟是最吃力的劈柴工，不問而知，她要我劈那麼一大堆柴，當然要蒸好多年糕。我好喜歡吃年糕，尤其我媽做的，所以我才使出吃娘奶的氣力來劈柴。

我力氣小，劈柴對我的確很辛苦，不用大力，劈不開來；用力過猛，常把斧頭撞擊在石板上，連人帶斧翻倒在地上。怪不得鄰居姑婆們都笑道：「林嫂呀！你家哪個少爺不好留？偏偏留下這個書呆哥兒在家做幫手，不出岔子才怪呢！」

「這孩子的手腳是笨了一點，他卻靜得下來，好陪伴我。」媽倒護著我說話。

劈到天昏黑，我已筋疲力竭，腰痠手痛。當媽叫停時，木柴還剩一大堆沒劈。第二日，天色微明，我就起床在寒風中劈柴；人家都叫冷，我卻冒大汗，直至日頭照進門庭，媽才叫停：「好啦！好啦！你先替我生個火，我上井邊挑水去。」

我趕緊放下斧頭，抱了一綑乾草，再撿一把木屑放在灶邊上，又到臥房拿出一冊《水滸傳》下集，準備邊讀小說邊燒火。先用乾草把灶塞滿，再架上幾根木條，然後把火種送進去，好不容易才冒起火來，忽然灶裡發出像老虎一樣的吼聲，我嚇壞了，我媽趕緊卸下剛上肩的一挑水桶，邊跑邊嚷著：「趕緊抽，趕緊抽火，把貓救出來……」

她拿起一把火鉗伸進灶裡，才攪動幾下，貓的吼聲已從後灶升上煙囪頂去了，我慌忙奔出屋外去看，白貓居然大難不死，只是變成黑貓，牠站在屋簷邊很淒慘地向我抱怨似的叫吼著。

當我回到廚房，熊熊的火光照耀著媽那堅毅而慈祥的面容，她兩眼直望著火苗問道：「貓被烤得怎麼樣？」

「還好，變年輕了，鬍子都燒光，白貓變黑貓。」

媽笑了。她說：「如果換做三弟，情況就不一樣，他做事有板有眼，生火以前，他必拿把火鉗，先清一清灶灰。一來，看看貓兒還在灶灰裡睡懶覺沒有？二來，使灶穴通氣，才好燃燒。不過，話說回來，若不是你笨得把灶穴塞得密不通風，貓兒也早給你烤熟了。」

「那可多了一盆菜，更好過年。」我小心揀用吉利的語句，拼成一句俏皮話，我媽拿我沒法子。

「你趕快再去劈柴。」

「還不夠？」

「過年嘛！」

我又到院落裡去劈柴，劈呀劈呀，忽然覺得很不對勁。自逃難到這山村以來，還沒見媽磨過米，門前那座老石磨也不曾動過，灶上也沒放個蒸籠子，這個樣子怎麼會是蒸年糕呢？而且媽既不煎，也不炸，叫我劈這麼多木柴，她還嫌不夠，究竟她熬的是什麼仙丹神品？我越想越不對，於是放下斧子，走進了廚房。

那時候，我的鼻頭剛剛能夠擱在大灶邊上，我便用鼻子在灶沿搜索著，希望聞出燉雞或蒸鴨的氣味；可是聞了半天，聞不出什麼來。

「媽，妳煮什麼呀？」我終於忍不住，用雙手表示掀開鍋蓋的樣子。

媽搖搖頭。

「媽，掀開一點點，讓我瞧一眼。」

她瞪著我一眼，叫我不敢再作聲。

好神祕！我一走開去，媽就掀開鍋蓋，加注清水，不知道什麼東西那麼耐煮，燒了好幾灶柴，還沒煮爛。

「媽，妳究竟煮什麼呀？」

「乖乖地去劈柴，別多嘴。」

「媽，到現在，妳還沒磨過米，妳拿什麼蒸年糕呢？」

她神色黯然，小聲而冷冷地說：「今年不做年糕。」

「有人送？」

「呸！人家怎麼會送年糕呢？按照我們的鄉俗，過年好送的東西倒很多，就是年糕送不得，只對喪家朋友才給送年糕，所以，我不許你再提年糕這碼事。」

「今年我們家大吉大利，為什麼不做年糕？」

「沒有錢做，所以我才讓你爸和你哥都到學生家去過年。」

「沒有錢？妳昨天不是剛領到五百塊錢？」

「啊！我的兒子開始跟我算帳？」她放下火鉗，苦笑著說：「昨天，區公所發下五百塊錢疏散費，我把三百元還了隔壁七婆的債，兩百元還了米帳。」

「不行！媽！我要吃年糕，不要把錢還給七婆。」

「孩子！」媽痛楚而莊重地說：「你永遠要記住媽的一句話：我們無論窮到什麼地步，每年到了除夕，都必須還清最後一分錢的債。我們窮，不要賴帳；我們窮，不要叫出來。如果負人一筆債，再好的山珍海味吃起來也乏味。如果一身無債，清水也比雞湯美。」

「林嫂！」七婆從窗口探頭進來，她那一頭白髮竟也梳得光油油。「新年好，恭喜，恭喜！」

「七婆，恭喜，恭喜。」媽立了起來，拉起我的手，要我恭喜七婆，這時，我心裡恨透七婆，因為她要去了我們年糕錢。

「林嫂很能幹，一定弄了好多好吃的！」七婆饒舌著。

「過年總得弄一點東西吧！」媽這麼說，又使我高興起來，但願她這回不撒謊。媽雖然教我誠實，但她卻常常對七婆撒謊；特別是關於吃的事情，媽真是不應該。

當七婆消失在窗口，媽又坐下來燒火，那灶肚好像比我還餓，一大堆、一大堆木柴吞了進去，我不知道媽煮什麼好東西，這麼難煮，添了好幾回水，沸了又再沸，還煮不好。

這時，貓兒從屋頂上跳下來了，站在廚房門口還抖個不停，舔個不休。

「媽，我要不要替小貓洗個澡？」

「千萬不要，禽獸會把自己弄乾淨，你有閒工夫還是再去劈劈柴。」

這時，天下微雨，我趕緊把庭院裡木柴搬上走廊；媽也急忙奔出門外，收取晾在竹竿上的幾掛衣服，我趁此時溜進廚房，挪了一張木凳子，爬上去，掀開鍋蓋，一看是白煮著一大鍋滾水。

媽走進來了，她輕輕地扶著我下來，再蓋上灶鍋。

「你看到了什麼沒有？」

「什麼都沒有。」

「你知道了，那就好。」

在火光閃動中，母子倆相對無語，靜聽著灶裡發出劈啪的響聲。

「孩子——」媽終於打破沉默。「不論窮到什麼地步，我們人窮志不窮，縱使全家沒有一粒米、一根菜，一家人肚子可以空著，只是灶穴不能空，林家屋頂的煙囪一定要冒煙，要冒出高高的、大大的煙。只要你媽當家一天，林家屋頂的炊煙不會比人家的低……」媽只哽咽一下，聲音又嘹亮起來，再拿起那把火鉗說：「孩子，再去劈柴吧！」

「媽，我去劈，我要劈多多的柴，我要燒熱熱的灶。」我拿起斧頭，這會子，我劈得很順手俐落，劈下木片平整有條。

「開兒，」媽在灶邊呼喊著：「看看屋頂的煙冒得什麼樣子？」

「媽，煙冒得好高、好好喲……」

「謝天謝地！」

——刊於一九八六年七月一日《新聞晚報》❶副刊

❶ 刊登此文的報紙，仍待確認，望祈各方指正。（編按）

四、強盜和乞丐

在抗戰流亡期間，我曾慘遭強盜打劫，卻從強盜中賺了一筆；走到絕境時，我也當過叫化子，討得人家討不到的好飯吃。我既非武林高手，也不是丐幫子弟，只是因為……

一九四三年，日軍為支應南太平洋逆轉的戰局，大舉進犯福建沿海地區，我家地處海鄉，首當其衝，在危急中，我父親囑託三位學生照護我向後方撤退。我自幼羸弱多病，帶我長途逃難去，確是一件很吃力的事。這三位同學不以為苦，卻大表歡迎，只因他們功課較差，想靠我沿途給他們補課，以準備應付到後方的升學考試。

三個夥伴：小周、老吳，和一位帶頭的，我們管他叫「土班長」。那年代，凡老師的兒子，不問年齡，一概尊稱「師兄」，因此一路上師兄長、師兄短叫得好響。實際上，我被照顧得無微不至，每日早晨起程前打包行李、撿柴燒飯都輪不到我；天黑，向村里長辦交涉借宿等等雜差，也派不上。我硬是只做一件事：夜裡挑燈替他們補功課。

為迴避福州戰區，我們繞道永泰，越過重山疊嶺，折入閩江，然後溯北江上。不料，方出江口，就遭一群強盜攔道洗劫，連我穿的那雙粗糙的豬皮鞋也剝去。夥伴們怕我腳掌嫩，沒鞋走不動，便向強盜苦求留下這雙鞋，強盜竟也發慈悲，允就路邊一堆贓物中，任選一雙布鞋換穿，我便從中挑一雙合適的「奶奶鞋」。這種鞋子通常由奶奶或媽媽收集碎布，細工綴納而成，所以叫做「奶奶鞋」。此鞋不分左右腳，樣子土拙，穿起來倒滿舒適。

強盜只費一點工夫，把我們都變成叫化子。我們原定從閩江口乘福建公路局汽車北上，如今身無分文，只好徒步走，三餐由三夥伴輪流向人家乞討，我只有吃的份。

所謂福建福地，盡是綿綿疊疊的山嶺，平地難得一見，也許因此歷代兵家對此地興趣缺缺，連最貪婪的日本人也只在沿海地帶點到為止，顯然是形勢使其成為「福地」。我們盡可能循著寺廟的路線前進，才容易解決食宿，所謂和尚吃八方，我們倒要吃和尚的。

過了南平縣境，我們進入一道深長的峽谷，煙雲彌漫，瞬間萬變，忽見一壁懸岩上刻有「夢幻寺」三字，或隱或現的。人在疲憊中，對此不免幻起荒山野寺的迷思，何況山中日短，前路莫測，於是趁早在此投宿。聽路邊的樵夫說：此寺祈夢很靈。三夥伴立時振作起來，大步跨進寺殿，沒香、沒燭、沒捐金，白跪在神壇下乞夢，求神明示此行遠去考試，能不能金榜題名？

當夜上床時，夥伴們再三叮嚀：務必好好入夢，牢牢記住。而我心無牽掛，渾身疲困，一睡如死，哪得有夢？可是，夥伴們卻視同神明出榜，緊張萬分，以致終宵難眠，三番四次把我叫醒探問，我只一搖頭，轉身又睡著。直至天將發白，小吳猛搖著我，說他做了一場與我相關的奇夢，我必須立即去應驗：

「菩薩在我夢中顯了靈，指名請師兄到本寺右門後牆上觀看，立即分曉。」

「開玩笑，真無聊！」我心中這麼想，嘴裡卻說：「等天亮，大家一齊去看吧！」

「不行，鬼神是不見陽光的，必須趁天亮前去看榜。」

三夥伴一齊動手，把我拉了起來，推出廂房，我慢慢醒轉過來，走向神壇，借得一盞油燈，手遮廊風，到寺門映照一下，果然有字，是用紅瓦片寫著行草四字：「考一个中。」

我回到廂房，報告榜文，夥伴們無不愕然，像競技賽跑似的，一齊奔向寺門看個究竟，一下子，個個垂頭喪氣走回來，哀聲嘆氣道：「完了，我們三人都完了，只師兄一人上了榜。」

我初料這是一樁三人合夥設計的惡作劇，意在戲弄我，不過，看了那四字倒也不像，心中覺得納罕，再也睡不著。天亮時，我們向住持討了一頓素齋吃，隨即離寺而去。

這一天，三夥伴都像洩了氣的皮球，有氣無力，才走過兩條山路，都坐下歇腳，我於是拐入叢林裡去小解，從短枝疏葉間傳來夥伴們的聲音：「老吳，你究竟怎麼搞的？」小周的聲音：「派你到門牆邊寫『考不中』三個字，給師兄吃一次瘪，你竟巴結他，改寫成『考一个中』，豈不給我們自己造個大霉運嗎？」

接著，聽老吳在自怨自責著。原來他在深夜裡摸黑到寺門邊，因做賊心虛，又加緊張，把「不」字寫散了，原想寫「考不中」，一散開，變成「考一个中」。他們竟據此直斷，神仙明指我「獨占鼇頭」，他們都落了榜，這一夢竟使他們失盡了信心和鬥志。我心明白，但不說破。一路上，很技巧地講了一些反迷信的事給他們沖沖霉氣。譬如說：有一回，我曾協辦一次大型集會旅遊，擇定十三月

（正月）十三日十三時十三分揭幕，大會居然一帆風順，圓滿閉幕。講些個故事都穿插在談笑中，絲毫不著痕跡，他們聽了心境大為開朗，逐漸恢復了自信。在一個夏日的黃昏，我們終於抵達聽了叫人喪膽的鬼泣嶺下。

在薄暮煙霧中，未見此嶺真面目。在山腳處，看到一方石刻「仙霞寺」路標，於是被導入一條林徑裡，在那深處有一座古老的破寺，大半是殘垣斷壁、彈痕累累，顯然遭過一場兵災浩劫。寺大院深，竟不見人影，只好將就在此過夜。先派個同學到民家乞討一鍋冷飯剩菜，分著吃了，草草做點夜課，就拆下門板，打鋪睡覺，準備明日過大嶺。

一覺醒來，只見幾股乳白色的煙霧從屋頂破瓦空隙中，悄悄地蹓了下來，飄浮在梁木間，使我思念起故鄉的炊煙和飯香，繼而沉沉欲睡。不知什麼時候，瓦頂上又垂下幾條軟軟的陽光，驅逐著霧氣，房中顯得明亮些。

土班長從正殿上走進廂房來，他披著一套草綠色的美軍夾克，衣身的口袋、鈕扣又多又大，那是路過一處山營，一位軍官贈送給他的，袖襟間倒有些磨破，更見其韻味十足，披在身上，不論外出辦交涉或討飯吃，人家對他無不刮目相看，我們管它叫「老虎皮」。這時，他立在大通鋪前，施發著號令：

「今天，我們的目標：鬼泣嶺，山況不明，天候難測，必須多帶口糧趁早出發，所以，除師兄以外，今早全部動員，分頭出發要飯，才好過大嶺，走遠路，我先走一步。」

周、吳二同學也趕緊起床，各帶著一只飯鍋子，分頭出去。我一直是小猴子守大洞。洞守久了，也有個心得：他們出去討飯，收穫越多，回來得越快。今天情況看來不大妙，這麼久了，連披老虎皮的土班長都還沒回來。我閒著無聊，就到各神殿仙宮走動。這廟的確很大，可惜很破敗，連香爐和金紙爐都給我挖出來看，顯見此處神仙比咱們還窮困潦倒。

聽到廊道響動聲，我便走出去瞧瞧，見到小吳滿身大汗走進來，把手中空鍋子往水槽上一扔，坐在門檻上擦臉吐氣。我一向對討飯回來的人，絕口不問收穫，也不敢正眼看一下；接著小周也帶一只空罐子回來，最後才是土班長。他非常機伶，能說善道，軟硬兼施，身上又披著那件「老虎皮」，素常出去討飯大都滿載而歸，今天竟也落空，這倒是很稀罕。

夥伴們坐在正殿的一排跪墊上，互相交換訊息，大致相同：昨夜本村出現兩名強盜，假冒流亡學生身分，借宿民家，不但洗劫一場，且施暴姦淫，被羞辱的婦女一早上吊自盡，引起全村公憤，若不是村長力加鎮壓，早把所有過境學生殺光，哪裡還能施食接濟呢？

到此絕境，我們唯一的生路是空腹攀越鬼泣嶺；夥伴們正商量如何在山野中覓食求生，我卻提議讓我出去討一次飯，也許瞎貓會撿回活老鼠，不妨試一試，引得他們大笑一陣：「小師兄，千萬試不得，到頭你連人都討丟了，那可慘啦！拜託、拜託，千萬莫試。」

我只好佯裝上廁去，悄悄地在廊道上拎起一只鐵鍋子，從後門溜走了。

走出林徑，到了村口，遇見一群流亡學生，他們一邊敲打著空飯鍋，一邊齊唱〈長城謠〉。這一支熟悉的老歌兒，此刻聽起來似乎變了調，覺得很淒涼。我朝著村子走去，望著夾道兩排村舍，幾乎家家屋簷下都懸吊著幾串老鼠肉乾，上面攀附著像黑芝麻一樣細密的蒼蠅，居民卻視若無睹；倒是一看到我出現，都忙著揮手驅趕。我泰然自若地走過去，一直走到村道的盡頭，眼看橫著一條清澈的溪流，對岸盡是層峰疊嶺，在那一片林海上，倒有幾艘白色的雲船在其間航行著。我沿著溪徑而下，看到林蔭低處，有個穿暗藍色土布衫的中年婦人伏跪在溪畔洗衣，左邊放著一只竹籃子，右邊放著一桶漿衣用的米湯水（那年代慣用米湯漿硬衣服），看到那桶米湯水，我覺得飢渴起來，於是像餓貓似的，輕輕地、緩緩地走到她背後，靜靜地等著，她突然從水光中看到一個扭曲的人影，嚇得驚呼一聲，急轉身來，看到是我，她哮喘著：

「你，不死鬼，怎麼來的？」

我記起離家時，母親再三叮嚀過，路遇中年婦女須以「嫂」相稱：「對不起，嫂嫂，我是戰區學生，一共四人，流亡出來，討飯度日，走到了這裡，什麼都沒得討，求妳把這桶米湯，倒一點給止渴充飢。」

「不行，這米湯水漿過了衣褲。」

「是……漿過了的，我才敢向妳討。」

「不行，好髒！」儘管她那副拒人千里的模樣，但她的眼神卻閃出一股憐憫的光芒。

「嫂嫂，不要緊，給我帶一點回廟裡去，煮一下就能喝。」

「不行，就是不行，我求你走開好嗎？」

「行！行！嫂嫂，求妳行個好事吧！」

「討厭鬼！漿過的米湯也想喝。」

「一碗米湯，救人一命，嫂嫂……」

她終於站了起來，似乎有點眩暈，閉上雙目，用圍兜擦拭著雙手，然後睜圓眼睛，很無奈地說：「好吧！你跟我來，還有沒有乾淨的米湯，得看你的運氣了。」

我跟著她，朝著一條沙徑走上溪岸，穿過一叢竹林，到了一座灰色的木屋前，太陽在那門扉上巧施投影法，映繪出一幅淡淡的水墨竹畫。

她推開柴門，走進廚房，轉了一轉，拿著一把杓子出來，向我要去了鐵鍋子。她從一只木桶中舀起一些兒米湯，才舀兩下子就停住手；思索一下，又努力嘗試從桶裡撈起一點沉底的米粒，往鐵鍋邊猛敲兩下，然後遞了出來。我正伸手去接，她又收回，朝我望了一望，又朝爐灶上看一看，忽然，一轉身，大步走向灶邊，掀開大鍋蓋，拿起一把煎鏟子，鏟起大朵、大朵的白米飯，往那鍋米湯裡泡，我慌忙進去攔阻道：「嫂嫂，不好、不好，給米湯就好了。」

「你嘮叨什麼？討厭鬼，滾回去！」

「謝謝！」我才伸手，她又一聲令下：「等著！」我趕緊又縮回。她一不做、二不休，竟拎著那鍋子走向後進大餐桌，掀開桌上的罩子，又用筷子，又用湯匙，挾挾舀舀各色菜餚，往鍋裡猛塞下去。

「不行啊！嫂嫂，這樣做不行啊，何況妳頂上還有大人……」

我越說，她越發狠，裝了滿滿的、重重的、香香的一大鍋。她真是凶得可愛：「討厭鬼，你敢管我？閉嘴，算是我前輩子欠你的，趕快給我滾吧！」

砰的一響，柴門關上。太陽又在門板上換了一幅竹畫，著筆濃重，留白較多，構局更見高雅。正欣賞中，門又開了，她亮著一雙濕濡濡的眼睛，聲音軟得像朵棉花糖：「小鬼，你住在哪裡？」

「仙霞寺。」

「哈，住那破廟！真的只配喝米湯。我告訴你，不要走正街，從左邊這條小路去——」她手指著屋後竹林邊的那條泥徑，「一直通往仙霞寺去，路程短，也僻靜，免得閒人嘴雜。小心走，別摔倒。」

門又關上，一陣微風吹得竹畫搖曳起來，彷彿向我揮手道別，忽然，門裡傳出那女人一陣呼叫聲：

「阿媽！不得了呀！是誰忘了把窗門關上，讓山貓闖進來，大吃了一頓，是誰呀？是誰做的好事呀？……」

我趕緊拔腳，大步，大步，小心，小心地走，怕被當做山貓追趕，那條捷徑好長、好遠！遠得有如塞上雁門關。

「哈哈……哈哈……」從大寺裡，遠遠就傳出一陣很響的冷笑聲。

「師兄，好會表演，倒像是個滿載而歸的樣子。」

我輕輕地把飯鍋放在神案上，未掀蓋、香味四溢，三夥伴無不愕然，一齊伸長鼻子嗅著；倒是小周有勇氣掀開蓋子，剎時間，神壇前多出了三尊泥菩薩，呆呆立著。

「師兄，這一鍋東西怎麼來的？」土班長終於開了腔。

我默然不語。

「我看——」小周俏皮地說：「此中必有一段精采的故事，八成是山村哪家閨女，看上了咱們的小師兄，遣派個丫頭送上這鍋好菜，垂憐這落難書生。不管小師兄有沒有跟她訂下什麼山盟海誓，我們都沾了這口福，閒話少說，趕快吃吧！」

我氣咻咻奔進廂房，撲向一張破椅上，不理會他們怎樣道歉撫慰，我只盡情大哭，好把我背井離家以來心中的積愁幽怨、期許心願，一古腦兒順著這股淚水宣洩出來，心裡覺得舒服多了。

哭夠了，擦乾淚，洗過臉，高高興興地走進大殿，與夥伴共享一頓美餐，然後整裝再出發。在豔陽下，才走出林徑，雲霧又漫了下來，我轉身朝山腳竹林處掃望一下，隱約還見得那座灰色的木屋，只是柴扉上那幅竹畫消失了。

鬼泣嶺並不高，卻陡得像一道天牆，傳聞父子同登此嶺，相泣而不相助。土班長一邊照護著我，一邊小聲地探問著：「今早那一大鍋飯菜，師兄究竟是怎麼弄來的？」我不答理，實在也說不上來。我向人家要的是米湯水，得來的卻是大魚大肉，我能這樣說嗎？我說了他們會相信嗎？經他們一再詰問，我只好這麼說：「別的功課，再難的題目，我都能設法解說；只這一課，是人生的修業，只能憑感悟，我無能為力幫助你們懂，也許你們永遠不會懂。」夥伴們聽了陷入霧裡霧。

山間彷彿有一把無形的巨刷，把所有景色都刷掉，而抹上了一層粉白；從粉白裡隱約透出幾許模糊的影跡。忽然，天旋地轉起來，我被擲出去似的，迎著沙土、岩石、梗枝、蔓草、藤葛擦身而過，終於滑落在一處流失的山坡下、灌木中。土班長首先趕到，好容易才把我從荊棘中救出，揹著我上了山徑，安放在一棵大樹下。夥伴們有的替我拭血，有的替我裹傷，有的替我按摩，終於發現我腳上那雙奶奶鞋破裂了，大家都著了慌，怕我沒鞋走不動。土班長要我立即脫下，設法修補。這一脫，竟從鞋底裂口處掉出一片片的金葉子來，大家都看呆住了。

「噓！——」土班長用食指豎在他的嘴唇上，示意不許聲張。他輕輕剝開鞋底，發現兩隻鞋底都夾著層層黃金葉片，於是，他把這雙鞋底相貼著，用條繩子紮緊，然後夾放在我的舊衣中。

「小師兄，往後我們三位全靠你了，再也不愁生活和學費；不過，言明在先，當做我們向小師兄暫借用。」土班長嚴肅地表明著。

「借什麼？」我說：「這全是強盜給的，大家當然都有一份。」

說罷，三夥伴都圍攏過來，抱著我哭；我卻大笑，笑那強盜竟把大好的黃金換去我的豬皮鞋。

「師兄，你光著腳，走不動，我們三人輪流揹你過大嶺。」

我趕緊走在前頭，走給他們瞧。我光著腳，卻好像長了翅膀，騰雲駕霧似的，輕飄飄地登上了頂峰。高處雲密霧更濃，有如置身汪洋中。我坐在一塊岩石上歇息，伸手到行囊裡摸索著那雙破布鞋，不由得一陣心酸襲上心來，抑不住，仰天搖首號哭起來。

「小師兄，怎麼啦？你腳痛？……肚子痛？……」

「不！不！……」我猛搖頭，嗚咽著說：「我為這雙鞋子的小主人哭，他好傷心；我也為打製這雙鞋子的奶奶哭，她好苦心……不知是誰家？只好望天哭……」

到了後方，三夥伴分別進了陸軍官校、工學院、體育專校。戰後先後都到臺灣來，而且各有一番事業。一九六七年，三人相約來訪我，看我還是那麼窮白，卻創辦起許多花大錢的社會福利事業，尤其在高雄市鼓山區登山街二十八號那家高雅的孤兒院門前❶，他們完全用當年在仙霞寺裡那種狐疑的眼光問我：「這些經費怎麼來的？」

自從鬼泣嶺下那個洗衣婦授我們「米湯水」課業後，長修至今，我不曾再愁窮過。如今，三夥伴都飛黃騰達了，惟察其言色，我敢斷定他們對這門課業仍少長進，不可與之言，只好用當年在鬼泣嶺上一樣的語氣回說道：「只這一點，我無能為力說給你們懂，也許你們永遠不會懂。」

——刊於一九八六年七月六日《中央日報》副刊

❶ 這家孤兒院名叫紅十字會育幼中心，一九六一年由吳基福博士和作者共同籌創，以迄於今。

五、殺手與神父

「一位神父，也是一名殺手，美國人，名叫賈利國，在美國及日本兩處駐華大使館可能都有他的檔案，請立即著手採訪……」

一九五八年二月，我的主管陳叔同社長越過編輯部，直接對我下了這一項指令，這是很不尋常的。我先掛電話給臺北美國駐華大使館❶館員探詢此事，經查過檔案後，指引我轉向日本大使館查訪比較清楚。那時日本剛從戰敗中掙扎起來，日籍館員懷著幾分負疚的心情，用敬重的語氣向我描述，賈利國原是硫磺島戰役中率先攀登上火山岩頂上，豎起第一面美國國旗的海軍陸戰隊英雄❷。在這場戰役的尾聲中，他在一條山徑上遭遇到一名日本狙擊兵而把他射殺，心中留下了極深刻的印象。當他

❶ 實際名稱為前美國駐臺北領事館，位在臺北市中山北路與南京西路交叉口附近。中美斷交後，此地閒置近二十年，後定為國家古蹟，重新修復，如今做電影藝術文化用途，是為「光點台北」。（編按）

❷ 美國政府為紀念海軍陸戰隊在硫磺島的戰功，特塑製高三十五呎的豎旗銅像，於一九五四年十一月十日，在鄰近華盛頓特區的阿靈頓國家公墓揭幕，由當時總統艾森豪主持。

回到美國接受英雄式的歡迎時，感覺極度迷惘的痛苦，而一直生活在英雄與殺手的疊影中。

他終於遁入空門，進入神學院修道，最近奉派來臺灣，在高雄天主教聖母堂擔任神父聖職。

賈利國曾從死者身上搜出部隊番號證、合家照、千人針、幸運袋、筆記本、家書等等，都當做戰利品帶回美國。後來，他對這些戰利品越看越難過。一九五三年，硫磺島戰役結束的第八週年，他寫一封信給華盛頓日本駐美大使館，隨附著死者的證件，要求日本政府協助調查死者家屬地址，以便奉還在戰地所獲遺物。日本政府覆文通知，查出死者是住在鹿兒島的橘茂雄，並轉附一封死者家屬的回函，經由東京、華盛頓、輾轉到臺北，再寄往高雄天主教聖母堂給賈利國神父，因該文件屬私人函件，日本使館未便向我透露。

二月，高雄人剛過了熱鬧的春節，在一個轉寒還暖的黃昏，我走進高雄市建國四路天主教聖母堂❸，由一位身材短小的中國籍修女引入聖堂，她手指左廂聖母神壇前，正跪著一位披著黑色聖袍的人，小聲地說：「賈神父正在禱告，請您在這裡等他一下。」

我坐在末排條椅上，浴沐在教堂靜穆的氣氛中。過了片刻，賈神父立起身來，他長得高大魁梧，在聖袍掩蓋中，仍可以想像當年攀登硫磺島峭壁的雄姿，那一位身材纖小的修女像一隻白色小鳥似的飛躍過去，對比之下，賈神父正像一棵黑色的巨樹。

我走過去，向他表明我的身分和來意，他很爽快地接受我的訪問，但要求一點，在言談或文字中不許稱他是英雄，因為他不是英雄。約定第二天上午八點半在本堂左側神父宿舍二樓訪談，他送我到門口，特地用手指示那座在晚陽斜照下的二層樓房。

第二天上午，我準時到達神父宿舍，他應聲出迎，我幾乎認不得他，他換了一套潔白的汗衫和運動褲，似乎剛剛做了簡單的晨間運動，而淋浴過，像雨後的枝葉，顯得非常清明、開朗而神采煥發，一派運動健將的模樣，如果不是前一天晚上在聖堂上見過他，猜不透他竟是一位遁入空門的神父。

我向他表明我絕對遵守約束，從口頭到文字再不以「英雄」稱他。首先請他先透露死者橘茂雄家屬來函的內容，他從書桌上拿起一封日本大使館轉來的日文兼附英文譯本的函件，遞過來給我，全函如下：

親愛的賈利國先生：

由日本駐華盛頓大使館轉來大函，敬悉吾之愛子於陣亡時之情形，並知行將收到其生前遺物，衷心至爲感慰！

自從余獲悉硫磺島日本守軍悉數覆沒之消息，余仍時常忖思：余之愛子是否已爲國犧牲？今悉閣下曾目擊其殉難情形，並將擲還其遺物，對閣下之慷慨大度，深表感佩。

茂雄爲余之第三子，畢業於高等學校後，即任職於鹿兒島縣林產管理所，至奉召從軍爲止。茂雄之妻在獲悉硫磺島全軍覆沒之後，即行改嫁，遺下二女，夭折其一。余於十六年前喪妻，時茂雄之年

---

❸ 此教堂另有正式名稱「聖母顯靈聖牌堂」，教堂外觀飾有耶穌與聖母像。（編按）

僅十四，余親手撫養其長成，悲痛之情，閣下可以想見。次子繁亦於二次大戰陣亡於中國東北，而余之長子早於其幼年時病亡。如今余膝下無子，僅存三個孫兒，幸尚能在此山村安渡餘日，而不時向上蒼禱告，使飄泊於異國二哀魂安息於黃泉之下。

余深知閣下可敬的精神與人道的行爲，謹此敬致謝忱，並頌康安。

陣亡日兵茂雄之父
茂雄右衛門拜啓

我向賈神父借得這封信，然後聽他口述的如下的一場戰役。

賈利國（Edward Gallagher）是美國密蘇里州人，今年（一九五八年）三十四歲，二次大戰期間，加入美國海軍陸戰隊，隨軍奉調到太平洋，投入太平洋戰爭中最慘烈的硫磺島爭奪戰。

在硫磺島戰役展開前半年——一九四四年八月，凡參加此戰役的陸戰隊官兵都被遣派往夏威夷群島火山岩上接受特殊的訓練，因夏威夷群島的地理環境比較近似硫磺島，藉此種特殊訓練，使陸戰隊員先能適應環境，以利攻取這個進攻日本本土不可缺的一個跳板，此島距東京六百哩，此時距日本無條件投降恰好一年光景。

參加特種訓練的隊員，包括美國海軍陸戰隊第三、第四及第五十二師。於一九四五年一月十日訓練完成，分乘著運輸艦離開夏威夷島，每四艘艦結成一組，在強大的驅逐艦掩護之下，各個艦組散開蛇行，向安尼威吐克島進發。這個島後來成為美國原子彈爆炸試驗場，當時是美國在太平洋戰線的重要反攻基地之一。他們在這島上僅逗留兩天，隨即繼續向著數月以前奪回之塞班島進發。在航途中，艦上雷達幕顯示出海底有數不清的日本潛艇在活動著，美國驅逐艦雖具有優越的攻潛設備，但為了執行重大的登陸任務，對敵潛只採取守勢，力避攻擊。

抵達塞班島時，盟軍經由太平洋各軍事基地輸送大批兵員及物資集結於此，而且，大部分兵員已經登艦候命，顯示一場大戰即將揭開。

這時候，盟軍司令部將有關硫磺島敵軍的情報，包括灘頭砲位、火力等資料，分發下來給陸戰隊研究。同時，也明瞭盟軍在登陸硫磺島之前，所採取戰略。當時，除從太平洋各地抽調八百艘軍艦集中於塞班島附近，尚有威震寰宇的第五十八特種艦隊，已經先行前進，從硫磺島西邊越過去，直逼日本海向日本海軍挑戰。當時日本海軍已瀕於崩潰，不敢出戰，潛藏於日本諸港口。第五十八特種艦隊即將日本海做嚴密的封鎖，每日派六百架飛機輪迴轟炸日本各城市及港口，使其本土無力支應硫磺島。

日本海封鎖工作完成後，美國陸戰隊即於二月十六日自塞班港出發，四十八小時後，抵達硫磺島，八百艘軍艦幾乎是首尾相接地將這個小火山岩島嶼團團圍住。這時，在日本海上擔任警戒的第五十八特種艦隊，也抽調一部分南返，聯合以巨砲轟擊硫磺島，空軍無休止地炸射預定的登陸陣地，整個硫磺島陷入一片火海，震撼得海浪滔天，艦身搖晃。島上敵軍非常機警，不肯還擊一彈，以免暴露其砲位。至深夜時，海面風緊浪大，美軍司令正愁翌日無法登陸，好在天微明時，風浪轉靜，天氣晴朗，可是，那柔和的晨曦立時為暴烈的火海煙柱所吞噬了。

美軍下令準備登陸，官兵不慌不忙吃好早餐，修面刮鬍子，並塗上一層防避火焰灼傷的軟膏（Salve）。晨七時半，開始編隊，按照順序，從降落網下降至兩棲登陸艇，共同投向一場慘烈的戰爭。

第四與第五十二兩師先行登陸，第三師則上艦上待援。兩師陸戰隊分作三個「舟波」上陸，僅遭遇極輕微的抵抗，這是狡猾的日本人所採取的戰術，敵軍讓最初兩舟波都上了岸，島上各碉堡才突然用強大砲火攻擊海灘，企圖切斷登陸部隊的後援，使登陸部隊陷於灘頭而全部就殲。當時情勢對登陸美軍確實非常不利，原來硫磺島海岸盡是珊瑚礁，僅有南端三千碼灘頭可以登陸。陸戰隊一上了岸，發現所處地勢十分惡劣，距海灘數百碼處，是一座高峻的死火山，因此，灘頭地帶堆積著非常深厚的原始的火山灰，一腳踩下，沒入過膝，比之陷身泥淖更加狼狽，坦克車根本就無用武之地，任憑敵軍砲火大肆殲殺。更慘的是，那一座又高又陡的死火山上，日軍建築無數堡壘，打得灘頭上的美軍，上天無路，入地無門，死傷過半，只好一面就地挖掘散兵坑，求一容身之地，一面請求海面支援。

在登陸時，天上曾降一場驟雨，幸好很快雨過天青，盟軍的飛機凌空，灘頭上陸戰隊用無線電與海軍聯絡，指示敵人的砲位，海空軍即以炸彈大砲聯合壓制敵人的陸砲，接著第三舟波陸戰隊始能強行登陸，損傷仍然很重。當時，負有盛譽之美國戰地記者恩尼・派爾❹，就是隨第三舟波登陸時，殉職於海灘上，賈利國卻在這一頃刻安全登陸。

奪取那座死火山是硫磺島戰役的決定戰，在火山灰上行軍非常艱險迂緩。賈利國深入了敵陣後，才發覺在登陸以前海空軍日以繼夜地轟擊島上，對敵人簡直毫無損傷。日軍的碉堡完全建築在地下的深層或山上的岩洞裡，密密麻麻地分布在四方八面，美軍未接近，碉堡裡的日兵絕不開火；美軍遭到射擊，卻不知砲彈來自何處，有時，槍彈甚至從屁股下方打上來，才知道那個士兵兩腳踩的地方原是個碉堡，那簡直像螞蟻的巢窩一樣的難以尋覓。而且，敵人建築的碉堡大都是圓滑滑的，砲彈打上了，只聞「颼」的一聲，溜到碉堡後面去爆炸了。

第二天早晨，美國海軍帶了「法寶」上岸，那是一條條很長的鋼質網狀的「蔡氏蓆」❺鋪在火山灰上，坦克車就可以循著「蔡氏蓆」開上去。坦克部隊上了岸，情況大為改觀，於是開始攻擊那座火山，首先著手摧毀死火山周邊將近三百個地下碉堡，因弄不清敵人碉堡的位置，不得不在攻擊碉堡之前先作犧牲，派遣一個士兵站立於顯著的目標處，敵人碉堡就開槍射擊。碉堡的位置一經發覺，即派一組人員爬到那碉堡頂上，將一枚專攻碉堡之「楔形炸筒」❻置於碉堡頂上，經引線著火爆炸後，把碉堡炸穿一個孔洞，再將火焰噴射器朝著那孔洞噴射進去，那碉堡也就成為日軍的墳墓。美軍如此艱苦逐一摧毀火山口每一個碉堡，一日平均只能推進二十公尺。

---

❹ 恩尼・派爾（Ernie Pyle，一九〇〇～一九四五）：此處應為誤植，事實上，這位記者殞命於同年四月十八日的沖繩島戰役。（編按）

❺ 蔡氏蓆（steel mat）：我國軍用譯名，意譯應為「鋼蓆」。

❻ 楔形炸筒（shape charge）：亦稱V型炸藥，專用炸穿碉堡之武器。

火山口的碉堡逐一摧毀後，開始進攻火山，這時才發現那座死火山有一環深邃的山谷，成為不可攻擊的天然屏障。敵軍在那山谷間建築密密層層的碉堡，真是一夫當關，萬夫莫敵。美軍司令見這形勢很不利，便下令部隊後撤出火山口，好讓空軍派遣更大批機群擲下無數燃燒彈，海面軍艦亦不斷以火箭砲集中山谷射擊，山谷上火焰直升雲端，燒得半天紅，好像那一座已死的火山又復活了，山谷中日兵若不粉身碎骨，早也窒息死了。

美軍看見那座山燒炸得差不多快「熟」了，就派四十名尖兵深入山谷，攀登懸崖峭壁，掃蕩殘餘日兵，這時山上已無砲彈還擊，只有零星機槍戰，賈利國就是那四十名搜索隊之一。他們對付山上的碉堡，採取上述「攻碉」同一的方法，先用「楔形炸筒」穿孔，繼以噴射火焰器燃燒，數千敵軍，葬身山谷，無一投降或生擒。第一個美國士兵衝上那火山巔峰，豎起美國國旗的英雄，就是陸戰隊隊員賈利國。

這時，硫磺島突然一片死寂，被譽為此一戰役中最勇敢的英雄賈利國卻感到神煩心躁，若有所失，一種莫名的痛苦襲上心來。起初，他為自己的反常情緒感覺驚異，後來知道每一個夥伴都有相似的感覺。事後，據軍醫分析：由於他們已習慣生活在一種震耳欲聾的境地上，突然萬籟俱寂，反而會引起人體的感官發生未能適應的感覺。

賈利國歷經連日苦戰，身上每條筋骨都是疲勞的，便臥在山邊帳篷裡，連睡二晝夜才醒過來，取出鋁鏡子一照，嚇了一跳，鏡中出現一個活似喜瑪拉雅山野人，灰面赤眼，額前嘴角，血跡斑斑，毛髮枯焦，亂如蓬草，幾乎認不得是他自己。這時，他因傷風而鼻塞，居然聞到了一陣令人作嘔的惡臭腥氣，他走出帳幕透透氣，不料臭氣更重，這才明白山上所有被摧毀的碉堡裡的敵人屍體開始腐爛了。

火山爭奪戰結束後，接著，第二主體戰在已破壞的飛機場一帶展開。日軍在機場四周，設防極為堅強，美軍數度衝鋒，均遭擊退，而潰不成軍。此時，在海面待援之第三師部隊上岸支援，第三師弟兄果然名不虛傳，先遣一千人衝鋒隊，不顧敵人猛烈火網，前仆後繼，衝進機場口。這時，已經喪氣的第四、第五十二師殘部，看了大為激動，重振精神，有如一股不可阻擋的疾風狂濤，捲進機場，日軍潰散，第二主體戰乃告結束。

大軍繼續北進，北端山陡洞多，奇岩危石，林立於羊腸小道之間。而且日軍在地下遍布地雷，幾無可以立足之地，個個士兵好像瞎子一樣的走路，先用刺刀尖在前頭路面刺探地雷埋設方位，再施放炸彈，以便一一予以清除，闢出一條可行之路。一直前進至面臨著一座非常龐大的大碉堡。對這座大碉堡，美軍曾獲得確實情報，那是硫磺島的神經中樞。該堡建於山洞之中，外以深厚鋼骨水泥蔽護，寬約一百公尺，碉堡四周闢建有許多條的祕密地下道，與全島各重要碉堡脈脈相通，而且有極完備的電訊系統以為聯繫，像蜘蛛網一樣的密布著。硫磺島最高指揮官栗林中將即駐在這碉堡內，主持全盤作戰指揮。美軍部於是下令集結全部火力，猛攻數日，那好像一座永遠攻不破的天塹，居然屹立不動，打得無可奈何，只好改取避重就輕的戰略，擱下這碉堡不攻，僅留下少許部隊加以監視。大軍迂迴而過，繼續北進，果然，這戰略非常成功，使日軍苦心建築的「要塞」釘死在那裡，不能發生什麼作用，迫得日軍不能不放棄它。有一天，突聞那碉堡內發出轟然數響，震得山搖地撼，美軍知道其中大有變化，進行搜索，探知那碉堡內僅留少數日兵，重要物資及首腦人物均已他遁，便將碉堡內少數日兵予以殲滅後，進入搜索，其中確有一個小天地，堆積著被焚毀的地圖文件，以及電訊器材的殘屑。至於該碉堡通往各處的地下道，悉數被破壞無遺，經美軍一番的搜索，毫無所獲，日軍最高指揮官栗林中將不知是從哪條地下道逃脫了。

在硫磺島戰事接近尾聲的時候，曾活捉到兩名日本士兵——這是這戰役中僅有的兩名俘虜。美軍司令官委任這兩個日俘擔當「和平使者」，將他們釋放回營，與日軍指揮官洽商投降事宜，他們很誠意與美軍合作，攜帶著一架美製無線電通話器，告辭而去。

這兩名日俘完全依照美軍部的吩咐行事，在途中不時藉通話器與美軍聯絡，在最後一次通話時，說：「我們已經到達指揮官的門前。」這以後，就失去了聯絡，據軍方猜測：這兩位可憐的「和平使者」被宰掉了。

這猜測後來得到證實。這事情發生幾天以後，美軍電臺截收到硫磺島日軍司令部發往東京的一封電報，奏報日皇全島守軍已戰至最後一卒一彈，最高指揮官栗林中將亦已自殺成仁。

這時候，賈利國正在硫磺島北端山林上從事搜索殘餘日軍，遭遇到日本狙擊兵的射擊，連續三彈都從他的身邊射過去，他連忙臥下，暗中招呼他的夥伴躲在一邊，逗著日本狙擊兵戲打幾槍。他立即卸下鋼盔和刺刀，以免有叮噹之響，輕手輕腳往前爬行，從那繁密的蔓草中探望過去，發現那個日本狙擊兵伏在岩石邊，正與他的夥伴互相射擊，於是，他放膽再往前爬，當他爬至距日兵僅有數碼處時，他立起身，舉著步槍，對著那日兵瞄準著，正要扭動扳機，他想：如果發一顆暗槍擊死敵人，似乎不甚光彩，於是，他像招呼老朋友一樣的喊一聲：

「哈囉！」

那日兵驚惶地回過頭，瞥見賈利國的步槍對準著他，他竟無望地垂下雙手，準備迎接死亡，賈利國發射一槍，穿過他的腦袋，看他仆倒在山崖邊上。

賈利國得意地走過去，摸摸死者的口袋，取出幸運袋、千人針、部隊番號證、筆記本……最後，他再抽出一張死者的「全家福」照片，他的手不由得顫抖起來……

——刊於一九五七年三月號《文星》雜誌第一卷第五期

六、一分之差

感謝上帝，我只是我妻子的丈夫，幸而不是她的學生。每當我看她批閱學生考卷那副神氣，真感心驚肉跳；她執著那枝操有「生殺之權」的紅筆，在那些卷子上，盡其挑剔之能事，大打起叉叉兒來；我無不暗暗為她的高足們叫苦。

她本是一個軟心腸的姑娘。假如我用一把扇子拍死一隻蝴蝶，她少說也得難過好半天。不知怎的，只要她一坐在學生考卷面前，她立即變成「學生王國」的暴君。

新年快要到了，家家主婦們都忙於製作新衣裳，準備過新年，度春節，她看卷子好像挑著燕窩裡的嫩毛；一字一句地挑著，一分一點地計算，我素常懶得——也不忍得去偷看她究竟是怎樣批卷子。這一天晚上，不曉得什麼星照在那一個考生的身上，當我正在房裡尋找一本書的時候，我的目光無意中掃過，瞥見她在那張卷子的空白處，批下了那令人昏倒的數字：「五十九分」。

「啊喲！慢點！」我搶著那考卷說。

「怎麼樣？——」這位神聖的學生王國的君主被觸犯了，未免動怒，睨視著質問我。

「五十九分？」我說：「筆下留情吧！」

「呃？這個學生跟您有什麼關係？」

「毫無關係。」我鄭重地聲明著：「我根本就不知道這是誰的考卷，但是，你打五十九分，我就不能不和你商量商量。」

「沒有商量的餘地。」她的神氣使我想起在法庭上宣讀判決書的女法官。「即使這考生是我們自己的孩子，我也沒有法子多給他一分。」

「我並非和妳爭執這個孩子的及格或不及格的問題。」我說：「妳不能多添一分，也罷；你就索性少打四分，乾脆給他五十五分，妳為什麼偏偏要打五十九分呢？妳何忍打擊一個已被註定不及格的孩子傷心至此呢？老婆，妳若能寬容，請妳多給他一分；不能寬容，少打給他四分，妳何必那麼神氣打給他五十九分呢？」

「不是神氣不神氣，這是考卷，並非家帳，怎麼能夠隨心添減呢？」

「老婆呀，我曾做過學生，也曾當過老師，我知道考卷分數確有某種程度的標準，相當地代表一個學生的學歷成績；但我不相信任何一科分數的準確性——特別是文科，能夠打五十九分；而這一分之差，有時可以決定一個學生的終生命運。我們為人之師是以分數表明學生學力的進退，並不是用分數和學生鬥鬥氣。假如您認為這個學生不應該及格，乾脆給他五十五分；五十五分也同樣是不及格，達到了教師對學生劃定不及格之目的，妳又何必偏偏打五十九分，而作弄一個孩子的脆弱心靈呢？老婆，假如上帝忍心安排使妳一數之差中特獎，妳拿著這一張獎券站在中獎公告牌下，妳受得了嗎？」

「當然，那是很不幸的。」她回答道：「但是，我並非故意製造五十九分的不幸，我是憑著公定的計算方式，精確地計算出來，為人師須謹嚴，尤其對分數不可感情用事。」

「讓我講一篇故事給妳聽，然後，妳再決定這張考卷的分數好嗎？」我提議著。

「我正想休息一下，很樂意聽聽你的故事。」

下面是我說給太太聽的故事。

老婆！在十年以前，當妳還不認識我的時候，我曾經當過中學教師，由於我對於「問題學生」的改造教育頗有成就，曾使許多列於開除學籍的學生能繼續求學，以至於畢業，因此，我曾受過教育當局的特優嘉獎。這以後，我在學校受過一次挫折，從此我離開去，不敢再為人師。我漸漸忘卻口能背誦的教科書，也忘卻了熟練的教學法；連學校的聘書、教員檢定證、獎狀……全都拋棄了。

有時候，我遇見舊日學子，幾乎認不得，那些曾經是極盡搗蛋的不良少年，而今卻是國家的忠貞幹部；有的是噴射機英雄，有的是赴美深造的海軍官兵；有的是國軍的神槍手；也有是海上孤島的雷達站人員……如今，我這才漸漸領悟：過去教育當局頒給我的獎狀，並非完全沒有意義。

十年來的流浪生活，沖淡了我過往執鞭生涯的記憶，我對於服務過學校的同事的姓名記不清楚了；至於學生的名字更忘得一乾二淨。在我的腦海中，只牢記著一個學生的名字，那就是我曾打給他五十九分，而今囚禁於臺中監獄的李明禮。

我在師範學院附屬第一實驗中學擔任初中部二年級丙班導師。當時，學校學術風氣很盛，校長是一個學者，他非常尊重教員的意見；教師們都很認真教學與研究，我研究中心課題是如何教化「問題學生」。

當時學校規定每半個月舉行一次校務會議，那一次校務會議定於星期六下午三時舉行。在當日午後一時，有一個學生家長來訪我，他的兒子是二年甲班學生，名叫李明禮，平時操行記錄很不好，本學期一開學就毆傷了一個同學，接著他又偷了理化實驗室的一面放大鏡，甲班導師於是忍無可忍，報請學校予以開除學籍，這件事將於當日校務會議中討論決定。這位家長要求我向學校說情，姑念他的兒子年輕無知，准予自新改過，以完成他的學業。

在下午三時準校務會議上，本案例列入最後一個議程，討論以前，先請二甲班導師、訓導主任，及教務主任等先後報告李明禮平時在校學科及操行成績，以及最近發生毆人偷竊事件。同時，也提及學校已接到家長請求准予自新改過的陳情書。

二甲班導師堅持要開除李明禮，他的理由是李明禮天性惡劣，無法造就，留在學校必成害群之馬，大多數導師都表示贊同，倒也有兩位導師替李明禮說情，在這時候，我站起來發言。

「本校是師範學院實驗中學，這個學校除具有全省中學所未有的最佳師資與設備外，特別是經常接受師範學院教授們直接的領導。」我用非常婉轉的語氣說著：「現在，本校發現一個品行頑劣的學生；我們都知道，這個學生的父兄送他到本校來求學，無非想要造就他，本校將他開除以後，這個孩子將往哪裡去呢？本省有更好的學校能改造他嗎？他的家庭能改造他嗎？社會能夠教育他嗎？假如我們認為這個孩子像豺狼一樣壞，那麼，開除他，即等於將豺狼趕入市場裡去為非作歹，我很冒昧地說一句話，開除不良學生即是學校逃避教育的責任。假如我們有一個子弟並非患不治之症，送到本省設備最佳、醫師最好的公立醫院療治，這家醫院因他的病症嚴重，而將他趕出醫院，這家醫院則無異判處他死刑。醫院如此，我們學校何嘗不是如此？所以我認為：當我們還不能提出證明李明禮患了教育的癌症以前，我們最好能給他繼續受教育的機會。」

「那麼，我提議將他送往少年感化院。」訓導主任說：「各位的意見怎麼樣？」

「我反對。」我說：「我以為送往此地的少年感化院，不如開除退學，交給家長自行管訓。各位都知道，少年人一旦失去了自尊心，就很難教育得好。此地少年感化院也好，少年輔導院也好，姑不論其院風如何，單是這兩個院的名稱，就足毀去了少年人的自尊心；除非患了教育的癌症，萬不可輕易將少年人送進去，那裡是小扒手、小流氓的集中營；我以為李明禮尚未到那種程度。」

這時候，校長開始說話了，他支持我的意見，主張將李明禮記兩大過，並呈繳一份悔過書，准予繼續試讀。甲班導師表示原則上同意，但要求將李明禮轉移其他班級，我知道他的要求是在對付我，這時，校長用輕鬆的口吻對我說：

「林老師，您是學校的『癌症專科』，就交給您——二丙班改造好嗎？」

在這情勢下，我不能不一口承擔下來。

散會後，我就在會議室中約見李明禮，他有氣無力地拖著腳步走進來，垂著頭，立在我的面前。

「請坐吧！」我說。

「站著就好了。」他低低地回答。

「理化室的放大鏡是不是你偷的？」

「是。」他嗚咽著。

「你知道學校要開除你嗎？」

他點著頭。

「老師，我的繼母會打死我……」他嗚咽了一陣，接著說：「老師，求您救我……」

「我已經替你向校長說了情，我替你擔保從今天起做個好學生，校長已答應再一次給你改過的機會，記了你兩大過，把你改編在二丙班上課。」

「謝謝，老師！」

「你告訴我，你偷放大鏡做什麼用？」

他又垂下頭，思索了一會說：「我想製造一個照相機。」

「你會做照相機？」我驚奇地說。

「我做好了一個暗箱，但是，找不到鏡頭，所以借個放大鏡來試試看——」

「借？」我說：「你向誰借？」

他羞愧地搖一搖頭。

「李明禮，我為了你向學校擔保，你到二丙班來，假如再偷東西，對我很丟面子，那怎麼辦呢？」

「老師，不會，我不會再……」

「好！從下禮拜一起，你到二丙班來上課！」

過了兩個禮拜的光景，有一天下午，有一位二丙班學生跑進辦公室，而向我報告道：

「老師！我的英文字典被人偷了。」

學校導師最怕學生失竊，對校譽和導師的面子都很不好。老師又不曾學過偵探術，真是傷透腦筋。

我於是和失竊的學生一同到教室。那本英文字典原放在課桌裡，此外還有一件外衣，一頂絨線帽，和許多書籍、作業簿等都絲毫未動，可見偷的人是需要一本英文字典的學生。我從本班同學及英文科教員的口中，調查出二丙班一共有九位學生沒有英文字典用，李明禮即是其中的一位。

「老師，我想一定是李明禮偷的，前些日子，他曾三次向我借字典。」失竊的學生帶著埋怨的語氣說：「老師，你為什麼把小偷引到本班來？我們這一班同學是該死的嗎？」

我不回答他的問題，叫他立即通知級長召集全班同學在教室裡，那時候，他們正在操場上做課外活動。

全班學生都到齊了。我開始搜查每一個桌屜和書包，當我搜查到最後一排的第二個座位時，我發覺李明禮的手是顫抖的，我搜索過他的書包，順手再摸索他的衣身；一摸就摸到一本厚厚的，我立即將他的外衣蓋好，裝做毫無所獲的樣子，繼續搜查到最後一個座位為止。

「各位同學！」我非常沉痛地說：「今天，非常不幸，本班發生字典失竊，我和各位同學都感到非常難過，我相信偷字典的同學更難過，現在，我希望那位同學，為使自己內心平安，請他自動將字典交給我……」

這時，散學的鐘聲響了。

「回去吧！」我一揮手，走出了教室，全班同學隨即一擁而出。這時，我暗暗監視著李明禮，他揹著那破舊的書包，低垂著頭，慢慢地步出教室，終於落在後面，待同學們都走光了，他面對著廊柱站著。

我走了過去。「明禮，跟我來！」我走向宿舍，從後面的腳步聲知道他正跟隨著，待他走進我的寢室，我就把門關上。

「請坐！」我拖了一張籐椅給他，他不肯坐，面對著牆角落，伸手到腰間掏出一本英文字典，輕放在桌子上。

「坐下！」我命令著，他終於坐下來。

「明禮，怎麼辦呢？這叫我怎麼辦呢？」

他發出沉重的呼吸聲音。

「你知道的，我不願開除學生，你又不能再記過，這，這叫我怎麼辦呢？」

「老師！開除我——」他轉過臉，正視著我。

我氣憤地舉起右手，朝他劈頭打過去，我立時又收住手，輕輕地從他的面前掠過去，他又紋風不動。

我從桌上拿起那本字典，看見那封皮上原有字典主人的名字，已塗上了顏色。

「明禮，」我輕聲地呼喚：「你需要一本英文字典嗎？」

這一問，卻把他問哭。

「你需要嗎？」我撫摸著他的短髮。

他點點頭，然後，放聲大哭。

「為什麼不買一本？」

「我的繼母不肯。」他抽咽著：「我對英文科最感興趣，可是，連一本字典也沒有。」

「但是，偷不是辦法呀！」我說：「你需要放大鏡也好，英文字典也好，你可以告訴你的父親，也可以告訴我；我將和你父親共同想辦法解決你的困難。自從你到二丙班上課以後，我到你家去過幾次，希望能夠了解你的困難和需要，你為什麼都不說。你想一想：一本字典值多少錢？你不對我說，你去偷竊，明禮，當你偷竊到一件東西，你就失去更重要的一切，正像現在這樣。」

我從書架上取下一本四用英文辭典遞給他說：「我將這本英文辭典借給你，你要答應我從今以後不再偷。」

「不要，我不要字典——」

「拿去用吧！免得再偷人家的東西，我是你的擔保人，要受連累的。」

「不要，我不用字典了！」他說：「我絕對不再拿人家的東西，老師——」

「假如你決心改過，你就必須接受這本字典，我相信你不是一個懦弱的孩子，你有勇氣接受這份禮物，同時，更有勇氣戰勝你的過失。」

「老師！您太好了！謝謝！」他伸手接了過去。

「天晚了，你回家去吧！」

第二天早晨，我將那本字典交還失主；並請他不要問這字典是如何追回的。雖然如此，畢竟紙包不住火，全班同學心裡都明白。

學校又推出了一椿新的運動，舉辦各級「模範學生」選舉，當教務主任將選舉規程交給我辦理，我立即表示：我所領導這班級不考慮舉辦這一類選舉活動，那對於學生是有害無益的。事情的發展，在我意料之中，教務處即將我的「反抗行動」簽報校長，指摘我不但教育不了「問題學生」，相反的，我簡直已將二丙班造成「問題班級」、特別指出：我本身即是一個嚴重的「問題老師」，本校聘請「問題老師」教導「問題學生」，那無異是瞎子教近視眼，這是教務主任親撰的報告書。

校長平素對我了解甚深，他知道我不會沒有理由抗拒命令。當他召見我，我很坦率地向他報告，學校舉辦「模範學生」選舉一向辦得不理想，當選的模範生，不外是這兩種典型學生：一種是類似戴近視眼鏡的「少年老成」型學生；另一種是挺胸立正，滿口稱是，討好教職員，愛寫小報告，專欺小同學的「政治型」學生。其他學校若選出這類型的「模範學生」，尚或情有可原；如果師範學院附屬中學也推出這兩類型學生為「模範」，那無異將教育基本理論與崇高目標完全扔在水溝裡去。我又告訴校長，選舉「模範學生」對於好學生起不了什麼好的作用，卻使那些「問題學生」更加自暴自棄，尤其是二丙班的「問題學生」較多，我特別強調本班不宜舉辦「模範學生」選舉。

「林老師，我完全贊同您的見解。」校長很懇切而婉轉地說：「但是，教務處既然已決定舉辦這一項活動，為了顧全大局，您不妨試辦一次；過後，我再慢慢告訴他們，今後對於這類選舉活動，的確要慎重考慮，這一次，我的意思請您虛應一下，你想怎麼樣？」

「校長，您是一位學者，我才這麼大膽敢言。」我說著：「敷衍一下，那是很簡單的事，但是，我是一個讀書人……」

校長一聽著「讀書人」，若有所感地嘆了一口氣，用著一種同情、莊重、光明、支持的目光望著我說：「好，那麼，照你的意思去做吧！」

全校各班級奉令舉辦「模範生」選舉，非常熱鬧，唯獨二丙班教室冷冷清清，好些不甘寂寞的孩子不免感覺失望。趁這時候，我召開一次級務會議，讓他們對選舉模範生問題紛紛提出詢問：

「老師，本班為什麼不舉行模範生選舉？」

「老師，在您的心目中，是否全班同學都是小偷？是不是沒有一個有資格做模範學生？」

「假如學校認為二丙班糟到不配選舉模範學生，林老師應負全部責任，因為，林老師一手將二年級被開除同學，都收容在本班中。」

「……」

我微笑傾聽著學生發言，等待他們的問題都提了出來，然後逐一回答：

「各位同學，還有別的問題嗎？——沒有了，好，各位同學所提出的問題，都非常合情合理。本班不舉行模範生選舉，不是校長的意思，也不是教務主任，或訓導主任的意思，是我——二丙班導師的意思。我決定不舉行選舉，並非本班沒有一個模範學生，恰恰相反，在我的心目中，本班每一個同學都是模範學生。昨天，可能有些同學做錯了事情，但是，今天，或者明天，他們都將改過成為模範學生。既然，你們個個都是模範學生，叫我怎麼好選舉呢？……

「我確實收容了許多被開除的同學在本班上課，我認為本班同學具有良好德行，那些操行不好的同學轉移到本班來，受了本班同學的薰陶，他們遲早都會變成好學生，關於這一點，我個人感到很驕傲，同學們更應該引為驕傲的。大家要記住：二丙班同學個個都是模範學生了，從今天起，每一位同學要處處表現出是模範學生，讓我祝賀本班每一位同學都當選了模範學生。然而，這種模範學生，不是一張選票能夠畫得出來；而是從今後你們的行動中表現出來的。」我說至此，我注意到：全班同學都不禁流露出興奮、自尊、快樂的神色；特別是曾犯連續偷竊的李明禮，以及其他幾位一向被認為問題學生，也都抬起那充滿著自信的笑臉仰望著我。這種「自信的笑臉」正是我及所有教育工作者所熱切期望與企求的，因它是教育上不可或缺的「甲」種維生素。

經過了兩個月平靜的日子，雨季來到了，有一位學生向我報告他的雨傘失竊，他直指是李明禮偷去的，最基本的理由說他是個慣竊；其次的理由，是那一天李明禮沒帶雨傘來上學，這也是推斷他偷雨傘的理由之一。

當然，我也不能不懷疑，於是立即召喚他到我的宿舍來。

「明禮，又有一位同學的雨傘不見了。」

「知道了！」他兩眼發出憤怒的目光，瞪我一眼，隨即垂下頭。

「是你拿走嗎？」

他的呼吸急促，臉色由紅而青，不答腔。

「你說，」我催迫著：「是你拿走了吧？」

他失神地搖搖頭。

「那麼，那把雨傘到哪兒去呢？」

「這，您為什麼要問我？」他反問著。

「對不起，李明禮。」我冷冷地說。

他咬著他的下嘴唇，沉默了許久，俯首招認道：「老師，是我偷的。」他的神態很不自然，而語氣卻非常堅定：「回頭，我就把傘子帶來。」他輕輕啟開房門，走了出去。

我到教室上過兩堂課，回到寢室時，發現桌上放著一把雨傘；傘子下壓著一張紙，寫道：

林老師：

您好心救助我，可是，我太壞了！沒有用，白白增加老師在學校的困難，我不會再來了。祝您好。

學生李明禮留上

我正望著那張紙條出神，這時，那個丟了雨傘的學生卻提著一把傘奔進來說：

「老師，我的雨傘找到了，今早我到廁所去小便，忘了把雨傘擱在裡頭，由校工撿來還我。」

我心中又難過又興奮，我將那把雨傘和那張紙條一齊交給他，他看了非常悔恨地說：

「唉呀！我害了他，老師，我們一定要李明禮回到學校裡來。」

這時候，走廊上傳來一陣喧鬧聲音，我探頭往門外一望，看見李明禮隨著他的父親，哭哭啼啼走過來；後面正跟著一大陣的同學。

「林老師！林老師！」明禮的父親喘著氣說：「你看，我的孩子連身上絨線衣都穿丟了，我狠狠打了他一頓，他還不肯說究竟把絨線衣丟到哪裡去，拜託林老師替我查查看。」

「來得正巧。」我說：「明禮，我正想去找你，那把丟掉的雨傘找到了，這把傘應該還給你，你的絨線衣是怎麼丟了呢？」

「我，我把它押在傘店換來的。」李明禮嗚咽著：「我，我除了承認偷傘，沒有別的法子……」

我們一齊往教室去，我向全班同學承認我犯了一次嚴重的錯誤，侮辱了已經成為「模範學生」的李明禮，於是，公開向他和他的家長表示歉意。從此，李明禮重新獲得全校同學的信任與尊敬；校長也誇獎我改造教育的成就，但是，只因為我又一次小小的疏忽，致使李明禮永遠墜入黑暗的深淵裡去。

我教本班的歷史課，這一年期考，李明禮的歷史成績是五十九分，在當時，五十九分在學校成績單上，並不稀奇。當我計算分數得了五十九分，就是五十九分，我毫不考慮到這一分之差，對於一個學生心理有什麼嚴重的影響；更未想到竟決定了李明禮一生的命運。當時我不但不以為「五十九分」這數字太苛刻，卻常常以此分數炫耀我自己嚴正不苟的精神。

當我在教務處看到學生考試總成績，這才大吃一驚，李明禮的英文、國文、數學三主要科成績都非常優越；可是，他的化學、公民二科成績太差，加以歷史五十九分不及格；他於是被列於「留級生」。

成績公佈後第三天，我收到李明禮郵寄來的一封信：

「林老師，像我這樣的一個不中用的學生，三科不及格而留級，原不算一件意外的事，可是，當我看見我的歷史五十九分不及格，我才覺得我自己不可救藥。林老師，在我的心中，您是我黑暗中的一盞明燈，我走了五十九步，只因為我差了一步，這燈光不再照我，我完了！林老師，我到很遠的地方去，再見！」

我彷彿被摑了幾個巴掌，我對我自己的行為感覺迷惑不解，我竟糊里糊塗地葬送了一個心理非常自卑脆弱的孩子。如果我認為他成績尚可，為什麼不打六十分呢？如果我認為他的成績低劣，又為什麼不打五十五分呢？究竟他的成績五十九分與六十分差別在哪裡呢？我這樣殘酷地對待一個心靈脆弱的孩子，我是他的老師呢？還是他的仇人呢？

我到處打聽他的下落，連他父母都不知他的去向，我一直引為很深的內疚，十年後，我在報紙上讀到從臺中市發出一個可怕的消息：

「**李明禮謀財傷人，地院判七年徒刑**。」

只一分之差，決定了一個少年人的終身，儘管我時時自責，時時懺悔，都無助於那囚在臺中監獄的李明禮。

老婆，我的故事說完了，可是，現在我不願再看妳怎樣批改那份考卷。

——刊於一九六〇年元月號《文星》雜誌第五卷第三期，吳魯芹選入英譯《中國現代短篇小說選集》

七、李連春的連臺好戲

楔子

六十二年前，一九二三年，日本神戶有一名工讀的報童，因學業結束而辭工，這在報社原是件芝麻小事，很意外，居然有不少訂戶向報社要求挽留這報童，報社派員向訂戶致歉外，同時查出此中有個情由：這報童送報太認真，他先徵詢各訂戶希望每日早晨什麼時候見到報紙？他將盡量給予滿足。這樣做，他每天難免要多跑一些路程，可是，報紙適時送上門，可免過早而打擾人家的晨睡，太遲而害人家苦等著，像這樣的一名報童，訂報人怎麼可以讓他離職呢？

這報童叫什麼名字？——他，他就是力挽初光復的臺灣從飢餓線上擺脫出來，漸得溫飽，而從安定中求繁榮的大功臣李連春先生❶。他早年從事糧商，光復後出主糧政，當他於一九七〇年卸去連任

---

❶ 李連春（一九〇四～二〇〇一）：臺南後壁鄉人。一九二三年畢業於日本神戶商業職業學校，後於日本加藤株式會社服務；一九四六年奉派擔任臺灣省糧食局副局長，後昇任局長。（編按）

二十四年臺灣糧食局長職務時，消息傳出，這回可不是看報紙的，而是吃米糧的人都不禁相問道：這樣的一位局長怎麼可以讓他離職？

從報童到糧食局長，時空的間隔和事理的差距極大，李連春所抱持的一貫精神只是兩個字——敬業。從早年在日本配報開始，至臺灣農村的配種子、配肥料、配農藥，以及配民食、配軍糧，他都一樣的敬業。

李連春原是一派鄉下佬的作風，他當局長使出鄉下人的幹勁，兩肩各挑一擔軍糧和民食，一挑二十四年未曾跌倒過；不過，倒不全憑他那股傻勁，他在兩把扁擔磨肩運轉中，確有其智慧和技巧在，尤其擅長導演「米戲」，他所編導的劇情頗富鄉土味，而且有個絕招，往往派記者當演員，而演者不自知，到了劇終幕落，這才恍然大悟，原來身為一幕喜劇的角色。他在任二十四年中，我大半採訪他的新聞，被騙過好多次進入他的戲裡去，演出戲碼很多，試舉《鴻門宴》、《空城計》及《包公案》等三齣戲：

鴻門宴

一九四六年八月十五日，日本投降週年紀念，李連春由臺灣糧食局副局長升為局長，沒多久，他邀約我到臺北大圓環食攤上吃午餐。他一向是「草根」作風，這場面在他不算寒傖，使我詫異的，倒是主客來自東京盟軍總部的一位美籍專使，除請我和幾位新聞同業作陪外，特意指定這位專使就圓環邊板車隊中，隨意挑選一名車伕為特別來賓，被選上的是個山東大漢，他顯得很窘，好像木凳上長出了刺兒，屁股扭個不停。李局長看在眼裡，便走過去輕拍著他的肩膀道：「老哥，別客氣，儘管吃，今天糧食局請客。」

東京使者顯然欺我語言不通，竟用英語對隨員說我長得好瘦小。說的倒是實話，我素有「小麻雀」之稱，尤其跟身邊這位山東漢一比，想必更加縮水。那漢子食量可真大，也太難為他，食攤上的碗那麼小，他只扒兩三下，碗就空了，李局長趕快叫夥計替他添，當他吃完第九碗，起立稱謝告辭，李局長也不強留，因為主客的注意力早已移聚在我身上。他正睜圓碧眼，好奇地看著我一口一口地細嚼慢吞，看得直搖頭、擺腦、喘息、嚥口水，像是他在吃著。我吃完三碗飯，放下筷子，他才鬆了一口氣，舉起大拇指，連聲喝采，然後登車而去。

傍晚時分，李局長在辦公室約見我，他鄭重地對我說：今午那位板車伕和我替臺灣解決了一項外交上難題。原來這是他主導的一臺戲。緣因日本在大戰中物資耗盡，民食奇缺。麥克阿瑟將軍透過我國外交部，商請臺灣省政府讓售一批白米接濟日民。上任不久的李局長奉到中央指令，卻表示一萬個不同意，理由是：戰後臺灣元氣未復，無餘糧可濟鄰國之飢。

省府有關官員著了慌，紛紛苦勸李局長：現今麥元帥正當紅，與我中央首要關係至深，我們自家有什麼困難，只消縮一下腰帶就過去了，麥元帥的面情多少要賣一點。接下去是一句警語：「李局長，你這新官得來真不易呀！」

李連春一再搖頭。他說：「日本吃了五十多年臺灣人的血，還嫌不夠嗎？中國抗日最早，也最久，為盟國犧牲了幾千萬人這交情還不夠嗎？」他手指著自己胸脯說：「我不能為了官位，叫臺灣同胞再為日本人縮褲腰！」

此語一出，沒人敢再吭聲。麥帥果然碰不得這條臺灣小釘子，心裡很不服氣，於是派了一位專使來到臺北，顯然是有備而來的，手中帶一份關於臺灣人口和糧食的情報文件，他辭婉而氣壯地質問道：「李先生，請教這一份情報資料靠得住嗎？」

「佩服，佩服！很正確。」李連春瞧一眼，立時笑道：「這份臺灣人口及糧食的統計資料比本地有些機構做得還正確，不過呢，盟軍總部對中國人的腸胃情報錯得太離譜。將軍，且慢焦急，咱們中國人以食為天，先請將軍出去吃一餐，大家吃飽了，好商量。」

糧食局迅速展開舞臺作業，定名為《鴻門宴》，戲臺設於九流三教集散之地——臺北大圓環。安排演員：一個板車伕和幾位新聞記者。為加強戲劇的氣氛，指定我坐在山東大漢旁邊，一大一小，造成強烈的對比。有一點很意外，那位東京專使不把吃九碗的板車伕看在眼裡，認為那無啥稀奇，倒是我這個「小麻雀」也吃了三碗，才使他大吃一驚，於是打道回東京向麥帥報告：「臺灣真的也缺糧。」這一樁涉及中、美、日三國的外交折衝，終於在臺北大圓環邊上粗碗殘碟間圓滿解決。

雖然以喜劇收場，我仍然責怪李局長未事先告知。李局長卻另說一套道理：「假如事先說破，你不可能吃得那麼自然，恐怕這臺戲給演坍了，小林，為國家著想，請你委屈一下。我李連春保證，不出兩年，臺灣必有多餘的食米外銷各國，你等著瞧吧！」

空城計

後來我奉調駐派高雄擔任採訪，遠在臺北的李連春竟使我的工作更加吃重。他幾乎每個星期日，都到南部巡視農村，因此，那麼多年以來我像南部所有農會推廣人員一樣，很少有個星期假日。他每週一次在各地區召開農糧人員會議，有關糧政任何困難，在此例會中立時解決。一九五〇年發生大旱災，當時的水利未興，臺灣大鬧米荒，糧農人員責任更重。一個星期日大清早，李局長破例派汽車來接我，並言明要我攜帶一位攝影記者同行，於是驅車到大宿舍把老搭檔攝影記者蕭維孚帶了去。

車抵高雄港口，看到大好喜事，新從泰國運到了大批暹羅米，碼頭上糧袋堆積如山，一列貨車裝滿米糧，正升火待發，一時攝影機喀嚓喀嚓的響。第二天，全省各報都用頭號大字刊出「米來了」的喜訊，而且圖文俱佳，果然米價的漲風因而稍煞了。

那年我住在高雄市鼓山路哨船頭的邊巷裡，港都夏季炎熱，我下了夜班，還時常到海邊散步乘涼。那夜已深，我走到海灘上，遇見老鄰居碼頭工趙大哥，他正盤坐在一塊岩石上抽菸，我於是上前招呼，寒暄一會，接口問道：「趙大哥，最近忙嗎？」

「唉！碼頭工，哪一天不忙？不過，這些日子，忙得真沒有意思！」

「嗯，想不到，碼頭工也講意思情調來啦！」

「做工，總得有個目標啊！像這幾天，李連春發了瘋，弄得咱們也跟著瘋來瘋去，累個半死。」

「他瘋什麼呀？」

「哈，他瘋得才絕呢，他派人來向我要工人，深夜裡，一起到山裡去，打開糧食，把稻米裝上大貨車運到港口來，白天再把原包運回糧倉去，這樣運來又運去，真是白費他媽的氣力和運費，你說，他瘋不瘋？——哈！有個局員賞給了我一個紅包，叫我不要說出去，得保密——呃！你可別說開去，砸破我的飯碗！」

「哦！我又上當了！」我凝望著那一片白茫茫的月色、煙霧、波光交融在海洋上，分不清，化不開，心中幽幽地埋怨著：「李連春，原來你到高雄來演了一齣《空城計》，派咱們待在城門牆邊充當那比手劃腳的小啞巴，唉！我又上了一次當……」

那個禮拜天，我在鳳山鎮遇上李連春，看他眼皮無力，兩眼赤紅，顯然他欠了睡眠很多債，我要向他討個公道：「李局長，諸葛亮演《空城計》欺敵可也，你演《空城計》欺騙我的讀者，大大不可，這件事叫我怎麼交代得了？」

「小林，請問你：諸葛亮演《空城計》，他是不是永遠放空城？他在等待著什麼？」李局長反考著我。

「在等待援兵來到。」

「援兵快到了！你也有了交代。」李局長從皮包中取出一份輸入許可證及一通泰國電報證明給我看，真的外米快要運到了。「我計算過了，臺灣本年米糧足夠，純由米商狠心操縱，企圖抬高米價，坐享暴利，我是米商出身的，知道怎麼對付他們，已經向泰國訂購了一批暹羅米，來安定民心，免得大家搶購食米，引起百物上漲，可是，遠水不及救近火，不得已使出這場苦計，請多加原諒。我不會長放空城，援兵立即來到，預定其中一艘米船月尾在高雄港登岸，等船駛近岸，我想請你到港外去接船，你有興趣嗎？」

那年代，確乎米最強勢，百物無不以食米為基準，米價一跳，百物皆跳。不過我受了騙，實在氣不過來。我生平罵人不帶髒話，這回著實很衝動，想罵他一句「三字經」卻又收住口。李連春雖然帶土氣，說話倒滿斯文，聽說他也會吐「三字經」，只是時間限於每日大清早，對象限於他最敬愛的天老爺。每日早晨他一睜開眼，頭一句話問他老婆：「出日？下雨？」如果應答老天不順他的意，亂出日或亂下雨，他便衝口而出：「老天，X你娘！」由此可見他和老天爺交情之深。這是他的早班司機告訴我的（他從清晨上班到夜半，每日得換三班司機）。我親耳聽他說三字經倒只有一次，就是在這大旱年的一個週末，他巡察屏東鄉野，順路走進他每過必入的五穀廟，向神農大帝點香祭拜過了——我不迷信，可是，對幹這一行的人，先盡人力而後祭神的行為則表尊重——然後，再隨著他走到田隴上，正察看那一帶枯槁的稻秧，以及實施輪流灌溉的情況，突然天起大變，陰雲密布，一時雷電交加，風緊雨驟，大家紛紛避入抽水機房，只李局長獨自癡癡地立著，任憑雨箭亂射，他緩緩地仰起頭，望著蒼茫的雨空，聲帶哽咽歡呼道：「X你娘，好靈的神，感謝！感謝！」

後來我聽到另一樁事，使我對他演《空城計》稍加諒解。當年老總統據報米價大漲，百物也蠢蠢欲動，極表關懷，乃召見李局長，責問他曾大言保證今年米糧豐足，如今竟鬧出米荒來，是何道理？經李連春解釋一番，老總統罵他「強辯！」召見於此結束。

那天，李連春特早下班回家去，關起房門苦寫遺書，然後含淚向妻兒女泣告永別，說明總統當日召見情況，並奉令槍斃賜死。李局長向家人表示：君令臣死，臣即當死，唯以不能把臺灣糧農辦好，在九泉之下，愧對民族同胞。言罷與家人相擁悲哭。消息傳至親友，都認為李連春幹下這幾年，已有相當苦勞和業績，可託人向總統懇求准予戴罪立功，免其一死。於是求助於張群祕書長，張老認為此事不合常理，即令犯有重罪，總統一向交司法或軍法審辦，向無一聲令下，立判死刑之理。經他查詢底細方知總統對李連春愛之深，責之重，也僅止於「強辯」二字，由於李連春的臺灣耳朵，聽錯了老總統的浙江官音，誤把「強辯」為「槍斃」，造成了一場誤會。一經解釋他終於破涕為笑，但心中仍不免有壓力，於是編導了這一齣《空城計》，選派我站在空城牆邊當小啞巴，比手劃腳，宣示城裡裝滿大米，終於抑制了米商的氣焰。

包公案

那一年，風調雨順，海面上幾番掀起大颱風，對臺灣都特別友善，凶狠狠地衝到大門口，來個急轉彎迴旋他去，加上當年陳誠將軍出任行政院長，彼此節拍相合，李連春幹得特別起勁。又一個星期天，他主持屏東糧政人員例會，結束後，他邀我搭便車回高雄，車過下淡水溪長橋，司機突然奉令轉入九曲堂，駛過幾里村徑，終於在一家小米鋪前停下，我便隨李局長下車，但見店前擺放一筐白米，筐中插著一支厚紙牌，上書：「新到暹羅白米」。

「新上市一批外米，天快黑了，拍一張照吧！」李局長拍拍我肩背上掛著那架萊卡相機。

因我上過幾次當，尤其對暹羅米最具戒心。此時我的職務已由「實習記者」昇為正牌的，經驗也老到，於是試一下身手，伸手過去抓得一小把米，平放掌中細視一番，見那米身長，米腰胖，有四成把握屬於暹羅秈米，送數粒進入嘴裡咬嚼兩下，帶點火氣兼汽油味，那就對了，因為泰國多雨，大半用烘乾機烘稻子，米中往往帶點火氣；至於汽油味，那是船運壓艙帶上來的，於是有八成的把握；再翻看米袋，那是正宗泰國黃麻製品，又平添兩成，我於是信心十足了，很是得意，自量本記者經驗豐富，小心考證，再不至上李連春的鬼當吧！便隨著李局長登車到大樹鄉一帶米鋪繼續察看，好幾家都是一樣的舶來米色，接著，我向李局長展開訪問，其中有個很關鍵的問題：

「今年臺灣大豐收，政府為什麼要進口外國米呢？」

「這是我的主意，存糧本是多多益善的，趁今年泰國也豐收，他們肯出手的時候，我趕緊進口一批，充實糧倉，以備不測之需。」

李連春表現出一派敢做敢當的作風，每句話都用「我」，而非「我們」，堅定而負責，我於是不再遲疑，回到高雄寫了一篇有關暹羅米應市的新聞。

第二天，翻看本報，這則新聞刊出了，可是，只比豆腐干大一點，未配照片。就新聞而論，編輯處理很得當，在大豐年中進口外米，不值得強調，頂多只是一項商情動態而已。可是，李連春對這新聞卻表現出異乎尋常的重視，他在臺北一早派專人到本報總社等候南部版報紙運到（北部版未刊用），買了好多份，我從電話中得知，心中立即起了疙瘩。

傍午時分，省政府、行政院先後掛電話到報社查詢這則消息的來由，這則新聞寫得四平八穩，問題又很簡單，我能答，但拒答，因是李局長帶路採訪的，他才有資格代表官方說明此事。接著部隊也派員來調查，明知此中有蹊蹺，但不知底蘊，心中暗自納悶，後來我還受一場好大的驚嚇，歐陽醇總編輯為此特准我到關子嶺度假休養，至於這個打著「暹羅結」的鈴子，須待繫鈴人李連春來解開。

難得奉命度過了五日假期，那個星期天，我就回高雄到糧食事務所跟李局長細算這筆「米帳」，他一見到我，立時表露出那副很「邪門」的得意相，然後向我吐露真情，方知這回他又導演了一齣很叫座的戲。

當時駐臺各兵種部隊，在兵荒馬亂中從大陸各地先後撤退來臺，曾經當局大力整編革新過了。李連春主持臺灣糧政，並兼負責籌劃全國軍糧，出身軍旅的行政院陳誠院長曾向他保證：現在部隊管理嚴明，不再有「空額」現象，可是這位四年制商校畢業而米商出身的李局長，大學問不敢稱道，他一聞到米糧，比什麼老鼠還要鬼精靈，走到坊間，嗅一嗅，聞一聞，再加上他心中那一副鐵算盤，打一打，米市動態很難瞞過他。他終於坦率報告陳誠院長，看情況，軍糧似乎還是有些走漏，陳院長要他拿出證據來，他倒沉得住氣，經一番籌謀，終於在大豐年中，不惜花一筆外匯（那年頭外匯很拮据）向泰國進口這批不同「米相」的稻米，不賣給老百姓，專供軍需。最使李局長吃驚的是速度奇快，此米才配發三天，就出現在高雄九曲堂坊間米鋪中，李局長立即動用我這個小記者發這一則小小的新聞，然後快馬送至行政院陳院長辦公室，也許早有默契，陳院長看了這張揭開的底牌，立即施以鐵腕徹底改革，從此國軍部隊人事管理完全制度化，真正步上了軌道。這一則豆腐干大的新聞竟對國防民生發生了如此戲劇性的作用，乃出於李連春一手設計，他自必十分得意；而我始料不及，難免倒了大楣。

「李局長，這回演的戲牌算是《包公案》，您當了包龍圖，在皇上面前大顯功勳。」我忍不住地奚落他兩句：「可是，您可曾替我想一想，我當得起包公府衙的展昭嗎？」

李連春在局長任內二十四年中（一九四六至一九七〇年），他導演過好多齣「米戲」，我也上過他好多次當，尤其在九曲堂演這齣《包公案》，險些兒叫我魂斷下淡水溪，追思往事，情同隔世。如今，生活在臺灣的人，大半嘴巴養得很刁，身體養得好油，已經吃不來，也不宜多吃白米飯，尤其眼看鄉野四處堆積著過剩的稻米，糧倉容不下，而用塑膠袋打包閒置戶外，任由日曬雨打的這一片好景，誰曾想到在這片土地上前人是怎樣艱辛耕耘過來的？此時此景，講此戲文，很殺風景，何況李連春和他的農業時代都已經過去了。

——本文〈鴻門宴〉一齣刊於一九八五年十二月七日《中國時報》副刊，餘文刊於一九八六年元月號《大人物》雜誌

八、包龍眼的紙

我從巷邊水果攤上買了一斤龍眼回家，吃過了，卻不知道什麼味道，我竟被那張包水果的破紙吸引住了。那是一張被扯開的英文刊物雙頁相聯的單張，印刷很精美，雖然有點殘破；上面刊載著一位署名歐尼爾撰寫〈飛行搜奇錄〉，我卻讀得津津有味。這位老飛行員記述他在北極飛行所見的奇景，非洲上空與巨鳥相撞的驚險，西班牙的豔遇，羅馬的受騙……種種奇聞怪事，最引我注意是一段描寫在臺灣的見聞，文端有個很醒目的小標題：「最文雅的苦力」，我將這段殘缺不全的文章摘譯如下：

一九五一年的一個夏天的午夜，我從泰國駕著一架運載農藥的專機飛抵臺北機場……（殘缺）……由三輛卡車運來一批溫文爾雅的工人，他們大都穿著漂亮的外衣和皮鞋，有的戴著很合適的領帶，也有……（殘缺）……他們擁進了機艙，起初我很疑惑，以為海關派來這麼多的驗關員，後來才知道他們都是卸貨工人，這是我從未見過的好禮而高雅的機場苦力，由一位頭髮灰白而精力充沛的領班帶頭做工，顯然他們水準相當高，每一位都能辨識裝箱上面的英文字；動作敏捷而謹慎，不像一般機場搬貨工人，把東西亂丟亂摔；最難得是他們互相禮讓，彼此呼應，好像一個大家族在假日野餐聚會中所表現愉快和合作，這是世界最文明國家機場所見不到的景象。貨都卸好了，那位年老的領班和我握手鞠躬，雖然他不會說英語；但由他的誠摯和虔敬的表情，我知道他是代表這個國家國民向一個在深夜裡由異域飛來的飛行員致由衷的敬意。

我站在駕駛室門口，望著這一群可愛的苦力乘著卡車在鋪滿了月色的機場上疾馳而去，我彷彿感覺在這個夜晚誤降在一個地球以外的國度，或者是地球上的一個新的奇妙境界吧？不！這確實是一個地球上的國家，我清楚地看到機場入口處寫著「中華民國」四個字，這時候，我才感覺到非常慚愧和失敬，在這古老、文明，而講究禮儀的國家，我看到孔夫子的後裔有禮貌，而尊重地工作著，那是最自然不過的事，如果我……（以下殘缺）

我對歐尼爾所寫在臺北這一段見聞錄很懷疑，我不相信松山機場有如此高雅的起卸工人，因此，我將這張沾滿了龍眼汁的包裝紙，放在太陽下曬了一曬，再將裂處用透明膠帶黏補起來，寄給臺北一家航空公司服務的朋友，問他這是哪一家雜誌的出版物？可否找一份給我看看這篇文章的全貌？歐尼爾是哪一家航空公司的飛行員？又請他就便打聽松山機場對起卸方面有沒有什麼特別服務隊，像那位老飛行員筆下所描寫那麼高雅的工人？

四天以後，我收到這麼一封回信：

開兄：

現在我明白了你始終胖不起來的道理，你花幾塊錢買了一大包龍眼，心猶不足，還要在包裝紙上大動腦筋，這樣做，包你活不長命，但是，我又不能不滿足你，承詢各點，謹答如下：

一、經查本公司幾位外籍工程人員，據他們說：那可能是英國航空協會出版的季刊，但是，他們手邊都沒有這種刊物，又不知卷號，無從查考。

二、查本公司歷年人事卡中，無歐尼爾其人，至於其他公司無從查起。

三、關於松山機場卸貨工人，我和他們經常接觸，他們還不錯，但從未見過像歐尼爾筆下那樣高雅的工人，如果他有意替我們國家捧場，你何必挖瘡疤呢？如果他寫神話，你又何必認眞呢？

朋友！我贊成你多吃龍眼，因爲它含有豐富的營養，但是，如果你吃了幾顆龍眼，又在那張包水果的破紙上大動腦筋，消耗去更多的維他命，豈不是「得不償失」嗎？隨函寄上那張髒兮兮的破紙，把它扔掉吧！

你的朋友×××上

我並不聽話，還再到那個水果攤去買龍眼，希望水果販能給我幾張類似的包裝紙；可是任憑我在紙堆中怎樣翻來覆去，找不到。老闆說：他記得有一綑像那樣子的印刷品，都包了龍眼給顧客帶走了。

我並不灰心，要繼續找路子查證那篇文章。我寫信向臺北飛機場、臺北海關等機關查詢，他們都說：這事至今已隔十二年，既不知航空公司稱號，又不知道收貨單位，實在無從查考；接著，我又上函經濟部、農林廳❶、農復會❷、糧食局、糖業公司等單位，查詢在一九五一年夏天曾否由國外空運進口一批農藥，這架貨機在深夜裡降落卸貨，他們回答全是「沒有」。

我終於得到一個「有」的回答，這回答是來自美援會❸。但是，當時起卸工作並非由該會負責，何況至今人事全非，資料不詳。我又根據美援會提供線索，繼續追蹤訪問了好幾位機場貨運起卸作業人員，由他們片斷的記憶，剪接成下面真實故事：

一九五一年夏天的一個午夜一時十分（正確日期，至今未查出），美援會祕書長王蓬正在他的公館熟睡中，忽然被一陣電話鈴聲吵醒，那是松山機場給他緊急通知：美援會空運進口一批農藥的飛機已經降落，因這架飛機負有急迫的任務，臨時決定續飛往東京，限當夜三時以前起卸完畢；否則，將先飛往東京，以後再想辦法將農藥轉運來臺灣。

當時美援會空運這批農藥，為了搶救當時臺灣某些地區所發生蟲害，既然已運抵松山，自然非設法起卸不可，但是，在三更半夜裡，臨時到哪裡僱工人呢？王蓬祕書長思索一下，想起這時候，整個臺北有一位官員必定還在辦公室裡，他是糧食局長李連春，通常他和重要隨員在午夜二時以前，很少

❶ 農林廳：原隸屬臺灣省政府，後因省政府業務與組織調整，改隸行政院農委會，之後又與糧食局等機關整併為今日的行政院農委會農糧署。（編按）

❷ 農復會：全稱「中國農村復興聯合委員會」，於一九四八年十月根據《中美經濟合作協定》在南京市成立，為今日「行政院農業委員會」（簡稱農委會）的前身，未來將升格為「農業部」。（編按）

❸ 美援會：全稱「行政院美援運用委員會」，於一九四八年七月根據《中美經濟援助協定》而設立，多年來先後改組為經合會、經建會；二〇一四年，與研考會合併，改制為國發會。（編按）

離開辦公室。他於是決定掛個電話給他試試看；如果李局長也沒有辦法，只好讓飛機飛走算了。

午夜一時十分，李連春局長接了王蓬的電話，他毫無猶豫地回答：「當然，當然要卸下來……我負責，三點鐘以前……來得及，來得及！你先派人到機場等我的卡車好了！」

李局長把這件事告訴隨他同甘苦的高級僚屬，他們都大驚失色，這件事怎麼好輕易答應下來呢？現在是什麼時候了！

「沒有問題，我做給你們看！」李局長說：「馬上打電話到車庫，通知值班司機，在五分鐘以內，開兩部卡車到辦公室門口，耽誤一分鐘就要受處分！」

四分鐘以後，辦公室門口傳來響亮的卡車喇叭聲，除留下一位祕書和女工友外，三位高級僚屬都被李局長帶走。

「開往松山機場！」一位僚屬說。

「不！」李局長說：「開南陽街。」

當兩輛卡車在寂靜的街道上奔馳時，三位僚屬相對無語，但心裡都在疑惑著：那條街全是機關行號，沒半個工人寮，開往那裡去幹麼？

車開到南陽街口，李局長說：「開到單身宿舍。」

他們走進糧食局單身宿舍，把一個個睡得像死豬的職員都叫醒，限他們在五分鐘內，穿好衣服，鎖門登車。

當卡車向松山方面疾駛的時候，有一位職員輕聲地問：「科長，什麼事呀？」

「到時候，你就知道。」

「我們押到松山去槍斃。」車廂後座冒出一句話。

這句話卻使大家笑得精神起來了。在那裡原有一座古老的刑場，此時在夜風呼嘯中，真的令人毛骨悚然。

午夜二時四十分，這兩部卡車裝滿了農藥，藥箱上坐滿了公務員，駛回糧食局大門口。有一個人從局裡疾奔出來，他緊緊地握住李局長的手：「李局長，你……」

這個人是王蓬祕書長。

李局長卻變成歐尼爾筆下的領班。

——刊於一九六三年九月號《文星》雜誌第七十一期，一九八一年編入國立中興大學國文教材

九、黑驢子之夢

《文星》雜誌編者按：

不久以前，私立高雄醫學院❶曾經發生了一場易長的風波，該院院長杜聰明博士❷被迫向董事會提出辭職，一時間各界人士都不免為該院的前途擔心，幸賴高雄新聞界仗義執言，終能挽留了杜博士，也挽救了該院的這次危機。

現在這場風波已成過去，然而使我們不能忘懷的是高雄新聞工作者在這次風波中的表現，和他們的努力所起的作用；特別是林今開先生，當我們讀了他的有關這次風波的報導，和了解了他的處境以後，不能不深感欽佩；因為他已盡了新聞工作者最大的本分。我們特地寫信給林先生，請他把他的動機和感想告訴本刊讀者，相信我們可以透過林先生一個人，看到中國全體新聞工作者的高貴品質。

在臺灣新聞圈中，我是個微不足道的小卒子。

我想，正如所有新聞工作者一樣，將近十七年以來，我幾乎沒有一天不在罪惡與道德交流中滾轉、浮沉、掙扎著。我常常感覺這遠比金門料羅灣的激流恐怖得多。是的，料羅灣曾經淹沒過七個體力不支的記者，可是，我卻無法說出，我親眼見過多少同業因不能持續其道德勇氣與毅力而沉入社會的暗流裡去。

雖然我還未被淹沒，但我經常在善與惡、愛與恨、冷與熱、暗與光、偽與真的交錯而重疊的激劇動盪和高速迴旋中掙扎著，我的神經大半已經麻痺了，雖然，我有時還能夠奮力伸出我的臂膀，攀住在那激流中的一條道德的浮木而高聲疾呼。

我沒想到《文星》編者居然遠遠地聽到了我那一陣有氣無力的呼喊聲，寫了一封過分誇獎的信給我，使我倍加慚愧。我想，讀者如能讀完這篇短文，就不會以為我的話是出於謙虛，而且還要替我格外慚愧呢！

《文星》編者對我的幾篇有關「高雄醫學院風波」的文章表示特別關心和興趣。我想也許像高雄一般人士一樣，不是因為那幾篇文章有什麼出奇的地方；只是因為大家都知道我和高雄醫學院董事長兼高雄市長陳啟川、杜聰明院長，都有忘年的深交，我怎麼能夠不顧兩位長者的情面，而用筆桿首先揭破了學院和董事會間的矛盾呢？

在我十餘年來從事新聞工作經驗中，關於「高雄醫學院風波」實在不算一件頂大的新聞；但是，我在感情上所承受的痛苦卻是前所未有的。誰都知道陳啟川先生是高雄的大家長，他擁有最多的財

---

❶ 高雄醫學院：已於一九九九年改制為高雄醫學大學。（編按）

❷ 杜聰明（一八九三～一九八六）：臺北縣淡水人，臺灣第一位醫學博士，高雄醫學院創辦人。（編按）

富，也有烜赫的地位、權力和聲望；我是他所愛護的一位年輕朋友，而他也是我尊敬的一位長者；還不止，他又是我所服務的新聞報❸常務董事之一，我為什麼要在這家報紙寫文章刺傷他呢？

我為什麼這樣做呢？許多人都這樣問我，我也不只一次問過我自己。今年新曆年元旦，在杜聰明院長向董事會提出辭職以後，我獨自步上壽山，眺望高雄的市街和海景，靜靜地思索了將近兩個小時，我終於決定把學院的糾紛真相向社會報導。我回到家裡來，像我寫我的伯伯和叔叔間的事一樣的熟悉，用不著採訪，拿起筆來一寫數千字，完成了第一篇報導文章，我首先交給我的妻子看（前妻邵霖女士），因為這篇文章發表出去，對我這個小家庭的影響不足道，可是高雄醫學院的董事們，大半是我妻所主持的一家孤兒院❹的有力支持者，這一點，我委實需要和她商量一下。

我妻讀了文稿，她沉思了一會，用反問代替了回答：

「醫學院不是比孤兒院更重要嗎？」

難得她能夠這樣衡量輕重，我就再不遲疑將這原稿送往新聞報編輯部去❹。承《文星》編者向我問起了這件事，我回答這問題，就必須從我童年時代的一樁小事說起。

當我七歲的時候，我的身體比現在還要羸弱。有一天我的叔叔帶我到離城不遠的姑姑家裡去，那正是早稻成熟的時季，田野上一片金色，我望見陌上有一匹黑色的驢子，正伸長著脖子啃著田裡的稻穗，我於是大步走過去，從地上撿起那條韁繩，試圖牽著牠離開那塊稻田。

「嗨！」叔叔用力地拉了我一把，「你不要命呀！」

「驢子在吃稻子呀！」我理直氣壯地說。

「驢子吃稻子，干你什麼事呀？要是給牠踢一腳，看你……」叔叔呵斥著，我只好乖順地丟開韁繩，隨著叔叔往前走去。他邊走邊告誡著說：「從今以後，千萬別管閒事，我們走我們的路，驢子吃人家的稻子，你要聽話，叔叔才會常常帶你到鄉下來玩。」

「叔叔常常帶你到鄉下來玩」，這句話對我有多大的誘惑呀！我從小就學會依順大人而換取實惠。叔叔帶我玩才要緊，管他娘的稻子被驢子吃光。那夜裡，我睡在姑姑的床上，夢見一匹驢子，把一片金色的稻田都吃個精光，然後牠進農家，踐踏著一群孩子，又向我狂奔過來，嚇得我冒出一身冷汗，驚醒來時，卻在姑姑的懷裡打滾。

從此，我常常重複做這個可怕的黑驢子的夢，我對這夢越懼怕，它越頑強地纏住我。年齡和智慧的增進，都未能紓解它對我的糾纏，尤其在面臨重大的壓力下，那頑固的「黑驢子」往往出現在我的夢景中。

我長大了，我漸漸發現這個夢正是我的靈魂的樞紐，位於我的罪惡和道德的兩條思路的交叉點上，隨時在左右著我的重大行動，雖然我不知道其為禍為福。

---

❸ 正式名稱為《台灣新聞報》，創立於一九六一年，由當時臺灣省政府所屬中文報紙《台灣新生報》的「南部版」獨立而成。（編按）

❹ 因此事件，種下禍根，後來我被迫離開報社；前妻邵霖女士所主持的孤兒院，則是紅十字會育幼中心。

到現在為止，這個夢最重要的一次出現，那是一九四六年十二月間，我採訪到一條重大的機密消息，老實說，這條消息不是採訪來的，而是我用千方百計從臺灣長官公署❺陳儀長官辦公室「偷」出來的，可是，我一看內容，嚇得不敢發稿，不只是怕我自己惹上麻煩，更怕會連累長官公署辦公室的官員。我深知陳儀長官對這件事採取「放任政策」，為了臺灣全省同胞生命財產的安全，我必須將這「機密」發表，可是，我又缺少這分勇氣。

在第三天黎明時分，又在我的夢中出現了那隻黑驢子的惡夢，等我驚醒過來，正像以往的情形一樣，這夢立即給我很大的勇氣和使命感，驅使我立刻把那份機密的文件，寫成了一篇新聞稿，放在我寢室隔壁的編輯部辦公桌上。

在我重述這件「機密文件」內容以前，讓我簡略地介紹我當時工作的環境。在二次大戰結束以後，「臺灣通訊社」應時而生，一九四六年初我在這家通訊社擔任實習記者。到任之後，我才感覺這家小通訊社所負的任務相當重要，當時臺灣所有報紙剛剛從日文版變成中文版或中日文混合版，許多日治時代的老記者在光復一夜間都變成「幼稚園」生了，如果哪一位記者能到官廳裡說幾句國語，再用漢文寫一篇不大像樣的新聞稿，在當時這種人簡直是奇貨，因此，各報社都鬧著稿荒，都靠這家小通訊社的通訊稿來填版面。每日打開報紙看，「臺灣社訊」在地方版上所佔的分量，正如「中央社電」在要聞版上一樣。

民國三十五年（一九四六年）十二月十九日，我經由「臺灣社」發表了長官公署的一件「機密文件」，那是麥克阿瑟元帥自東京致我國外交部轉給臺灣長官公署的一份備忘錄，這份備忘錄通知陳儀長官密切注意一件事：旅居日本四萬五千多臺胞中，有一半以上沒有戶籍，這些旅日臺胞違法案件超乎尋常之多，他們正陸續被遣送回臺灣，東京盟軍統帥部特地致送這份備忘錄請臺灣長官公署密切加以注意。我在發稿時，知道我發表這一條被列為「機密文件」的消息，即將被戴上「破壞臺胞感情」的大罪名，這一點，我很取巧，我在這條通訊稿上假註著：「臺灣社南京特訊」。我想，如果發生了麻煩，可把這責任推給「並無其人」的南京特派員身上。這篇通訊稿，第二天臺北各大報都用非常顯著的地位刊登了出來，但是，我很失望，因為那份麥帥備忘錄內容被主編大加刪改（見民國三十五年十二月二十日《新生報》第二版），茲將舊報照錄如下：

【臺灣社南京特訊】日本東京盟軍統帥部，近致我外部轉臺灣長官公署一份備忘錄，其內容大致如下：根據去年十一月日本戶口統計旅日臺胞總數僅為二五、二八三人，但盟軍統帥部目前調查旅日臺胞總數為四五、七二〇人，已遣送回臺者計二一、七六〇人，尚留日者計一三、九六〇人，願意遣送返籍一、五三一人，由上列數字可知，旅日臺胞實數中有二〇、四三七人為特殊原因，不置於日本戶口或彼等於去年十一月始入日本。按本年七、八、九三個月之統計，臺胞在日發生違法案件達三百餘件，較日人違法案件，平均數多一倍。

❺ 臺灣長官公署：全稱為「臺灣省行政長官公署」，設立於一九四五年二次大戰結束後，由陳儀擔任最高首長。一九四七年，國民政府在二二八事件平息後廢除此機關，改組為臺灣省政府。（編按）

【臺灣社訊】頃據臺灣長官公署負責人稱：一批旅日臺胞千餘人曾經美國軍方同意，擬撥「佐世保」輪船運遣返臺，預計本月十四日可抵基隆，唯此項要求已遭麥帥拒絕，不予運遣返臺，省長官公署本擬指派遣送日僑之「臺南號」運返臺胞，現「臺南號」因機件損壞，正在修理中，省交通處已改派「臺北號」輪船代辦此項遣運工作，聞「臺北號」將於本月二十日由連雲港啓碇來臺。

各報刊出麥帥的備忘錄都經刪削過，但是，臺灣通訊社已經受不了。長官公署數度派員來查究消息來源，我照原先的計畫，把責任推給「臺灣社駐南京特派員」，起初他們有點相信，因為那份備忘錄原由南京外交部轉來臺灣的，可是，他們硬要索閱南京特派員航訊的原稿，我只好說原稿遺失了，當然使他們懷疑加深。

二十天以後，即第二年正月十日臺北輪自日本佐世保運載一、一二七人旅日臺胞抵基隆，透過港務局的關係，我登輪訪問歸胞，深一層了解麥帥備忘錄的意義。

在這一條船上，有不少久居日本的臺籍僑民，也有優秀的臺籍留日學生，以及其他九流三教的乘客，他們大多數和我都很談得來，訪問工作非常順利。從他們口中證實了麥帥備忘錄的話，在戶口嚴密的日本，竟有兩萬多個臺胞是沒有戶籍的，這些人大都由日軍遠征地區被當做「日俘」遣返日本，其中有一部分並非應徵參加的「皇軍」，卻是一批當年臺灣的特級流氓，經由日本軍閥刻意加以訓練，然後送往中國大陸去充當「壞蛋的角色」，日本人「扶植」他們的目的有三：一、鞭策這批人在中國大陸從事窮凶極惡的事，而替日本人頂罪；二、破壞中國大陸人民與臺胞的感情；三、解決了臺灣境內的治安問題。

這一批人在戰後被「遣返」日本，大部分未辦戶籍登記，他們的惡性和慣技一時改不過來，於是帶給日本政府和盟軍統帥部極大的困擾，因此，盟軍統帥部在分批遣送二萬餘名臺胞返國前，特地鄭重地致送這份備忘錄，提醒我國政府對其中一部分份子應加以特別注意。

臺灣長官公署對那些「特殊份子」，像對一般的返國臺胞一樣的處理，顯然未重視麥帥備忘錄，因此我才千方百計取得這份機密文件而登輪訪問。

我自基隆回到臺北，花了兩天工夫，寫了一篇八千多字的專文，多層次地訪問歸國臺胞口述的資料，再引證麥帥的備忘錄，促請政府密切注意與慎重處理這件事，可是，沒有一家報社敢冒「破壞臺胞感情」的罪名而刊登這篇專訪文章，包括我所服務的「臺灣通訊社」在內。

「老林！」主編拍拍我的肩膀說：「你的文章寫得很好，但是，那既會引起政府不滿，也不討好本省同胞，算了吧！老林，你的前途無量，少管這些閒事！」

這時候，我望一下我的主管，立即使我想起那年站在田邊上漠然望著黑驢子吃稻子的叔叔的面孔。

我沒有想到，誰也沒有想到，當年二月二十八日臺灣發生那麼慘痛的「二二八」事變，這事變距我發表「麥帥備忘錄」六十八天，距我在基隆訪問旅日歸國臺胞僅僅四十八天。

當然，我並不認為這慘痛事變是由這些「特殊份子」引發的，更不以為我那八千字的專訪文章足以阻遏這個高度爆炸性的事件。但是，以我身歷這次慘變的人看來，那些「特殊份子」被那樣地歡迎回國，無異對這事件投下了大量而強度的「助燃劑」。因此，我常常悔恨我未能發表我的訪問報導，雖然我知道一篇報導，對當時政府影響力微不足道，但是，我未盡到記者所應盡的最大責任，我是應該慚愧的。因此我常常夢見無數死在事變中的冤魂像我伸手哀號。在這次事變中，「臺灣通訊社」辦公室也被搗毀，我的財產盡失；其實，當時我的真正財產只有兩件：一件是女友送給我的英譯《托爾斯泰全集》；另一件是在基隆港口採訪的八千字資料。

許多朋友都說：假如是現在，情況可能改觀，當時我不過是個很嫩的實習記者，現在年紀大多了，同時，臺灣也增加這麼多強有力的報紙和雜誌。可是，我的想法卻是「相去不遠」。現在，我還在從事這份工作，新聞界的客觀條件確實比以前好多了，但是，關於「這一方面」的進步，還是非常的有限。就最近「高雄醫學院風波」為例，我所寫的還不及事實的三分之一，不知道有多少人都在指責我寫得太多。從七歲的時候，我在姑姑村前的田邊看黑驢子吃稻起，到此刻寫這篇文章止，時時都有大人們在訓誡我說：「老林！那沒有什麼了不起，不寫算了，你很有前途，少管閒事！」

自從「黑驢子」的夢以後，又自那個事變發生了以後，就我個人來說，卻有一點改變……從那時候起，我決心今後盡我個人最大的能力來做這一份新聞記者的工作，不再理叔叔們的恫嚇：「讓驢子一腳踢死你！」

使我感到自慰的是，一個新聞記者只要朝好的方向盡一分力量，對社會總會產生或多或少的影響作用。以高雄大貝湖❻的建設為例，一九五四年，我在高雄發現了大貝湖的工業用水的建設，正遭到嚴重的阻力，感謝「黑驢子之夢」鼓起了我的勇氣，使我甘冒著許多的危險，在《新生報》南版（即現在的《新聞報》）發表了一篇〈但願紅顏不薄命〉的報導文章。從今日眼光來看，覺得這篇文章連題帶文都像個文藝小說那麼「柔弱無力」，不料卻有人把這文章翻譯給前顧問團團長蔡斯將軍看，大的困難終於解決了❼，但是，高雄縣議會仍然每天花數千元臺幣登半頁的啟事廣告罵我❽，我不去理它。

因為，我當時已預見到有今天這麼一個日子，罵我的這些人將喝下最多的大貝湖水，也玩了最多大貝湖的風景。

像以往的事情一樣，我絕不以為沒有我那篇文章，大貝湖就建不起來；但是我相信當時大貝湖主持人張文成廠長的一句話：〈但願紅顏不薄命〉這篇文章，至少使大貝湖的工程提早一年完成，這不過是一例。

當我七歲那年，我為了討叔叔的喜歡，曾放過田邊的一匹黑驢子，作踐的只是幾根稻穗而已！今

---

❻ 大貝湖，一九六三年易名為「澄清湖」。（編按）

❼ 當時，大貝湖土地上駐紮著部隊。

❽ 大貝湖工程主要的阻力在於當時駐軍遲遲未遷移，其次是地方利益團體的壓力。高雄縣議會部分議員向工業給水廠提出條件：必須取得在該湖上經營遊覽船之特權，始通過徵用土地建設水廠議案。因恐污染水質，水廠堅持不得營業遊船，亦為建廠工程受阻原因之一。

天，我如果再聽從「叔叔們」的話，放任社會上的「黑驢子」，受作踐的那就不再是幾根稻子了。

基於這一個觀念，今年元旦日起，我接二連三地發表了好幾篇有關「高雄醫學院風波」的文章，這是我得罪了最親，也是最多的「叔叔」和「伯伯」們的一次，許多許多人都費盡心思在推測著：誰叫我這樣做？——今天我已經不是七歲的孩子，不應該再聽誰的話呵！但是，確確實實有個東西叫我做，那就是「黑驢子之夢」。

如果我還能再舉出像上述那樣十個或百個例子，說明我曾經捕捉過多少個可惡的黑驢子，我依然慚愧之至，因為，我所放過的遠比我捕捉的實在多得多！

憑著我個人的經驗，我感覺在我們這社會裡令人困擾的不是那些作踐人家的黑驢子，而是我們有著太多自私的鄉愿叔叔們。

最後，我向《文星》編者表示萬分的歉意，我不對編者所提問題做正面的答覆，卻引述了拉拉雜雜的往事來塞責，這不是因為我怕得罪今人，而避重就輕，實在只有吐露以往累積的體驗與感情，才能夠真正的回答我所應當回答的問題。

——刊於一九六三年四月號《文星》雜誌第六十六期

十、焚稿嫁女報平安

——喜帖

朋友：

我的女兒紫凡出嫁了。

她和RCA公司同事卿濟眾，於一九七七年六月十九日，在臺北市南京東路華夏餐廳舉行婚禮，定居桃園茄苳溪。

當我應允這門親事，心裡有點慌，正像當年我兒女失母時，我面臨著第一個課題，是怎樣識別水煮開了沒有？如今，怎樣打辦女兒的婚事？成為我「身兼母職」以來最後的課題，心裡頓覺一陣輕鬆，一陣沉重，一分淒迷，一分喜樂。像我這樣笨，居然能把女兒養大出嫁，多賴朋友經常給我鼓勵和照應，尤其在我出國遠行時，尤其在凡兒從臺北市信義公寓五樓平頂跌落街心，久陷昏迷那段悲慘的日子裡。

那一跌撞，使她打破了臺灣女孩高樓墜地生還的最高記錄，也摔裂了她的肢體，曾經三次施用醫學工程，把她逐步整修成個人，如今，她出嫁去，全身毫無破相，行動舉止也如常，這除了奇蹟外，我不能忘懷朋友和許多陌生人給我及時的支援，使我每日能從容穿梭於廚房、醫院、辦公室之間，直至扶著她回到那高樓上的家為止。

原想趁女兒歸寧之日設宴以謝親友，很意外，我從女兒婚禮中回來，一進門，立即改變了主意。我眼看那些遠道來賓，身在宴席中，而心卻奔馳於回程飛機、火車時刻表和訂位上；至於來自RCA公司的小姐們，幾乎個個都披上為此喜宴而備製的一襲新衣——這，熱鬧是很熱鬧，只是太累人！我才不要我的朋友也這麼累，真的不要，終於決定免掉一切。明知受責怨，但比煩人好。

朋友，這幾年中，我雖然苦了一點，卻很滿足。舉個例子，在凡兒重傷時，醫師使盡方法，包括針刺刀割，都得不到她絲毫的反應，而我輕輕的呼喚，她立時從「死亡邊境」發回給我微弱的訊息，醫師為之振奮不已。這使我感觸到在父與女之間，死與生之間聯結著一條很真切的「心靈熱線」，也領悟到「瞬間永恆」的哲理，因而感受著一種無可言喻的幸福和滿足。

我曾應一家出版商的要求，憑著我身兼母職的生活體驗，寫了〈戶內求生術〉、〈大丈夫廚房樂〉、〈男性家事學〉以及〈菜籃哲學〉等篇小作，並言明待嫁女之後，輯印成書。及至女兒出閣前夕，我竟悄悄地把這本稿子焚燒成灰。一夕之間，猛然覺悟，這才是人世間一本最具毒性的文稿，若使流傳出去，恐將破壞生物法則與兩性平衡。

這樣做，委實使好幾位厭膩了「雙人床」生活的朋友感到失望，但總比讓他們去讀〈戶內求生術〉的後果好得多。這幾年，我走了一段曲折迷離的長路，才真正懂得平安的「安」字，這字起筆先寫個「家」的頂蓋，蓋下有「女」立著。古人造此字，確實很傳神，雖然許多男人對此表示很不服氣。

謝謝你，原諒了我。最後讓我用一個屬於「女性」的字來祝福你：

安

林今開　寄於嫁女滿月時

十一、能傳家鉢似君稀

出境證還沒辦出來，各方朋友託我代購日本電鍋、X露丸諸類物品，已開列一單子。我倒不去傷神，託不託由人，買不買由我。

使我覺得好玩的是，東京田中教授來信託我帶個臺灣製的電鍋去；長崎山木夫人也來信，叮嚀我一定要替她買幾瓶X露丸。她說：此原為日本名藥，近年臺灣也有製品，可是，日製品對她已全然失效，臺灣的卻很靈驗。此事自古有，遠山的鐘敲得響。我每遠遊，必求往來一身輕，通常是只帶一只航空公司贈送的背包。這一回，我只好將X露丸裝在電鍋裡，拼成一件托運的行李，進出機場，多了不少手續，出入機場就不如往昔那麼瀟灑了。

按預定行程，我先到九州福岡辦點事，然後就近到長崎邀請山木夫人來臺舉辦畫展計畫。山木夫婦都是畫家，十五年前，他們來臺灣度蜜月跟我相識。山木於兩年前因車禍喪生，從此她身體多疾。我認為她患「神經症」成分居多，所以一直鼓勵她來臺灣開畫展兼散散心。

她卜居於長崎最能引人遐思的地方——蝴蝶夫人的故居。蝴蝶的別墅坐落於大浦町山上，山木的住宅就在山口，往來遊客必經的通道。

那年全球的氣象反常，日本出現了罕見的「冷夏」，八月的天氣涼得出奇。那天下午，我進入山木的庭院，樹木蒼翠，滿徑青苔，顯得分外陰涼。透過一列日式紙門改裝的玻璃門，可窺見山木夫人正在繪畫。她聽到門響，轉身過來，立即擲筆奔出玄關來迎我。我觀賞她的幾幅新作後，就把從臺灣帶來的X露丸遞給她，她樂得跳起來，大叫「救命之丸」。

「我一看到這藥，病就好了一半。」

「恐怕不只如此吧？」

「咳，對不起，咳……咳……」她的臉紅了起來，「咳，子曰：有朋自遠方來……是嗎？」

「這才像話。」我笑著道。

「說真的，臺灣製X露丸對我很靈。我想，臺灣藥廠可能從中加添了什麼漢方祕藥。」

我便把臺灣朋友對日本製X露丸的迷信和狂熱情況，細述一遍。她似乎早已聽聞，神色不改，伸手輕啟木櫃，取出四瓶日本道地X露丸，再用精緻的花紙包裝妥貼，雙手捧著給我道：

「請轉贈崇拜日藥的同病者。」

長崎對我是舊地重遊，山木夫人還有興致伴我重登蝴蝶夫人別墅。在途中，聽她說那山間已裝設一座牽引式自動電梯，直達別墅。我曾領教日本風景區的電梯，林泉之間裝接一道機器怪物，以便利遊客，增加收益，卻把秀山靈泉「百貨公司」化了，日本人忍為，我卻不忍看。何況此乃當年金屋藏嬌之所，裙釵閒常出入之地，如今我如乘電梯登臨，蝴蝶泉下有靈，豈不笑煞？

我們於是轉身步向大浦街，行近街口，聽到一陣嘈雜而親切的鄉音，轉個拐角，呈現在眼前是兩排五色繽紛的販賣店，擠滿了來自臺灣的老鄉，有如蝗蟲過境，貨品一掃殆盡。我不免上前招呼，觀賞一下他們的採購品，一看幾乎令我昏倒，我們的老鄉所採購的，大半是來自我們的家鄉──臺灣省南投縣竹山鎮的手工竹製品。再往前走，迎面又來一批老鄉，手中各執一隻用植物根鬚製作的「猴子」，他們很開心地戲弄著玩，滔滔不絕地讚許日本工藝的精巧。我真不好意思當街點破，那也是來自南投縣水里鄉的產品，那幾家出品的廠名，我都叫得出來。

我們穿過擾擾攘攘的大浦天主堂門前，這教堂因其為日本最早輸入基督教的聖地，也大做觀光生意，我實不忍駐足其間，於是朝著長崎的海邊走去。

「這幾年，臺灣人很有錢。」

「這些鄉下佬，不是很有錢，只是傻得要死，千里迢迢來到日本，竟把家鄉土產買回去。」

「好可愛，我覺得好可愛。」她對一切還是那麼富於同情，「現代人買東西，很少基於需要，大都是隨眾盲從，尤其是一般觀光客買東西，只求在快速流動的時空上，迅速抓到一點什麼，來肯定自己存在其間。既然如此，就讓他們看到什麼買什麼好了。如果抓到國貨帶回去，那才是一件好事。只要你不去點破它，他們一樣的滿足快樂，把錢花在國貨上總比花在洋貨上來得好。」

「你的見解才可愛。」

「咳，謝謝你支持我的看法。在我家門口，經常可以看到來自臺灣的遊客，尤其是那些阿公和阿婆最可愛，他們從商店裡抱著大包、小包的東西走出來，顯得那麼自得快樂，使我好感動、好感動。那可能是他們一生勞碌、終生相守所期許的一刻，如果你這個人多嘴，把它點破，說是土產國貨，那真是極殘忍的事。所以，我要你答應我，今晚你回旅館去，如果遇到類似的事情，千萬不要去點破人家，請你答應我！」

「我答應你。」

「謝謝你的承諾。」

「你的心真好。」

「大家的心都一樣好，不過，我是女人，比較細心。人世間苦多樂少，即使是片刻的快樂，即使是假性的快樂，我們都得好好的珍惜……」突然，她的雙手一攤，示意我落腳在海灘上的一棵枯木邊，以便讓路給一隻小蟹爬入牠那小得可愛的洞穴。

欣賞了一陣，再仰頭，但見一輪赤紅的太陽猝然下墜。它口好渴，狂飲著長崎海灣的污水，我想喝阻，已來不及了。

我喜愛那幻變、迴折而多霧的日本內海，特地乘船離開長崎，駛至大阪，再搭短程火車抵京都。我每到京都，都藉此追尋故國的殘夢。早晨，逛古剎；下午，尋古籍；夜裡，泡咖啡店。如此，反覆數日，才依依離去，北上東京。

首日，在東京銀座區，我一天逛了七家畫廊，泡了三家咖啡館，才抱著臺灣製電鍋，搭乘地下鐵去拜訪田中教授。

田中年近古稀，原為東京大學文學院教授，對漢學造詣甚深，現居東京市郊，過著退休的生活。他住的是一幢在東京已很少見的日式住宅。我事先用電話跟他聯絡過，害得他在大門口直等著我。他顯得比以前蒼老，精神尚好。田中夫人也在玄關迎候著。寒暄一番之後，我將電鍋從紙箱裡取出，田中夫人輕輕地撫摩著，從鍋頂撫摩到鍋底，並用優美而有韻律的日語讚美著。

她向我敬茶，茶色淡綠，味極馥郁清香。我啜了一口，說：

「請教田中夫人……」

「咳，咳……」

「我想買一個貴國產製的電鍋，請問哪個牌子比較好？」

「哦……」她兩眼射出詫異的目光，從她的丈夫身上緩緩地移向我，然後發出柔和而清脆的聲音：「承林先生賞識敝國的產品，我非常感激。憑寒舍多年使用臺灣電鍋的經驗，敢大膽斷言，兩國製品的性能似無差異，不過，日製品的價格昂貴三倍之多，這一點，望林先生多加斟酌。」

「這件事，我是受人之託。據說日製電鍋可以保溫多日，而飯味不變，夫人一定很有經驗。」

「咳，咳……」她正躬身行禮，田中教授先插上嘴：「這一點，讓我來說明。這次煩勞林先生從那麼遠，帶那麼重的電鍋到東京來，節省費用，倒是小節，主要的動機在『保溫』上。日製電鍋的確能保溫很長的日子，不過飯色逐日變黃，是否有礙健康，姑且不談。我們可以肯定的一點，自從長時保溫電鍋風行以來，日本年輕一輩的婦女更加懶化，許多家庭煮一鍋飯，連吃好幾天。『家』已全然失去其應有節奏和韻味，我和內人雖已老朽，卻奮力對抗這種潮流，我們堅持一項最起碼的家法：『日煮一飯』。就年輕一輩日本人來說，每日煮一次飯，已是很難能可貴的事。因此，老一輩人都樂於託人採購保溫二十四小時的臺灣電鍋，既便宜，又合乎家道。彼此原為兄弟之邦，故敢坦誠相告，不怕你恥笑。」

「世界各國各有其痛苦的代溝。」

「絕不會像日本這麼深。日本的代溝是二次世界大戰，又加上兩枚原子彈炸出來的，特別加深。」田中教授的話說得太猛，喘了兩口氣，再接下去，「現代日本青年是地球上最懦弱的動物。過去，日本崇拜武力，如今崇拜經濟；崇拜過於執迷，不免導致一種危機。日本的潛在危機所以可怕，在於它逐漸被弱化、腐蝕、衰頹下去，而外表儼如一個強盛的大國，就像是臃腫虛弱的大富豪。最近有一名日本自衛隊隊員受訓，在操練中跑步跑死了，因而引發一次反武裝示威，嚴厲指責政府侵犯人權，虐害青年致死，卻無人挺身反問：為什麼日本青年竟衰弱到跑步跑死了？關於體能方面，我對我兒孫輩也有個起碼的要求。比如說：當年我每天跑十里，現在，我要求我兒孫至少要跑一里路。你不要笑我的家法訂得太『低濫』。如果下一代真的都跑一里路，日本還有一線的希望。」

這時，田中夫人從寢室走出來，手中拿著一疊日鈔。她對田中教授說：

「你的話匣子開了，可別忘了問林先生，電鍋的價錢和運費多少。」

「我能不能有此光榮，將這粗陋的電鍋做為我們久別重逢的小禮物？」

「千萬不可。」田中教授斷然地說：「不瞞你說，這電鍋是我給小女的……」

「啊！我倒忘了問候你的少爺健一和千金篤子小姐，他們都好嗎？」我抱歉地說。

「健一夫婦在名古屋大學教書；篤子在京都大學當助教，她準備今年十月結婚。你帶來的電鍋，就是為小女的嫁妝添色，也象徵著田中的家缽，至少使我未來的女婿每日可以吃到新鮮的米飯，盡我一片心意。」田中教授頗為自得地說。

「恭喜！恭喜！太好了，那麼就算是我送給篤子小姐的結婚禮物，免得我再去張羅。」

「既為家鉢，則不宜改。」田中教授堅持著。

我只好照實報帳，如數收下，於是嘀咕著說：「那麼，我用什麼東西來祝賀篤子小姐呢？」

「有，請你賜給我幾個字。」

田中教授不待我同意，就將電鍋移走，啟開硯蓋。同時，田中夫人從木櫃中取出一卷日本宣紙，然後很老練地磨起墨來。

在日本，不論城市鄉村、大街窄巷、華夏陋屋，觸目所見的招貼告示，多屬很夠水準的行書。所以，最使我汗顏的事，莫過於日本人和我談書法。我的字本來就見不得人，但此時身在客地，獻拙總比白卷好，於是很為難地從筆筒中挑出一支中號羊毫，用行草寫著：

能傳家鉢似君稀

寫得比爬富士山還艱苦。偏偏田中夫婦的兩對眼睛睜得比籮子還大，一看、二看、又三看這幅字，使我怪難為情。突然，田中教授用力緊握住我的雙手，把他的額頭擱在上面，激動地說：「這七個字，使我好感動、好感動，但是，不敢當、不敢當……」

老淚滴在我的手背上，點滴都溫熱。

田中夫人用手絹替他拭了淚，他才接下去說：「這是中國宋代方萬里的詩句，林先生引錄此語，勉勵吾家，田中家族務必永誌不忘。你看，這『稀』字的最後一豎筆，拖得那麼長，而運墨又那麼淺淡，使原本夠心酸的『稀』字，顯得更加心酸了，我，田中能不為之一哭？」

離開田中家院，我覺得特別輕快，身上只掛著一只背包，繼續走向我未竟的旅程。

——刊於一九八〇年十月十六日《聯合報》副刊

十二、月夜換馬奔豐田

編者按：

從本篇豐田遊記可以看出豐田在日本民間的威力，並了解「高度保密」不但是豐田汽車工業的特質，而且做得奇絕。當我政府與豐田進行合資經營大汽車廠之際，本刊特將此遊記全文刊出，以供國人參考。

——明日世界雜誌

在夢與醒的邊緣上，幾番掙扎，絲絲醒來，眼前一片似霧如紗，依稀見得綠色的數字〇七〇八，這是中文電碼「吻」字。當年我從事駐外記者，在發給報社電訊稿末尾，往往加附著〇七〇八電碼，暗託電務室轉致我的女友。還來不及細想，那組綠字跳躍一下，換成了〇七〇九，這才意識到那是電子計時器的訊號：上午七時零九分，是我起床的時候了。

我既習慣閱讀催眠，又習慣以閱讀催醒，於是，伸手到床邊茶几上，信手取得一份折疊式告示牌，勉力讀了幾行日文的「旅客須知」，方知我此時置身於日本豐田市「城堡」大飯店，至此，我全然醒過來了。

豐田——「頭又大」（Toyota），這個世界性的汽車工業城，我在這裡睡了一夜，卻一點不知道它是什麼樣兒。

平野上一撮冰淇淋

昨天（一九八二年四月十一日）我從富士山頂峰踏雪而下，小宮次郎駕著一輛日產牌轎車，到山腰來接我下山，然後朝著豐田進發。豐田位於名古屋鄰近，若駛東名高速公路，半天夠了。可是小宮要我舊地重遊，觀賞箱根、熱海一帶的櫻花盛況，於是，一路上且行且遊，玩到天黑，才覓得一家鄉村小食店吃一頓日式晚餐。小宮向我殷勤勸飲，他為駕車，自己卻滴酒不沾。餐畢，他打了個電話，一會工夫，來了個中年人，原來是小宮事先和他約好到此交換汽車，於是，便把我的行李搬了過去，為此事耽誤了一點時間，小宮一再表示歉意。

駛出村道，夜色正濃，一片寂靜的田野，在月光下緩緩地移動著，沿著一條溪流的對岸，蜿蜒著一片廣闊的櫻林，在月光水影掩映下，櫻紅幻成了暗紫，使林梢月兒顯得分外白，比照之下，東京、臺北的月亮都像個不愛洗臉的野女孩。

回首遙望富士山，它孑然孤立在那遼闊的平野上，顯得好細嫩，頂端削平，近看不成嶺，遠看不成峰，從頭披著一條春雪織製的薄巾，在寒光下，看來倒像天上哪位仙姑入夜嘴饞，躲在暗雲處偷食，不小心，失落下那一小撮冰淇淋覆在平野上，看了叫人乾著急，就快溶掉的樣子。

我的視線竟被小宮捉住了，他問：「你喜歡富士山嗎？」

「富士嘛！——」我思索一下說：「嚴格地說，那不算山，倒也小巧玲瓏可愛；就我所見日本小藝品中，它可算是最壯觀的一件了。」

小宮聽了，乾笑一聲，便道出富士山的身世來：「你的話雖嫌刻薄些，說得也是，它原本是一座由地下冒出來而老死的火山。」

「那的確是大自然中的一件小傑作。」我恭維著說：「千年萬世擺在大地上展覽著，其風格影響了歷代日本人的思想、政治、文化，尤其是藝術。因此，萬般都向富士看齊，小巧格調，風行日本，歷久不衰。」

禮失而求諸野

駛了一程路，我想起半路換車事，於是，輕呼著：「小宮兄！」

「嗨！」他回應著。

「你的車子壞了麼？」

「好得很。」

「那麼，為什麼半途換車？」

「明天，我要陪你拜見豐田市長，你知道，豐田是汽車的王國，我怎麼好意思把那輛日產牌汽車開進豐田市呢？」

我這才發覺換來的是一輛一九七九年豐田皇冠牌轎車，小宮接著又說：「照理說，到了這地方才換車，對豐田市算是很失敬哩！」

「好封建的思想！」我脫口而出。小宮次郎跑過世界很多碼頭，算是個很西化的日本人；不過，日本人大都是文化的兩棲動物，他們可以同時在極端的東方與西方，現代與傳統的雙層生活上過活，而無適應的困難，可是，怎麼也想不到他竟不敢開一輛非豐田牌的汽車進入豐田市。「小宮兄，日本已經這麼現代化了，你還保持拜山寨的遺風，真是不可思議！」

「這不是封建，也不是朝拜山大王，倒是從中國傳過來的一種禮制。」小宮打出了一響漂亮的回馬槍：「我們這樣做，不外是向主人表示一分敬意而已！如果不換車，也絕沒有人干涉，但是，大多數日本人做客豐田，都會很自然想到這一點。這作法並不難，這作風也不壞，但求賓主盡歡，也無礙於日本現代化，我們何樂而不為？」

「我得為孔夫子向你道個謝，你的行為印證了他的一句話：禮失而求諸野。不過，現代人的生活如此緊張，日本人還保持這麼多繁文縟節，在心理上不嫌負擔過重嗎？」

「禮在於日本不再是教條，已進化成人人必備的一種『自衛系統』。日本人對禮的運作，嫺熟到近乎與生俱有的一種本能，須完全出於直覺的反應，才算得上真正的日本人。剛才，我在半途換車，現在，我在車上轉一下方向盤，或煞一下車，或變換燈光訊號，完全一樣出於『自衛系統』的直覺反應。因此，就無所謂心理負擔了。林兄，你既來日本作客，必須適應這一點，今後你再遇到日本人多禮，你不要覺得不自在，都當做他們的『自衛系統』反應，就沒有事了。」

一言而解惡鬥

嗄！——一響，突然煞車，小宮把車緩緩地開向路肩，又倒退一段，才停住了。我看到路邊一棵大樹旁停放著兩輛大卡車，有兩個漢子正在打架，一個瘦長，一個矮胖，出手都頗有招式，只聞小宮咆哮一聲，躍下汽車，雙臂一展，插足在二者之間。

「兩位弟兄！」在陰冷的樹影下，小宮的聲音顯得分外的深沉。「夜深了，府上老小都在等著二位回家，天底下，哪有什麼了不起的大事，值得二位如此相拚，趕快和解回家去。」

像一雙搏鬥的蟋蟀強被拆開似的，兩漢子都氣呼呼的，摩拳擦掌，非拚個死活不可。

「讓我再說一句話。」小宮輕聲溫語地說：「今天晚上，我送一位臺灣來的客人上豐田去，到這裡遇上二位在打鬥，現在客人正坐在車上看著，這是多丟臉的事！」

「啊！有外賓來呀？」矮胖的叫起來。

「什麼？臺灣客人……」瘦長的嚷著：「上豐田去？唉呀！我該死，該死！對不起……」說一個對不起，緊接著又無數個對不起。他們頻頻向小宮打躬，口中唸唸有詞，表示無盡懊悔之意。

「你們該向客人道歉。」小宮一揮手，兩個漢子像罪犯求赦似的，奔至車前，向我打躬又作揖，各說一篇冗長的歉辭，然後，他們互相握手道別。

小宮眼看著他們各自上了駕駛座，才吁了一口氣，登上汽車，先向我為耽誤時間而道歉，我沒理他；再一聲抱歉，我於是笑道：「你的『自衛系統』對我已經失靈了，這一招數可是你教我的。」他聽了好得意，大笑一陣，然後發動汽車引擎，緩緩地開進了高速公路入口處，上了大路，就看到藍底白字的「名古屋」路標，距豐田不遠了。

豐臣秀吉魂猶在

剛才在半路上換馬，我心中就起了結；現在又遇見兩個粗人打鬥，小宮只憑一言而化解，這景象出現在月光下，使我很難接受，脫離現實太遠，彷彿我在中古時代的日本夢遊著，不由得從心裡打了一個寒噤，小宮立時覺察到，他輕輕摸一下我的手心，隨即從駕駛座後面取出一條薄毯子放在我身上：「夜涼了，小心！」我於是把座椅向後傾斜，從頭到腳裹在毯子裡，也許酒性開始發作，覺得一陣眩昏、迷亂，而漸漸地幻出了奇象：這轎車竟變成一輛古香古色的馬車，小宮次郎不穿那件褐色的夾克，換上了日本古代武士的戎裝，手中執著一條鞭子，朝著高速公路奔馳著，車窗外，一樣如星如炬的燈光，一樣如梭如織的樹木。

突然，傳來一陣急促的馬蹄聲，由遠而近，車前隨即出現一幕驚險的景象，望見一列人馬，隊前臨風搖晃著一竿黃色的旌旗，仰面衝著而來，嚇得我渾身發抖，小宮勒住了馬車，一副毫無其事的神態，使我益感恐怖。

「請留步！」一位執著黃旗的騎士大聲叫喊：「豐臣秀吉大將軍傳令：召見尊客，請移駕京都城。」

「遵令！」小宮回應著。那騎士只把黃旗一揮，整列人馬像一陣旋風似的，居然在高速公路上來個急迴轉，小宮加鞭策馬緊隨前進。

「不行，不行，」我用力地嚷著：「我得去豐田，不要上京都。」

「豐田和京都都是一樣的。」小宮冷漠地說。

「邀請我來的是西山孝市長，不是豐臣秀吉將軍。」我抗議著。

「西山孝市長和豐臣秀吉將軍也是一樣的。」

「胡說，豐臣秀吉在十六世紀就死了！」

「哈，哈……」小宮笑得好森冷：「豐臣秀吉在日本永遠不會死，我帶你去，錯不了的！」他駕著馬車向前直奔而去……

「到了，到了！」小宮輕輕搖著我。

「我不要來京都，我要去豐田。」我繼續反抗著。

「林兄，你醉了，豐田到了呀！」

只記得小宮扶著我進入旅館，怎麼進房間，怎麼躺上床，全忘了。此刻醒來，頭一樁事，我得先看看豐田是什麼樣兒，於是坐起來，伸手去摸索窗簾帶子，緩緩地拉著，準備在這窗框上出現一幅煙囪林立的工業城景色，出乎意料之外，展現在眼前卻是遠山、清溪、林園、池塘以及浮在阡陌綠田上的兩條縱橫筆直的公路，上面稀稀落落地爬著幾輛小汽車，一處好幽雅的小城。

電話鈴響了，那是小宮打來的。他通知我，今天的行程有了變動，上午西山市長臨時有事，改在下午二時會見，因此上午先參觀豐田汽車工廠，他約我八點正在本飯店二樓西餐廳等我一同吃早餐。

在餐廳上，我邊吃邊談昨夜我在路上做的那場荒唐夢，我一直在期待著小宮回報以一陣歡笑，他卻靜靜地聽著，我說完每一個句子，他只輕「嗨」一聲，代替標點，等我都把夢說完，他拿起餐巾，輕輕抹了嘴角，擦好雙手，然後淡淡地說道：「你的夢正是日本的映象，一點也不荒唐。」

九點正出發，我隨著小宮走出旅館右向側門，那是一片很大的停車場。讓小宮先去把汽車溫一溫，我繞場走了一圈，雖然晨間停車不多，但，輛輛都是豐田牌，無一例外，我才實地感觸到豐田的威力了。

世界性的汽車王國

我們先到設在市區的豐田汽車會館，走進大門，展示在眼前是一座巨型電動地球，強烈炫示著豐田王國的力量，它的銷售網像蜘蛛絲一樣，伸展至地球每一角落；同時配合著優美的音響效果，先介紹豐田是個二十八萬人口的新城市，純為豐田汽車工業而形成的，豐田工業的重點在於汽車的裝配、研究與發展，大多數零件由關係企業的衛星工廠製造，這說明了豐田王國何以顯得如此單純、簡化、明淨、雅靜。

繞過這座大「地球」，接下去是一連串汽車展示檯，自一九三五年，第一輛豐田A一型轎車誕生開始，至前年（一九八〇年）第三千萬輛汽車出廠，按著豐田汽車的家譜年代而陳列，四十五年間豐田的技術與管理之突飛猛進，是一項鐵打鋼造的事實，絲毫也不誇張。可是，在最後一座展示檯上，露出了日本小家子氣的馬腳來。這裡展示著世界各國著名汽車廠牌的零件，按件排比，豐田有此氣派，不怕貨比貨，令人欽佩。但是，有一點，做得不漂亮，陳列出來人家廠牌的零件全是污鏽的，只豐田自家零件擦得亮晶晶，光熠熠；在如此輝煌的世界性的豐田企業中，仍未能完全脫盡日本人的習氣，使我在最後一瞥中，懷著惋惜的心情離去，循著路標的指向，轉入休息室裡去。

因一般汽車不便進出工廠，所以，參觀者都集中在會館休息等候豐田公司的交通車。小宮對我說：等交通車到達，他就把我交給豐田公司服務員，不陪我進廠，他要去辦一點私事，十二時以前一定回到這裡接我回旅館。

十時三十分，豐田公司交通車到達，一位穿藍色制服女服務員，引導旅客上了車，她就拿起麥克風，開始用英語簡介豐田公司的歷史，並說明當日參觀只限於「組合工廠」一個單位。此時汽車駛過一座大橋，在橋梢頭，我被一輛雪佛蘭汽車吸引住了，那是我進入豐田市之後所見第一輛非「豐田」牌汽車，我的視線一直追逐著它，好像我一生從未見過汽車似的。

進入豐田工業區，交通車緩緩地駛著，女服務員沿路說明著：「這是『行政大廈』……那是『教育大樓』，為訓練各級員工專設的機構……再下去，那座是『研究與發展』部門……在轉角處，那座是『職工醫院』……」

「我想請教一個問題——」坐在我左側有一位英國女醫師發問：「豐田職工醫院有沒有參加醫療保險？」

這個簡單的問題，竟使女服務員愣住了。她是豐田公司的一員，應該有能力回答這個問題，在英語簡報中，她雖然發音略嫌生硬，足夠證明她的英語表達能力相當強。女醫師重複再問兩次，她總是微笑搖頭，我便替她把問題說得淺白一點：「員工到醫院看病是不是免費的？」她依然呆若木雞。

「算了！算了！」我對左側的女醫師說：「不要為難她了！」

「她裝傻！」

「我看不是。不過，我可以替妳回答這個問題，日本早已實施全民醫療保險，豐田企業一定加入的。」

藍色的機器人

組合工廠是一座既深且廣的大工場，上空縱臥著一座與工場同深的鋼造天橋，參觀者攀梯而上，從橋上俯望下去，一覽無遺。在盡端處，奔流出來的汽車，像製餅廠剛出爐的帶匣餅乾一樣，循著自動生產線分段而行，我粗略估計過，大約每隔六十步為一階段，每一段的橋欄邊分設一組擴音器，讓服務員從中取下麥克風，說明本階段的裝配作業。她用英語說明時，每一運詞遣句都很正確，只是語音單調，表情平淡，臉面冷若鋼板；步伐均勻，和工場機械運作顯得很調和，我越看她，越覺得她是整個自動生產線上的一組藍色的機件，參觀的人群隨著緩緩地移動著。

「請問小姐，」一位加拿大商人問著：「工場一天有幾個班制？每班幾個小時？中午有沒有間歇時間？」

她又像停了電似的愣住。我的心裡有數了，於是小聲地提示同遊者：「我們只聽著，不用發問，免得為難小姑娘。」

這時，我一轉身，遠望著天橋的那一端，另有一組旅客正在參觀，其中也配備著一位一模一樣藍色制服的姑娘，好奇心驅使我向前疾走，而混進了那一組，也用同一問題試探她一下，她竟也立即「停電」。至此，我完全明白了，這是豐田公司導遊作業部門的一項精巧的設計，在訓練導遊語言課程中，只著意使女服務員把那套英語簡報背得滾瓜爛熟，而未充分授以英語會話，使她們成為一具只能播放、不能輸入的雙腳「錄音機」。這是何等廉價、速成、實用、耐久而又安全的「自衛系統」，單看這一環節，我已不虛此行，於是，悠然走出工場，登上了原車。

在歸途中，我靜靜傾聽著各國來賓的反應，大家只埋怨一點：原為仰慕設計精巧的日本機器人，才遠道而來參觀，沒想到，連機器人的影子也沒瞧見。

「各位朋友！」我鄭重地說：「我看到了機器人——真正的機器人。」

「在哪裡？」全車乘客都向我投射出狐疑的目光。

「吹牛！」一位菲律賓華僑用國語取笑著。

「我看到了藍色、肉身的機器人……」我低著頭說。

「哈！」——英國女醫師若有所悟，笑出聲來，她又連忙收住，因為全車氣氛肅然，誰都笑不出來，一齊把眼睛移向車窗外，觀看市區景色。

車停在會館門前，女服務員立在車門邊，躬著身，向每一位客人道聲：「謝謝您，再見。」我最後才離開座位，突然起了一種衝動，想走過去抱她一下，甚至陪她哭一場，但是，我沒有這樣做，奔向正在門口迎候我的小宮次郎。（完稿於一九八二年四月二十日日本鬼怒川）

後記：

去年，作者兩度應邀赴日，四月間，在豐田市逗留一週後，轉往鬼怒川小住，草成此稿。歸國時，遇上反對日本竄改歷史的怒潮，便把此文冰藏起來，至今整整一年。最近，我政府發表與日本豐田汽車公司合作經營大汽車廠，國人對此深表關注，尤以豐田對合作細則堅持保密一端頗為不滿。雖然，作者在日本只看到豐田的一層小皮毛，已窺見高度保密不但是豐田的特性，而且做得奇絕，故敢將此文解凍，以供國人參考。

——本文於一九八三年二月五日經《中國時報》副刊以〈藍色機器人〉為題，摘節發表；復於同年四月經《明日世界》雜誌以〈月夜換馬奔豐田〉為題，全文刊出

十三、機器人遊臺北

我坐在吧檯高腳椅上等咖啡，隔座一位女客不知是醉了或睡著，她把頭伏在檯上，那微翹的長髮紮得像一條羊尾巴，穿著一套髒而發毛的牛仔裝，右邊放著一只空酒杯，左邊一只小背包。

我剛喝一口咖啡，噗的一聲，那隻背包落在地上，她竟渾然無覺。我走過去，拾起來，才發現背包上繫著一張小吊牌，寫著：「松下幸子」。

這名字好熟！我把背包放在隔座空位上，腦神經開始追蹤，從臺北追往東京、熱海、名古屋、京都，對啦！那是離開大阪的前夕，一位華僑介紹我認識松下夫人。

松下夫人知道我正旅遊亞洲各地，因此，向我透露一樁不欲人知的家事：在兩個月以前，她的女兒幸子突然留書告別，出國旅遊，至今杳無音訊，託我行經各地代為留意打聽，若有幸子下落，勸她早歸，不然，就借她一筆盤纏，只憑她一紙收據，定必償還。最後松下夫人很憂傷地補充一句話：「不瞞您說，這回幸子出國，不過是一次失業旅行罷了！」

失業旅行？我真的不懂。我的朋友替我下了詮釋：近年來，日本青年男女大都染了好逸惡勞的習氣，多不願從事苦重的工作；縱使勉強而就，往往只做一兩年，就千方百計把職務弄掉，好向保險公司請領失業補償金，再加上他們平時的儲蓄，就可大搖大擺出國旅行了，這就叫做「失業旅行」。松下幸子就是隨著這熱潮環遊世界去了。

天底下尋人，無異海底撈針，當時，我只虛應一下，根本沒當做一回事，如今有個松下幸子出現在眼前，我可不能不管了。可是這名字在日本多得不得了，我必須對她先做一番試探，於是伸手過去，搖她一下：

「喂，妳的背包掉下來！」

「咳！謝謝！謝謝！」她仰起頭來望我，她那一對烏溜溜眼睛，一字眉，尖下巴和她那機伶神態，頗有幾分像松下夫人，使我有信心繼續「發掘」下去。

「幸子小姐，好瀟灑，獨個兒在這裡飲酒。」

她愣了一下，神色不悅地說：「你，怎麼知道我的名字？」

「妳的芳名寫在背包上。」

她苦笑一下，伸手玩弄著那個小吊牌。

「妳逛了多少地方？」

「好多，好遠……」她的聲音顯得很疲憊。

「環遊世界，好風光！」

「只走了半圈。」

「很了不起！妳一定是發了什麼財，可否提攜我一下？」

「謝謝你的美言，我們女孩子哪有什麼財可發？」

「那麼，可能是妳父母大人對妳的寵愛？」
「出來野遊，不好意思花父母的吧！」
「再不然，那一定是『失業旅行』？」
她一怔，說：「你也懂得這一套？」
「懂得皮毛。」我打趣地說：「幸虧我沒有投資貴國保險公司，現代日本青年牙齒長得連保險公司都被啃了。」
「我們如果不對大企業家啃一口，向誰啃呢？充其量也不過搾出一點小油水罷了！」
「妳打算什麼時候回大阪？」
「你——」她好吃驚，「你怎麼知道我回大阪？討厭，你一定偷開我的皮包，偷看我的文件。」
「初見面，想不到妳就如此抬舉我，竟把我看成神偷高手。幸子小姐，剛剛妳向我禮貌道謝一番，不經意露出了一句大阪人常掛在嘴邊的語尾：『奧基尼』❶，因此，我胡猜亂扯，不幸而言中，尚請多加包涵！」
「哦！對不起，是我錯怪了你。」她苦澀地陪笑。
「妳剛才說，走了半圈世界，那麼還有半圈呢？」
「錢用光，非回去不可了。總得再打兩三年工，才能再動腦筋出國野遊。咳！我看你的神色，好像很瞧不起我的行徑：巧思妙計失業，領取補償金，坐飛機遊世界，是嗎？」
「我倒沒有半點這個意思，不過，我對這個問題很感興趣，因此洗耳恭聽。」

「我用這筆錢周遊世界，自己倒覺得心安理得，當然，我的父母又另作別論。因為，我既有失業的自由，也有享用補償金的權利，企業家也早把這開支列入成本預算，我們能享用就享用，不用的人並不傻，用的人也無半點罪過。」

「妳住在哪裡？」

「住無定所，哪裡有省錢、安適的床位，就睡在哪裡。」

「昨夜呢？」

「昨夜是免費的，我睡在臺北市日僑小學教室裡。以有限的旅費，做無限的旅行，就不能不精打細算。」

「為什麼不找中日文化交流協會幫妳一下？」

「那還得了？馬上一通電話給我媽。」

「好任性的一個女孩！」

「你可別多心，我明天就回大阪去。」她拿起她的空酒杯說：「臺北算是我的終站，該好好喝幾杯才是，可惜，我的錢用光了，總得留下幾文，準備明天上機場做車資用，此刻沒錢買酒，坐在這裡乾發愣，你毫無同情之心，還要挖苦我好瀟灑，有失君子風度！」

---

❶ 奧基尼，大阪方言「謝謝」的意思。

「抱歉!真抱歉!」

「那麼你該請我喝一杯了。」

「好,不過請妳到我家去喝,要多少,有多少。」

「不。」

「為什麼?」

「你有誠意,就在這裡請我喝一杯。」

「好,一杯為限,喝什麼,妳自個點吧!」

她點了白蘭地,我喝手中的咖啡。

「好心人,你為什麼不也來一點酒?」

「飲酒亂性,尤其在美人身邊。」

「你真好!這最後一杯酒,我得慢慢品嘗。」

「幸子,天快要黑了!」

「越黑越好,我才好摸進日僑小學教室。」

「今天晚上,無論如何,妳要到我家去住。」

「到你家去住,我不敢,我害怕……」

「請妳放一百個心,我絕對不會讓妳一個人睡。」

「什麼呀!你敢……下流……」

「幸子，我是誠心誠意照顧妳，要我的女兒陪著妳一夜，妳竟出口傷人！」我心平氣和地說。

「嗯！對不起……」

「幸子，我給妳看一件東西。」

至此，試探的工作大致完成，我應該及時打出手中的一張王牌，只輕輕一彈，它就順著那光滑的檯面飄過去，那是一張我在大阪和松下夫人合影的照片，當時，大阪朋友用「拍立得」相機拍攝，即時交出，一直放在我的皮夾裡。

她接起來一看，像觸了電似的，大叫一聲「媽呀」，就把照片掩著臉哭。

我把在大阪受託的一段事向她說明，她才揹行囊跟著我回家去。

日本人比較好招待，我叫老婆隨便弄點菜，都會吃得津津有味，何況這姑娘餓了好一段日子，上餐桌，她全然失去日本傳統的餐桌規範，竟狼吞虎嚥起來。她才幾杯下肚，就把離家遠行的一段委屈一一道出。她原在日本關西一家最大的百貨公司擔任電梯服務員，我也記得這家公司的電梯全部用透明玻璃裝鑲，裡外都一樣的明亮。有一天，當幸子休息交班時，她卸下制服，進入洗手間，正坐在馬桶上，聽見門外兩個小女孩的對話：

「我媽真是老糊塗！」一個小女孩抱怨著說：「這裡明明有兩個機器人，她硬說只有一個。」

「這裡有兩個機器人？怎麼我也只看到一個？」另一個女孩說：「我看過頂樓兒童樂園門口有個機器人，整天跟遊客打招呼。妳說，哪裡還有第二個？」

「妳也看走了眼，電梯上不是還有一個嗎？頂樓上那個機器人最靈光，客人進門，他說『謝謝光臨』，客人一走，他說『謝謝惠顧』，一點也不含糊；可是，電梯上那個女機器人就差勁了，剛剛我打從電梯口經過，透過玻璃看進去，電梯裡分明沒有半個乘客，她還照樣死唸活唸著：『歡迎各位來賓，本公司一共有二十二層樓，第一樓，什麼，什麼；第二樓，什麼，什麼……』哈，笑死人！機器畢竟只是機器啊！」

「亂講！」另一個女孩反駁道：「那個是真人！」

「笨豬！真人怎麼會對著空氣講話？」

幸子說到這裡，嗚咽起來，接著說：「我聽了那兩個小孩的談話，好傷心，真的好傷心，我原來是一個比機器人還不如的……很差勁的女機器人……我偷偷地哭了一夜，想了又再想，我真的是一部很差勁的機器，我下決心擺脫，努力去變成人，可是一點法子也沒有，我只好逃，於是，製造失業，領取失業保險金，逃出了日本，逃到世界每一個角落，去尋找那屬於我的自己，我瘋狂地尋找，直到此刻，把錢都花光，我必須回去了，我必須再轉化成一部機器……」

「難怪，難怪！難怪小孩子分辨不出你們日本人和機器人有什麼差別。」我一邊剝著曬乾花生、一邊喝酒，一邊搖著頭說：「貴國男女，自古至今，一舉一動，實在都很刻板機械，倒是日本製的機器人很活潑，因此，你們日本人和機器人之間的關係就很曖昧了。安挪尼（喂！）幸子小姐，我請教妳一個問題，有時候，日本大百貨公司電梯裡根本沒有半個乘客，妳們幹嘛還要在電梯裡鞠躬再鞠躬，嘴巴裡還唸個不停，說給誰聽呀？」

「哎喲！先生，您不知道電梯小姐的艱苦喲！我們必須一層一層介紹營業項目，比如說：敝公司第一層是日用品，第二層女裝，第三層童裝，第四層紳士裝……一直到二十二層『兒童樂園』。要想當電梯小姐，必須學習機器人的精神，不管有沒有乘客，按序照唸下去，又順口又不費腦筋。如果你想做個人，不免聰明取巧，有客人才唸，沒有客人就不唸，這樣做包你出錯，你會把『藝品部』唸成『機械部』，『仕女部』唸成『紳士部』，除非你故意出錯，好打算失業出國旅遊去，那又另作別論。何況老闆在電梯裡裝有偵聽器，被偵聽出哪一層啞掉了，即使有理，沒人見證，也辯不清，倒不如跟機器人學習，不管有人沒人，按層行禮如儀，照本唸經，老佛爺聽了開心，自己又省心。幹下幾年，想法子失業，領得一筆失業保險金，出國環遊大世界，像今晚這樣，陪先生和夫人暢飲，豈不樂哉！」

「幸會！幸會，特別欣幸有機會聽了一課『機器人的哲學』，最後再敬妳一杯！」

「哈哈！機器人？我哪比得上機器人？」她醉意濃了，嗚嗚咽咽地說著：「絕對比不上，比不上，不但我的耐力比不上，也不如它那麼乖馴可靠。來日，我們頂多只能替代一下機器，成為機器人世界中的一種肉質點綴品而已，表示，表示這家公司還養得起個把人兒而已……」

幸子越哭越悲傷，及至我妻安頓她入房睡覺，我才掛了一通電話到大阪，把幸子搭乘的班機通報過去，過了一會，松下夫人回電過來一通冗長的感謝辭，平添了不少國際電話費。

第二天早上，她洗漱過了，打扮得整整齊齊，完全換了一個人，我駕車送她往中正機場❷，陪她

❷ 全稱中正國際機場，二〇〇六年更名為「臺灣桃園國際機場」。（編按）

辦妥出境手續，然後到休息室等待登機。

「幸子，妳這回出國為的是尋找妳自己，到此刻為止，妳找到了自己沒有？」

「找到了。」她笑得有點淒清：「不過，一回到日本，我照原裝再換回去，又是一部機器。」

「出國玩玩，心情總比較好一點。」我安慰著說。

「那當然。我走過許多地方，看過了許多形形色色的人，才知道機器人並不是日本的特產，世界各地也都有，只是質和量的差別而已。家母早年住過臺灣，她告訴我，在世界人類中只有中國人是真肉做的，很有人味。這句話沒錯，不過，這回我到這裡來觀察了一下，也有不少機器人。我在臺北參觀過幾所小學，在大操場上看到機器人登上講臺向小朋友演講，同伴們告訴我，那些機器人有的是校長，有的是老師。我心中非常難過，小學校竟然起用機器人來製造下一代新機種，這是很可怕的現象。此外，最絕的是貴地三家電視臺❸，都採用機器人擔任部分節目的演員，當然，這樣做，可以節省不少製作成本，是可以諒解的，但是，做得未免太過分，三家電視臺派機器人擔任演員角色，竟用同一種電腦設計程式，播映出來的劇情、畫面、動作、對白，三臺幾乎完全相同。林先生，我不反對電視臺採用機器人當演員，但希望採用不同的軟體設計程式，使機器人演得生動活潑，而多求變化，才哄得過螢光幕前的觀眾。先生，請您原諒，我說話非常率直，提供這一點淺見，表示答謝貴地人民在我流浪時期對我的寬容與友善，我尤其感謝您的厚待，特別代表家母向您說一聲謝謝。」

「幸子，我聽了很感動。像妳這樣有靈氣而富幽默感的少女，在日本也不多見，我相信妳會很快從機器人族類中飛躍出來，成為一位有血有肉的日本女性。」

「謝謝您的美言。」

「妳回去之後，不妨設法換個職業，也許會快樂些。」

「哈哈……」她慘然地笑著：「您要我換成另一部機器，我就必須重新被裝配機件，必須一次又一次地被試車，豈不自討苦吃？」

這時擴音器又響了：國泰航空公司往大阪CX456班機，最後一次催請登機通報……

「我走了！」她緊握住我的手，「謝謝您的關心和厚愛，再見！」

「可愛的女機器人，原諒我不吻妳一下，我怕嘴唇沾上妳的機油，再見，女機器人！」

她笑了，大把、大把眼淚地笑了；一轉身，奔入登機室。

——刊於一九八〇年十月二十三日《聯合報》副刊

---

❸三家電視臺：即一九六〇、七〇年代先後創立的臺視、中視、華視，一九八〇年代開始盛行有線電視（俗稱第四臺）後，它們被稱為「老三臺」加以區別。（編按）

十四、戲如人生

一位臺灣老人遊東京，攜介紹函到新宿公寓找我。我見他鶴髮童顏，器宇不凡，不免對他肅然起敬。

他說明來意，要我介紹一家東京歌劇院，由他購票入場，唯請特准他在散場時到後臺參觀一下。霎時間，他的影像在我眼裡縮小了。原來他是個老不修，初到東京，什麼正經的不看，但圖親近日本女戲子。但我受人之託，不得不掛個電話給那家劇院，替他訂了當晚票位，並拜託票房經理指定一位服務員，在散場時引帶這位老者進入後臺參觀。

第二天早上，這老人特來致謝辭行。他很得意地說，此次遊日，過境簽證只限兩天，他只能做重點考察三個目標，雖很細微，卻能由微而窺大；尤其最後一項，得我之助，混入後臺，所見所聞，極有心得。

這時，他的形象稍微放大，也扭正了一些。我問道：「是哪三項？」

「我是個缺德鬼，素來察人觀耳後；穿堂過戶，樂看人家廚房的抹布；考察一個國家也是如此。這次我來東京，千街萬廈，不在眼裡，但看：一、菜籃，二、公廁，三、後臺。我首先站在東京舊式菜市場門口，看一個個日本主婦提著菜籃出來，籃中食物相當豐富，尤其種類分配均勻，這是日本最足以自傲的一點；其次，我到新宿高架電車道下面，觀察日本人隨地小便的集密區，這是日本最丟臉的一面；最後，承你安排到劇院後臺參觀，使我非常感動，藉此了解日本民族的特質。」

他的形象再放大了，我急問道：「您看到了什麼？」

「昨夜演出《茶花女》悲劇，散場時，我被帶到後臺去，這時，女主角正由一個老婦扶著走下臺來，她仍不停地唏噓、嗚咽著，表情非常悲愴，似乎戲還在上演。那老婦一邊替她拭淚，一邊安慰道：『姑娘啊！別再傷心，現在是一九八〇年，戲已經落幕了，我們不在巴黎，在東京，妳不是苦命的茶花女，而是日本最幸運的姑娘，妳慢慢回過來吧！乖，好姑娘，回過來吧……慢慢的……』後臺這一幕，使我大開眼界，我活在中國社會，慣看『人生如戲』，昨夜得見『戲如人生』，非常過癮，也感慨萬千！」

這時，那老人大大膨脹起來，形同巨人。我再三請他留下長敘，卻留不住，他才走到門口，又折回來道：

「差一點忘了奉告主人，方才經過你的儲藏庫旁邊，偷看一下，發現有一條抹布不夠乾淨。再見！」

他的形象終於消失在人海中。

——刊於一九八〇年十月二十九日《聯合報》副刊

十五、小就美

這回兒，我單身匹馬遊德國，著實有點害怕，人地生疏，言語不通，只好自我寬慰道：我曾主編《臺灣醫學雜誌》十有餘年，從工作中雞零狗碎地認得幾個德文單字，多少可派點用場吧！於是，揚長就道而去。班機在夜雨中降落，由機場乘車進入雨絲燈影中的柏林市，感到一陣孤寂與淒冷。進了旅館，淋了浴，開起電視機，一點也聽不懂，越發心煩，重重地關上。悶到發昏時，忽然覺得有件什麼大事還未辦，想了又想，才想起晚餐似乎還未吃。記得在飛機上吃過一餐，只是時空不對，心裡難平，肚子似餓不餓，思量好一會，決定折衷行事，出去小吃一下。

下樓來，入餐廳，侍者恭敬地遞過菜單，我努力從中尋找近似英文的字詞，似是而非，不敢立斷，徬徨之際，舉頭四望，偌大餐廳，燈光千盞，單供我一人獨享。在往常，我必得意非凡，貴如帝王，陶醉一番，此時卻感心慌。在座若有第二位客人該有多好，好讓我比照點選。無可奈何，情急之下，說出幾句英語，侍者頻頻搖頭，我只好望著菜單嘆息，以博取侍者的同情。

啊！有了，我從中認得一個德國字，我跟它好熟，那個字的意思是「小」。我獨個兒來，胃口又小，就吃這個小東西吧！

我便指著這道菜，侍者看了對我一怔。我明乎其意，笑我好小器，一氣之下，我不管他懂不懂，用英文大發我的高論，以支持我點此小菜之理論根據，於是搬出能源時代最流行的新哲學「Small is beauty」——小就是美；又恐立論不夠堅強，再搬出中國文對此有更美妙的說法，如：「小巧玲瓏」、「俏才可愛」、「微，斯美矣」等等妙句。侍者恭聽之後，若有所悟，毅然決然定菜去了。

來德國，辦第一件事，顯出德國民族效率很差，只一道小菜而已，弄了半天，還不上桌。肚子由半飽而小餓，由小餓而大餓，忍了好一會，忽然一陣奇香襲來，心知我的小菜來了。果見門外推進一架四輪小車，一點不錯，那確是歐洲一道名菜：「小豬」，我看了幾乎昏倒下去，想起我自己剛剛大吹「小就是美」之讜論，立即強作紳士狀，裝出欣喜若狂的樣子，幫著侍者把烤小豬搬上桌來。侍者才走開半步，我就面對著小豬發呆流淚，但非為悲此無辜小豬，純為我自己飛掉一疊美鈔，即使白餓三天也抵不過去；發呆是不知如何把刀子狠狠地戳下去：「哼！都是你這小東西害了我！」

——刊於一九八〇年十月二十五日《臺灣時報》副刊

十六、傳家之寶

中秋節第二天，風和日麗的週末，老柯竟駕著轎車繞了臺北一大圈，找了好幾家畫商，想要一幅像樣的假畫，都沒要到手。

「柯老，別開玩笑，慢說贗品假畫，就是擺下一堂名家真品，要請您賞光挑一兩幅中意的，恐怕還很難。怎麼啦？今天是什麼風送您來跟小店開這個玩笑？」

連問過幾家，口氣都一樣，禮貌都十足，只是不敢出手。老柯於是下決心找老邱去談。老邱本來很能畫幾筆，還會刻一手好圖章，可惜這個傢伙太沒自信，偏愛仿造名家的假畫，而且做得維妙維肖。在東區一帶問了老半天，終於在一座老式公寓五樓上找到了他，便向他說明來意。

「哎呀！柯老，是不是我忘了跟您拜節去，今年您才存心來戲弄我？您走的是陽關大道，肯留這麼一條小獨木橋給我過，我姓邱的一直很領情。求您別來取笑我，我那玩意兒只能騙騙外行的，怎敢在柯老行家面前賣弄呢？」

老柯這才體會到，一個人有了小名氣，就得喪失一點自由，不是他見不得假畫，而是假畫怕見他了。他生平最怕聽軟言軟語，於是，趕緊走下樓，發動汽車緩緩地馳著，正愁沒去處，車過復興南路一段「版畫家」畫廊門口。他靈機一動，停了下來，走進畫廊。他向來走路有風，櫃檯桂慧珠小姐抬起眼兒來，看是柯傅先生來了，她向他點個頭，目送著他進入廊裡，她發覺一種異象：廊上觀眾向柯傅打招呼，老一輩的人都稱呼他為「柯老」；而年輕的——特別是小姐們卻直呼他「柯傅」，究竟是現今小姐們的禮節太差？還是柯傅先生的吸引力太強？她一時難以揣度，只覺好玩。

柯傅這個人的鬼名堂很多，他是建築師、藝品收藏家，並兼經紀人，綽號「老頑童」。他以擁有美妻和藝品之多而出名。這時，他在畫廊走了一圈，止步於櫃檯前，先瞧一眼桂小姐，再看櫃檯後面壁板上懸著兩幅一模一樣的席德進紫色山水畫❶，框邊各附一片卡紙，一幅上書「原作，非賣品」，另一幅標著「複製品，每幅帶框臺幣一千六百元」。他左看右看，兩相比照，覺得這幅複製品做得真好，採用上好巴黎水彩畫紙精印，著色比原畫稍深一點，更見妙趣。

「桂小姐，請你替我把這幅畫包起來。」他用手指著。

「柯先生，您看錯了吧？這一幅是複製品。」

「我就是要這幅複製品。」

桂小姐疑惑地望他一眼，不敢再開腔。老柯付了款，拿起畫就走。他進了家門，先把這幅複製品從鋁框上卸下，把框子擱在一邊，再打開倉庫，替這幅複製品另配一個日本製上好的框子。這框子少說要比這幅複製品高出十倍價錢，一裝上去，顯得華貴起來，把它端到客廳上來，放在木櫃上靠牆立著，端

---

❶ 席德進（一九二三～一九八一）：四川人。

詳又端詳，他臉上流露出得意的笑容，這笑容只有在他為女人選擇服飾而獲得芳心滿意時才能看到的。

這間老建築師的客廳，不但氣魄夠大，一看便知，此中每一細節都經屋中主人精心設計過的。單看右牆那整壁長達十五米的朱銘銅雕，斷非房屋蓋成搬得進來的，看進去像讀一篇絕無廢詞的文章似的，令人賞心悅目。屋裡多空間，但無寸地浪費；堂中盡珍品，但無一件贅物。當設計此屋時，最使他費心思的，是那架二十三吋電視機，在他那麼珍貴的空間裡，要擺設一架那麼低俗的電視機，他心中著實難過，但又不可不有，於是，在牆壁建構上，運用了許多巧思，使這架電視機不佔空間，又不搶奪視覺，而和柯家人共存。

在這麼一個境界裡，這天中午，柯傅帶進來這麼一幅席德進複製品，這可說是近乎瘋狂的行為。為了安排這幅複製品，老柯決定把整個客廳重新佈置一下。他先把正中的一幅趙無極❷抽象畫取下來，移到餐廳裡去，而把這幅複製品掛上。此時才過中秋，臺北的秋還長呢！應當盡量換秋圖，於是，他收起大千先生❸的〈夏荷〉，代之以歐豪年❹的〈紅葉〉；卸下馬木老❺的〈雨竹〉，換成內山雨海❻的〈秋山夕照〉；再過來，那幅黃君璧❼的〈觀瀑〉，春意盎然，不合時季，也拿了下來，正猶疑間，從背後傳來柯夫人的聲音：「這幅畫動不得！」

不知道什麼時候，柯夫人從內室悄悄走出，立在他背後看了好一陣子，越看越不對勁，實在憋不住氣，才出聲，接著，她嘆著氣說：「老爺子，滿堂掛得好好的，幹嘛要移來換去？唉！真是閒著沒事做呀！」

「我買了一幅席德進的遺作。」

「這幅畫是不錯，但是，再怎麼說，總不能代替趙無極的位置呀！」

「家庭擺設本是一種藝術，不能單憑輩分，得隨時季而變換。老伴，我交代妳一句話——也算是我的遺囑：我生平愛好收藏藝品，當我在世，樣樣都是寶；我一死，妳和兒孫對我的寶要怎麼處置，就怎麼處置，我只交代妳一件事，只這幅席德進的畫是我們傳家之寶，絕對不許借出、贈送，更不許出售，千萬記住，此生我的遺囑只交代這麼一句話。」

「席德進的畫有這麼寶？」

「就是這麼寶！」

「我想寶歸寶，也犯不著這樣大動乾坤，這幅趙無極的畫，是大女兒為祝賀你六十大壽送的一件大禮，你還沒掛多久，就把它換掉，元馨❽下一趟回娘家來，她看了不氣炸才怪呢！」

「你放心好了，會送這件大禮的女兒斷不會氣炸，會氣炸的女兒也斷不會送這件大禮。」

---

❷ 趙無極（一九二一～二〇一三）：生於北平，長居巴黎，卒於瑞士。（編按）

❸ 張大千（一八九九～一九八三）：四川省內江人，水墨書法家。

❹ 歐豪年（一八三五～）：生於廣東省茂名縣，水墨畫家。

❺ 馬壽華（一八九三～一九七七）：字木軒，安徽省渦陽縣人，書畫家。

❻ 內山雨海（一九〇七～一九八三）：東京人，日本水墨畫家。

❼ 黃君璧（一八九八～一九九一）：生於廣州，水墨畫家。（編按）

❽ 柯元馨：一九四六年生，前任時報文化出版事業有限公司總經理，夫婿是前資深媒體人高信疆。

「你對女兒有這樣自信，那就換吧！但是璧翁這幅〈觀瀑〉可千萬動不得。瀑布是水，水是財，而且向下流來，除非你想斷家財，千萬不要換掉。」

老柯看在財氣的分上，只好犧牲一點擺設的藝術，再把〈觀瀑〉圖掛上去。柯夫人進入廚房忙去，客廳恢復了寂靜，只偶爾聽得拭擦框軸的聲音。柯傅這個人玩世不恭到頂了，在他眼裡，世上的人都沒穿衣褲，全是赤裸裸的，他一生看透、說穿一切，一點也不保留；還有一點很執著，他寧願相信小說，而懷疑所有歷史；對一切正經的事，無不加以輕蔑的嘲笑。他的舉動頗帶幾分流氣，做事卻很認真；嘴巴絕不饒人，心地卻還良善。

這一天，他在自家裡弄個假的玩著，以他生平對追求藝術的態度，斷沒人敢懷疑他這一著。在這個小小的遊戲裡，他居然不忘預立下遺囑，以防後患，由這一點，也很可見他的心地。

經他這一改變，秋天大步跨進了他的客廳，滿堂生輝，顯得清爽開朗多了。來訪親友問起，他都道：「為了迎接光輝的十月。」老頑童忽然講官話，這才使人起疑，此中必有文章，只是揭不開他的底牌。其實，他說的也對，連日來，柯家的電話頻繁，大半是回國參加雙十節的華僑打來的，往後幾天，應酬也多了起來，特別是一位姓張老同學，失去聯絡將近四十年，忽然也趁今年十月熱潮出現了。他先用電話跟老柯聯絡上，怎麼說，他就是不肯上餐廳，指定十月八日晚上到柯家來吃晚飯。

這位老同學叫張熙華，和老柯原是日本金澤大學土木系同學，他只低一學年，差兩個月就畢業，不幸，抗日戰爭爆發被遣送回國，連他一共有四個中國學生畢不了業，縱然如此，他們後來在社會上都有很高的成就。就張熙華來說，他已是南美洲有數的大企業家。老柯還記得，和他是同庚，同屬犬，今年也六十了，想來想去，只好把朱銘雕的那隻〈小犬〉準備送給他做個見面禮，這禮倒不輕，也不俗。

十月八日下午六時稍過，張熙華來到了。他也發福，滿頭白髮，顯得比老柯蒼老。他帶了一只阿根廷的女用皮包給柯太太，她匆匆走出來拜了謝，又回到廚房裡忙去。張熙華一進門，就被滿堂藝品吸引住，對坐言談中，他不時游目四顧。早幾天，老柯已從僑界方面探知張熙華近來也有收藏藝品的癖好，老柯於是硬沉住氣，高談闊論天下事，就是半句不提及字畫。

張熙華終於忍不住地站起來，在客廳上轉了一圈，草草看了幾件，便讚歎道：「真好！我在海外早就聽說你是個收藏家，果然名不虛傳，單看這幾件，皆屬極品。」

「談不上什麼收藏，只是喜歡玩玩而已。」

「這兩年，我對此道也發生一點興趣。」

「我記得，你好像和我同庚，同屬犬，是嗎？」

「你的記性真好。」

「狗都喜歡玩把戲，在學校裡，沒有誰能玩得過我們屬犬這一對，現在老了，別的玩不動，只好玩玩藝品。」

老柯以狗相自類，張熙華聽了只笑吟吟地望著他。如果說，他倆屬犬類，那麼，老柯是最愛吠叫的，張熙華倒是一聲不響的。接著，老柯問道：「你收藏哪方面的藝品？」

「我哪裡懂得什麼藝品？不瞞你說，這幾年，生意做大了，我的顧問建議我將一部分盈餘收購藝品，既可減輕稅金，又可保值，過去收藏的以歐美的作品居多，所以，我這次回國，想買點精品帶回去。這件事，得費神你帶路、指引，否則，我下不了手。」

該是老柯獻寶的時候了。他先引看右方那一壁朱銘銅雕❾，繼則觀賞對牆歐豪年、內山雨海、黃君璧的三幅水墨佳作，接著品評櫥櫃裡陳列的日本三珍品：近藤悠三❿的青花瓶、澤田政廣⓫的木雕、圓空和尚⓬的佛像，再順著轉入走廊、書房裡看去。

這時，柯夫人在餐廳上催請客人上座，老柯便帶著客人走向餐廳，張熙華突然止步，他留意到客廳正中那幅席德進水彩畫，框底下黏著一張紅紙，寫道：「傳家之寶，恕不借出。」他看了，眼睛突然閃亮一下：「老柯，這幅傳家之寶，有什麼特別來頭？」

方才老柯帶他看畫，就故意漏過這一幅，放著這暗餌釣釣張熙華，他果然靠近過來了。

「沒有什麼，只是一幅老朋友的遺作，看了喜歡，就把它買下來，沒想到，這幅畫被印成複製品，流行坊間，原畫既然在我手中，就應該特別珍藏，收為傳家之寶，以免混淆不清。哦！肚子餓了吧？先吃飽飯，然後，才有氣力談寶。」

餐桌上擺著四菜一湯，簡單精緻；各式名酒卻陳列一整櫃，酒櫃的對牆懸著趙無極的作品，是柯家最富動感的一幅畫。張熙華選了一瓶臺灣竹葉青，柯夫人仍持老派作風，只說她不餓，要等么女兒回家一道吃，老柯只得和客人對飲。待酒喝得四分醉，他忽然長嘆一聲道：「老同學，恐怕你不知道，你曾經耽誤過我的大好前程。」

張熙華聽了愕然，不待他發問，老柯已接下去說：「四十年前，在大陸，烽火連天，我正苦謀不到差事，偶然在報紙看到一則公告，水利工程處招考一批土木工程人員，正對著我的路，立即去應考，沒幾天，接通知，要我去面試。考官是一位工程界老前輩，很溫婉地對我說，我的學科成績考得好，可惜發現我的畢業證書是假的。我立即問他，憑什麼說是假的？他就從保險櫃裡取出五張畢業證書，說：『你看！在這次考生中，一共有五位出身於日本金澤大學，其中四張證書全是一模樣的，只你這一張不一樣，紙質、紋路、色調都差一點，顯然你這張是假的，你有什麼異議沒有？』我一瞧，天哪！四張證書全是沒畢業同學的名字，看到你的大名也在內，我才想起你曾向我借過畢業證書，立即明白是怎麼回事了，在這關口上，我能說什麼呢？我為了四位同學的出路，只好直認罪：『是我偽造的，是我偽造的。』向考官苦哀求給我從輕發落；他終於寬恕了我，放我走的時候，還誇獎我學科成績那麼好，證件偽造得幾可亂真，足見才華很高，一再勸勉我今後務必走正路。就這樣，你們四位同學都去當高官，我獨自流落他鄉去了。張熙華，你說，你該罰不該罰？」

張熙華聽了顯得出奇的鎮靜，一點不臉紅，也無動於衷，好像聽了一則早已聽過的笑話，只哈哈輕笑兩聲，回應道：「該罰！該罰！」拿起杯子，一飲而盡。

「話說回來，我也得感謝你。」老柯講話一向富節奏，尤其善於運用一緊一弛的調子：「那一

---

❾ 朱銘（一八三八～）：苗栗縣通霄鎮人，雕塑家。
❿ 近藤悠三（一九〇二～一九八四）：京都人，日本陶藝家。
⓫ 澤田政廣（一八九四～一九八八）：東京人，日本木雕家。（編按）
⓬ 圓空（一六三二？～一六九五）：日本木雕聖者、苦行僧。

回，如果不靠你幫那一忙，我就被錄取了，說不定在工程處一直得意下去，到如今，很可能仍然下放在牛棚中，想到這一點，我得感激你，我也乾一杯！」

彼此大笑一陣，對飲又對飲，張熙華也補充一段往事：「後來，不知道怎麼樣，這件事從水利工程處傳了出來，當然，你——柯傳還是擔任偽造文書的角色，但是，我們四個同學不免虛心見鬼，不久之後，都各謀出路去了，我一個人溜到南美洲去。當年在大學我最欽佩你的沉著能耐，你一直表現著『猝然臨之而不懼』的精神，而這件事發生之後，你更達到『無故侮之而不怒』的境界，實在了不起！事後，我只擔心一點，你畢竟太年輕，受了這麼大的打擊，後來會不會發生一種挫折感？」

「挫折？——那倒不會。」老柯搖著頭說：「我踩進社會第一步，劈頭就遇到這一陣雷雨，好像一株幼嫩的樹木，猛然受到一陣春雷的襲擊，使我突然長大了起來，我深深體會到形勢比人強的道理，形勢強時假成真，形勢弱時真變假，人生初探，就遇上這一幕真假重疊的景象，一時間，著實很難適應，也適應得很痛苦，過後也就好了。」

「這件事，在你心理上，起了什麼變化沒有？」張熙華關切地問著。

「當然，我變了。從那時候起，我寧願相信小說，而懷疑所有歷史，直到如今，我仍然抱持這種態度，單舉這一項就夠了——老同學，過去的，讓它過去，不要再談它，喝酒，我們喝酒！」

「好，改個話題吧！談談你的書畫。」張熙華從老柯手中搶過酒壺，為自己斟了半杯，卻為老柯添了滿杯。「我想和你商量一下，我總不能入寶山而空歸，請你割愛一件精品給我帶回去，價錢由你開。」

「你等著，我就來。」柯傳走到客廳，從櫥櫃中取出一件〈小犬〉，這是朱銘的木刻翻製成的銅質品。

老柯雙手端著那隻〈小犬〉恭敬地遞給張熙華，「你屬犬，我一聽說你要來，就為你預備這件小品，朱銘的作品，非常可愛！」

「謝謝！這件貴品我收下了！但是，我要你另外割愛一幅畫，價錢隨你開。」

「哪一幅？」

「掛在正中那幅席德進的遺作。」

「老張，你為什麼老跟我過不去？你明知那是我傳家之寶，什麼不好挑，偏偏挑這一幅來為難我，這是什麼意思？」

「我挑選這幅畫，自有兩點大道理：其一，府上雖然多精品，可是大都落了款，不便索求；其二，既為傳家之寶，這幅最最靠得住了。」

老柯忍不住笑出聲來，這笑聲蘊含著滑稽、譏誚，更兼得意。

「你太為難我了！」

「開個價錢吧！」

「如果你一定要勒索走這幅畫，價錢事小，我要堅持一個條件。」

「什麼條件？」

「我願意把這件傳家之寶出嫁到張家去，張家絕對不得外借、贈送、出售，至少在你我有生之年做到這一點。」

「一定照辦！那麼，請開出聘金來吧！」

「既是出嫁，不便談價，等一下你就把它帶走。現在，請到客廳上坐吧！」

他們移坐在客廳沙發上，張熙華從他的西裝袋裡取出一本美國大通銀行支票簿，說著：「那麼，我只好霸王硬上弓了，由我自己定個價。」他隨即背過身去，開了一張支票，向老柯要了一個信封，裝好，遞過去說：「在我離開之前，不要打開，免得我難為情。」

老柯笑笑，收下那張支票說著：「屬犬的都真會玩把戲，喂，你不算是剛出道的，憑什麼相信這幅畫是真的？」

「讓我套用你方才說的一句話：寧願相信小說，而懷疑所有歷史。只憑這句話，我要定了這幅畫。」

這句老柯自己的話，現在他聽起來卻另有意味，他只一怔，又迅速恢復了笑容。

當客告辭時，柯傅正準備卸下那幅複製品，張熙華從衣袋裡掏出一張名片，搖著手說：「不用急，麻煩你照這地址用航空郵寄到聖地牙哥來給我，不要帶框。我這次離開臺北，一路上還要經過許多國家，沒有法子帶走，在雙十節之後，如果抽得出時間，我還會跟你聯絡，勞煩你帶我去看字畫。一切，拜託你，我走了！」

「等一等，請你在這幅畫的背面簽個字。」

「何必這樣麻煩呢？」

「非簽字不可，市面上假的太多。」

張熙華簽過字，就走了。

老柯獨自坐在沙發上，從桌上取過那只小信封，抽出支票一看，金額是九千九百九十九美元。他心想：這個屬犬的，心好細，還怕被責怪付多了，不敢上萬。這幅複製品連框的成本折合美金才四十塊錢，天下哪有比這更好的買賣?他於是獨個兒跟著影子大笑起來。

老柯緩緩地走向書房，拿起筆，準備為明天寄往南美洲的航空包裹附著下面這一封信。

熙華兄：

不論你是無心或者有意上當，我都必須按照這惡作劇的預定步驟，通知你所要的這一幅畫是複製品，連同朱銘的銅雕，算是多添一份小禮品給你，不過，仍請你遵守君子協定，收爲傳家之寶。臺北西門町有售一枚臺幣六十元的塑料戒指，只要是戴在嫂夫人手指上，那和鑽戒是一樣名貴華麗。隨函退上你所交下支票一紙，統祈檢收爲荷！

莫怪我惡作劇，因爲，你在早年對這一方面實在教過我太多，而且很受用，老來還沒忘掉，多麽有趣好玩！

老頑童　上

——刊於一九八二年十二月一日《聯合報》副刊

十七、高處不勝寒

孤寂

三月的一個寒夜，一位哲學圈子裡的女友邀我參加她們婦女團體主辦的演講會，由一位身兼哲學、心理學、美學三個博士頭銜的H先生主講，會場設在臺北市一座大廈中的小講堂裡。入場時，滿座鶯鶯燕燕，一無虛席，場內連我僅有兩位男性，物以稀為貴，居然後來居上，被擁到第一排落了座。

H博士是個很典型的臺灣新銳，青年英俊，一身充溢著活力和朝氣，說得一口漂亮的國語、臺語及英語，講題是「美學與女性」。他運用哲學、美學、心理學三聯座的「透視鏡」，把女性剖析得赤裸裸、全透明、一條條、一絲絲；再配上他那天生帶有磁性的聲音，莫說在座太太小姐，連我聽了也很受感動。

散場後，我搭朋友的便車回家，她把鑰匙插入駕駛盤，未發動，先考我：「你聽過了，覺得怎麼樣？」

「講得很好，這種小型的集會很有意義。不過，他講得越精采，我越替他難過，像他這樣有才華的人，我想他一定很寂寞，尤其在愛情與婚姻方面，他恐怕不大如意吧？」

「你認識他？」

「不，一點也不相識。」

「那麼，你怎麼知道他這樣清楚呢？」

「全憑推理──道理很簡單：在演講會上，我們聽他用哲學、美學、心理學分析女性，當然是很過癮的事。如果換個位置，身為H博士的情人或妻子，就很不一樣。天底下，很少有靈性的女人能耐得住丈夫經常對她做如此理性的透視與分析；縱使是鐵打的愛情，鋼造的婚姻也會爆破的。因此，今天晚上，我聽他分析至精闢入微處，心中激賞之餘，又湧上一陣悲涼，不由得聯想到H博士的情人或妻子，恐怕已變成一隻他研究美學、心理學作用的天竺鼠了，她的深閨也變成他的實驗室，那是很可怕的事情呀！最使我難過的，據我估算：她一旦離開他，八成會奔向一個對女性毫無所知而極度混蛋的男人懷抱裡，她必視『無知』為天堂……」

「啊呀，了不起，你真是料事如神呀！」她的手離開引擎鑰匙，激動地翹起大拇指來誇獎我。

我慌忙伸出左手抵住她的嘴巴，「千萬不要這麼說，妳知道，我一無是處，老師對我只取一點：糊塗絕頂，他才肯破格收我為徒。如果給他聽到我料事如神，他必定把我攆出去，求求妳，別這麼說。」

「好吧！我不說。」她賣了個大人情似的。「你平素真的好糊塗，不過，我想知道一點，你的腦子為什麼有時候會忽然清楚起來？像現在這樣子的。」

「妳應該知道，一座停了擺的時鐘，每天還有兩次準時，當然囉，我是不如一座停擺的時鐘，說得再差勁，我的腦子在一年半載中，也總有一兩個時辰偶然對準了世界，妳就大驚小怪，像現在這樣，窮叫我料事如神，給我老師聽到可不得了呀！」

「我不說出去就好了。」她笑著安慰我說：「但有個條件，我認為你有一點頗可取：故事講得不錯，現在，請你講個故事做為交換條件。」

「好！請妳開車送我回去，妳邊開，我邊講……」

迷失

一家最高學府醫學院的一位頂尖醫學家歐陽教授患了心臟病。他正是這方面的專家，所以很能照應自己，替自己開藥方，每日按時服藥，雖見好轉，仍不敢大意，持續服藥兩個星期，突然感到腹痛，幸虧他是專家，心裡有數，知道這不過是服用這類藥物的一種副作用，於是，他很放心，忍受著，希望自己能逐漸適應此種藥物，慢慢把病治好。

疾病，對於歐陽教授而言，是他研究的課題，也是教學的材料。如今，他自己生了病，又引起藥物的副作用，那更具教學的範例價值，他於是面對著一群醫師及學生，很激昂地講述自己的病例；關於藥物副作用，他特別提到：「據文獻報告，服用這種藥物，百分之七點三病人會引起腹痛的副作用，很不幸，本人就掉在這百分之七點三的數字裡，所以，這幾天很不舒適，不過，我忍得住，好繼續觀察後效……」

過兩天，三更半夜裡，一輛救護車呼嘯駛入這家醫院急診室，被扶下來的不是普通病人，而是這家醫院的頂尖人物——歐陽教授，情況顯得頗為嚴重，各科主任醫師都應召趕來，走廊道上穿梭著醫生和護士，病人迅速被抬進急診室，做了基本的診察後，立即送入放射線科去照光，超音波室去探測，核子醫學部去掃描，眾醫都默默地等待檢驗的綜合報告。

這時，一位新進的實習醫學生從宿舍裡緩緩地走出來，他揉著惺忪的眼睛，東張西望，心中正納悶：夜深了！也沒見什麼病人，幹嘛有這麼多醫師在裡裡外外走動著。他姓蔡，而人更「菜」，長得胖胖笨笨的，上了大七，很會啃書，但學科成績一直不好，尤其在實驗室、解剖室、病房裡，他表現能力最差勁，動作遲鈍，常出漏子，故有「大蝸牛」之綽號。

他步入急診室，裡面沒人，便從病歷架上隨手取下一份病歷表，細看一遍，沉思一會，然後，自言自語道：「這不是盲腸炎嗎？……」

那聲音細得像蚊子叫，因夜靜，站在門口的沈主任聽到，卻覺得很刺耳，忽然，他若有所悟，轉頭問道：「大蝸牛，你說什麼？」

他奔過去，從「大蝸牛」手中搶過那份病歷表。

一向慣被挨罵的「大蝸牛」，自知又出錯了，滿臉通紅，囁嚅著說：「我……我說……好像盲……腸炎……」

「你知道這是誰的病歷表？」

「不知道！」

「歐陽老師的。」

這一下，「大蝸牛」嚇壞了，他支吾著：「我……隨便……說說……」

沈主任笑哈哈地輕拍一下他的寬肩膀說：「大蝸牛，這一回，很可能，大家全輸，你獨贏！」

最後診斷：歐陽教授患盲腸炎，因延誤而併發了腹膜炎。這病本來很簡單，只因病出專家，眾醫師都往尖端鑽，未見及淺處，而讓病人平白多吃了許多苦頭。

這件事迅速傳遍全院，這回「大蝸牛」可揚眉吐氣了，大家改口叫他做「御醫」，其實好險，如果歐陽教授患著大一點的疾病，眾名醫早就診斷出，斷斷乎輪不到他；如果這種小病降臨在小人物身上，醫師摸兩下就知道，也輪不到他；只有在這學術巔峰的煙雲彌漫下，迷亂中，「大蝸牛」才好從小縫隙裡撿到這麼一個被失落的幸運。

無奈

顏教授也是一所教學醫院的外科老教授，專長胸腔外科，他在醫界中已桃李滿園。他老了，身體該是有疾痛的，可是，他什麼病不患，偏偏患了胸腔方面的疾病，而且必須採用他最拿手的手術治療，那麼，叫誰替他執刀呢？

在無限時光與絕對無聊的宇宙殿堂上，近年上帝似乎也顯得老多了，尤其脾氣變得好古怪，對人間世情越來越喜歡運用戲弄、嘲諷、揶揄的手法。你看，前年，榮民總醫院肺癌專家盧光舜教授就死於肺癌——他什麼病不好死？再說，去年，國立臺灣大學醫學院肝癌專家林文士人教授也死於肝癌，縱使百病皆絕跡，也不應該叫他得此肝癌絕症啊！再查閱日本「癌症中心」的記錄，該中心歷任主管大半都死於癌症，上帝實在做得太絕了！老神家都喜歡說漂亮話，我就替祂說得美一點，派癌症專家死於癌症，那好比大將軍捐軀沙場，馬革裹屍，才算死得其所。

在這流年不利的景況下，胸腔外科專家顏教授竟也患了胸腔重症，顏氏家人的心情自必十分沉重，醫院外科部的氣氛也顯得分外森冷，忽然間，那間具有高度權威而富有歷史性的手術室看來怪不順眼；在那張手術檯上，顏教授一生不知宰過多少人的胸腔，如今，要輪到他自己上去了。

風聲一經傳出，各界人士深表關懷，遠自歐美各國醫界友好紛紛來電，促請顏教授出國治療，他都一一謝絕。他決心把老命交給他的學子和他一手創建的研究室。他說：即使他死於學生手術刀下，也是理所當然的，如果他出國求醫，等於自毀他一生所建立的外科醫學權威以及學子們的自信，故他必須以身示教，別無選擇。

在元宵節過後，一個綿綿細雨的下午進行手術。手術前，顏教授和他的眾門生（都是響叮噹的名醫了）共同討論他的病案，並做詳盡的指示。麻醉前，按照顏教授平日的習慣，由主持醫師帶頭做一次術前的祈禱，禱告文和平常沒有兩樣，不過，眾醫的聲音略顯顫慄。

手術進行十分順利，顯示出診斷的正確和術前準備的周全。在整個過程中，只作一項小小的改變，主持醫師臨時決定為病人較預定多輸入六百ＣＣ血液。

移入加護病房後，在醫護人員悉心照應下，病人逐漸恢復了意識。

「老師，恭喜您！手術非常順利。」

「辛苦了，你們……」顏教授發出絲絲的微音和淺淺的笑意。

這時，不知誰把一瓶帶著雨濕的春梅悄悄放置在角落上，上面懸著一紙大紅的卡片，沒有人去注意它；群醫的注意力都集中在這位病人最得意的門生，也是當代的名醫，他肅立在病榻前，畢恭畢敬地向病人求問道：

「老師，請您告訴我們，現在，您該吃什麼藥？」

病人很虛弱，心裡卻明白；他的嘴角努力嘗試多擠出一點笑，無奈氣不足，而從兩眼射出一股好無助、好無奈而帶幾分譏誚的微光，隨即閉上眼睛，歇歇息。

忽然間，窗外風緊雨急，透過玻璃窗射進一道青白色的閃電，緊接著，屋頂上吼起入冬以來第一聲的響雷，春天吹起了號角，大地上——只除了人類以外，萬物都被喚醒了。這時，護士林小姐正拿著一條薄毯走進來，一下子，她愣住在門口，並非為雷鳴驚蟄，只為看到那一組平日神氣活現，披著白色制服的大醫師，都木然地環立在病床邊，在那接二連三的雷電閃光下，望過去，彷彿是經由幻燈機打出來一系列石膏塑像的映像。她於是輕輕踏步，走向病床，小心為病人加蓋上那條毛毯，唯恐不勝寒。

——刊於一九八五年七月二十四日《聯合報》副刊

十八、郵差父子

崔太太正挨著客廳上那座落地燈邊上釘鈕扣，聽見她丈夫推門進來，腳步聲跟往常不一樣，響噹噹的，好有勁，她於是抬起頭，望見他笑咪咪的，一邊哼著小調子，一邊卸下郵差的制服。

「怎麼啦？」她放下了針線說：「今天，什麼事這麼開心？難道在路上撿到了黃金？」

「哈！撿到了金不換的，我先進去沖個涼，回頭告訴妳。」他步入浴室。

老崔是個老郵務員，從臺東山村一所小郵局送信做起，做到這城市來。就郵務員來說，算是很有成就的。通常人家讀信都是讀信肉、信骨，老崔一天到晚只讀信皮，讀多了，居然也能替信件看相算命，信一拿到手，是凶是吉？是愛是恨？是憂是喜？是貴是賤？他一眼能看準七八成；他也能替信醫病，不論是龍飛鳳舞的，鬼畫符的，滿封別字的，漏字筆誤的，種種疑難雜症，他都盡心救治，起死回生。有一回，他打從局裡「死信欄」邊上經過，看到一封這樣的信：「××市秋陽街父親收」，沒戶沒名也沒姓，老崔也認這信死定了，可是心不甘，只多瞧一眼，在那天真稚氣的筆觸間，彷彿出現了一個哭泣孩子的臉影，他才猛然想起在孩子心中，「父親」是何等偉大的「專有」名詞，又何須有名有姓呢？心裡一軟，便伸手到欄架上取下那封信，收放在郵袋裡。從那天起，他每天都往秋陽街走一趟，分段挨戶查探，是誰家父親遠了他的兒女？那條街依傍著一條河溝，又臭又長，查探了好幾天，終於在街尾仙公廟裡找到，那人正醉倒廟廊邊，幸好他還叫得出自己兒子的名字，總算把這封信救活了。有一年清明節，他還送信到陰府裡去呢！那是一個少女從荷蘭國寄來的，寫著：「郵差先生敬啟」，內附「祭亡母」文一篇，冥紙一疊，另夾一張信箋，千祈萬懇郵差先生，務必在清明節日把這送往清風山第二公墓第十八號墓場，替「不孝女兒」祭拜一場。墓地本無郵區，何況事涉陰司，郵差原可不管，可是，老崔卻悄悄把它帶走。那日，天色初明，他敬備香燭一具，獨自登上清風山去，依號找到指定的墓墳，取出祭文，焚香誦讀過了，讀到一段悲愴句子，他還嗚咽兩聲；然後把冥紙焚化成一縷青煙，這才心安理得地趕回郵局上班去。

老崔對郵務原抱持如此敬業的精神，怎麼也沒想到，最近幾年，他逐漸喪失了工作的熱忱，感到沮喪、乏味而無力，雖然，他對工作一點不敢怠忽，但絕非出於舊時那種由衷的熱情，每天都像被迫拖著一條死蛇上街似的，顯得十分無奈。這也難怪他，是郵政的世界先變了。以往，郵袋裡裝的盡是人間的歡笑和眼淚，溫情和應許，細語和幽怨……人世間，沒有比這更珍貴的袋子了。在他所過路上，經常會遇見羞怯的少女守候在路邊，截取屬於她的信件；也常遇見佇立在寂靜門庭下的老夫老妻，向他張望著期待的眼睛，揮動著歡迎的手臂；大部分的信件都經由他溫熱的手心，交給另一個人溫熱的手心；信和人兩相對映，不論其為悲為喜，往往從中折射出一股屬於郵差的暗光，如今，這種暗光全然為現代高樓建築所遮蓋了。

自從臺灣全省建立自動電話系統後，人與人之間的聯繫都在頃刻指撥間，信函數量銳減，現今郵包裡八成以上是廣告單、競選傳單、稅捐、水電代繳清單等等，而且大半是電腦作業。每天，老崔面對的「收件者」不再是人，而是櫛比毗連的大廈底樓一系列信箱，他大半的工作是把冷冰冰的郵件按號碼塞入冰冷冷的郵箱。有一天，老崔站在長列的信箱前配信的時候，他的腦際突然湧現出擺在郵局那部電腦終端機，而覺得他自己才是一部真正的終端機；也許他不配是，但，頂多是電腦終端機中的一具小零件罷了！在這種意識下，老崔對工作怎麼能起勁呢？

每天晚上他從郵局下班，必須走過兩條街，然後踏上十七級古老傾斜的石階，背向著西下的夕陽，隨著自己的影子走向家門。在暮色下，他強烈意識到自己郵差的成分已比腳前的影子更稀薄了。有時，他連推開家門的氣力都嫌不夠，不過，今天的情形可不同，好像一個洩氣很久的氣球，突然給充了氣似的，他昂然闊步走進家門。

這時，他已沖了涼，興高采烈地從浴室走出來，好像透露什麼機密似的，挨近他的老婆輕聲說道：「今天，我送了一封情書——一個少女的情書。」

「情書——說真的？」她驚訝地取下眼鏡。

「那個女孩姓柳，看樣子還是個學生，一連四天都有她同一來路的信件，今天，我實在忍不住，才輕聲問她是不是情書？她向我笑一笑，點個頭，那是十足愛情幸福的微笑，這種笑，我一生看多了，錯不了的。」

「不是說：現今信差都把信扔在信箱裡，哪能再看到什麼收信人？」

「她家住在一幢公寓樓下，開一間小雜貨店，她手上拿著一本書在看店，我當然把信送進去給她。」

「不是說：情書都絕了種？」

老崔哈哈大笑。近年來，由人寫的信函比以往少得多了，情書更是難得一件的，「絕種」只是他在感慨時說的氣話，不料，他老婆卻認真聽進去，他只好順著話鋒回答道：「地球上絕了種的，有時也會重現。」

「爸，什麼生物絕了種又重現了？」不知什麼時候，十八歲的寶貝兒子悄悄從房裡走出來，好奇地探問著。

老崔不吭聲。

「總不會是恐龍吧……哦！我想一定是那可愛的石虎，在臺灣深山裡絕了種，可是，動物園裡還有呢！」

「全是自說自話，沒有一句正經對題的。我說的是情書，今天，我的郵包中發現一封情書，這才稀罕難得！」

老崔著實很開明，他兒子才十八歲，就鼓勵兒子談戀愛寫情書，要他少打電話跟女孩子亂蓋。兒子哪聽他的？從學校一回到家就拚命打電話，不管長途短途的，打起來一點也不心痛。老爸多說他兩句，他就抓起大把硬幣往外跑，到電話亭裡去打個痛快。平心說，老崔倒不是捨不得電話費，他還儲備一筆「書信獎金」，按封論賞，他向兒子強調情書會促進愛情起昇華作用。戀愛如果沒有情書，有如落花無水，淡月無雲，那算不得愛情，只是情慾而已！兒子哪聽他那一套，也不稀罕什麼獎金，他依然我行我素，一封書信都不繳。今晚兒可好了，老爸就以雜貨店少女為範例，一五一十訓了兒子一頓，也算是一次機會教育。

「爸，我能發問嗎？」兒子聽了半天庭訓，起了反應：「您追求媽的時候，是不是常寫情書？」

「當然囉！滿滿一大櫃，至今還保存得很好。」

「當年您是怎麼寄給媽的？」

「還不是投郵，有時甚至快信掛號。」

「那就不對了，論情調，那時代，爸應該採用飛鴿傳書，那遠比郵差送信美妙多啦！爸，您為什麼貪圖便利，不用飛鴿，而用郵票？」

「我那個年代，早已通行郵政，當然利用郵政。」

「那就對了！我這個年代，通行電話，當然，我就用電話。爸，其實，在電話中跟女生聊聊，是另一種形式的情書，跟愛情與情慾並沒有差別。」

「我告訴你，情書是人類極優美的感性文化的產物，也是男女間的互相期許、承諾的一種信物，電話永遠代替不了情書。」

「可是，爸，我聽過，也看過前輩人談情說愛，他們一鬧意氣，決裂分手時幹頭一樁事就是燒情書，多麼難過的事！既然明知到頭要把情書燒，不如用電話交談，省時省事，不留痕跡，而且也省一把火。爸，我這一代，要學的東西實在太多，我很欣賞情書，可是，那是繡花一般的細工，我實在沒有閒情去做，原諒我實在不能……」

崔太太眼看老子鬥不過兒子了，趕緊解圍道：「父子倆少說兩句好吧，寫信和電話不是都一樣，有什麼好鬥嘴呢？」

「我非弄個明白不可，我問你──」老崔火大了，對著兒子咆哮著：「為什麼雜貨店柳小姐能，你就不能？」

「爸，對不起，讓我說一句缺德的話，我很懷疑柳小姐可能有點毛病。」

「胡說！」老崔甩了一個巴掌過去，兒子閃得快，溜走了。

第二天早上，老崔在郵局整理郵件時，又見到一封柳小姐的情書，於是跟同事聊起這件事，同事們聽了也覺得很稀罕，但不如老崔那麼熱中，都認為情書早晚要絕跡的，用不著咱們郵差去操心，咱們只管送信，不管是尺牘、信札、柬帖、八行書、明信片、廣告單、稅單以及各種電腦文書，一概照送不誤，反正只當一名郵差而已！

「依我看──」年紀最輕的小蔡開了腔：「問題不在情書什麼時候絕種，而在郵差什麼時候絕跡。從資訊科技發展情勢看，郵差不久就會退出世界舞臺。在古生物中，為什麼恐龍首先被請出地球呢？因為牠的食量過大，大自然付出的成本過高，牠必然遭受淘汰的命運。在不久的將來，可能是我的兒子或你的孫子時代，他們看到寄信要上郵局，送信要送上門，那是絕對無法忍受的事，所以，郵差追隨恐龍而去，實在為期不遠了。在這個時候，崔大哥還奢談提倡寫情書，那未免太不識時務了。」

姓蔡這小子，年紀輕，做事勤敏，心直口快，剛才說那番話，搬出了科學的道理，又有生物史的看法，這一招，斷非老崔所能招架，他於是默默不語，揹起郵袋，從側門走出，跨上摩托車，正待發動，郵務股葉股長派人把他叫進辦公室。

「剛才聽說，你在郵包中發現了一封情書，真的有這回事嗎？」葉股長兩眼投射出探索的目光。

老崔據實以告。

「恭喜你！」這突如其來的祝賀，使老崔嚇了一跳。「你應該知道，情書是當世稀有的物質，你真的有把握嗎？可別弄錯！」

「絕無問題。」

「好！你繼續注意它的發展，隨時跟我保持聯絡。這件事，如果把握得好，運用得當，不但可以重整我國郵務的結構與品質，也有助於復興中華優美的西廂文化。」

「是的，股長。」

這一下，老崔又被充了氣，駕起摩托車，輕飄飄的，他好樂。

往後幾天，情況平穩，每天老崔都送一封同來路的信給柳小姐，同時，向上級反映。他也做過追蹤調查，情書發自只隔兩條窄巷的仁愛街上一幢民宅，這一點，更增添了幾分古風高雅的氣氛。在那個週末，葉股長召見老崔，遞給他一份郵局最近召開業務會議的記錄，其中赫然出現一條有關「情書事件」的議案：郵局決以雜貨店柳小姐為典範，發起一項全國性的情書寫作運動，這計畫定名為「恐龍行動」，意在促使情書從敗部復活。

辦法訂得很細密，逐條都有嚴肅主題，兼帶浪漫的色彩，可望一舉而轟動全國。例如：建議內政部頒定每年七夕節起一週間為「情書週」，由總局發行「情人郵票」，並徵求一家電視臺及報社聯合舉辦全國情書徵文大展，發行《中國古今情書集叢》；還有一項計畫，比較簡單，但極重要。邀請《郵政天下》雜誌指派一名記者前來本市，給柳小姐寫一篇專訪報導，以此文做為一枚「火星塞」，來引發上述一連串的活動。末項計畫指定老崔負責聯絡安排，這項全國性的活動竟然輪到老崔來點火啟動，他真的樂死了。

老崔激動得全身起了微顫，在他看來，這份記錄不像是公署文書，倒像是他的家當私事，由郵局發動全國的力量來解決，藉這一次運動的推力，可望改變他兒子的氣質，所以他既感激又興奮地回答道：

「葉股長，我不但很明白，也很領情。我只差一年半，滿六十五，快退休了，此生最後的一個心願，只盼望每天郵包裡能多裝幾封用手寫的信，當然，同時希望我的小兒也能寫簡單的信，我才不愧做為一個郵差。」

「好，我們立即採取行動，我相信你很快就會被情書壓死在路邊。」葉股長輕拍著老崔的肩膀。「關於訪問柳小姐的計畫，《郵政天下》雜誌已表示全力支持，不但派一名記者，還聯絡一組電視記者前來配合採訪，訪問日程由你負責和柳家聯絡。記住一點，電視公司再三關照，通知雜貨店不要刻意裝修門面，柳小姐要穿平常便服，也不用刻意打扮。」

當天下午三時，大隊人馬自臺北乘著兩輛採訪車到達郵局，葉股長和老崔登車帶路，浩浩蕩蕩駛向這家早已圍滿了群眾的雜貨店，柳小姐微垂著頭坐在櫃檯邊，柳媽卻濃妝豔抹地立在門口，看那架式，顯然要搶女兒的鋒頭，迅速迎著笑臉趕著過來，正要貼著老崔的耳朵說話兒，老崔趕緊退縮一下。

「崔先生，你過來吧！我跟你先說兩句話。」

「柳太太，今天，記者訪問的對象是妳的女兒，妳可別弄錯了。」老崔輕輕提示著。

「今天訪問的重點是——」一位記者補充著說：「在電訊交通如此便利的時代，柳小姐是怎麼樣養成寫情書的習慣？」

「對的，對的！」柳媽攤開雙臂，顯然力圖控制全局，她很禮貌而有力地說道：「所以，請各位讓我先說兩句話……」

「請趕快說吧！」老崔嫌惡地催促著。

「記者先生，我的女兒在九歲時，不幸生過一場大病，從此變成了啞巴，聽力倒還可以，為了她，我這個做娘的，也學會了一套手語，在今天訪問中，我必須當她的翻譯，請各位原諒！」

店門口立時掀起了一陣熱烈的掌聲，眾記者異口同聲嚷著：「啞女寫情書，情節更感人。」於是把鏡頭紛紛對準母與女，可是，那掌聲，對於老崔卻是一陣強烈的爆炸，他像被擊傷似的，身軀傾斜下去，幸虧身邊有個人反應得快，伸手扶他一把，坐到店門邊上一張靠背椅上，他失神地自語著：

「完了……我，我輸定了……」

葉股長趕緊走過去，安慰著：「老崔，你放心，一切按預定計畫照樣進行，不會有什麼影響，這樣轉變，可能更具有社會教育的意義。」

「一切都完了，我輸得好慘——輸給我自己的兒子。」

「輸給兒子，有什麼要緊？」

「我什麼都輸得起啊！只這一點，我實在輸不起，因為……因為……他……他是郵差的兒子呀！」

——刊於一九八四年一月十七日《聯合報》副刊

十九、花燭下的祈願

李淑貞從醫院下班，快到家門口，看見小女兒在一棵大樹下玩著一只大葫蘆，她大步走過去喊著：「明明，妳哪來這隻大葫蘆？」

「媽，從貨車上掉下來的，好美啊！」

淑貞接過手一看，葫蘆底有了跌撞的裂痕，她便帶著女兒走進屋子，邊走邊訓著：「媽跟妳說過多少遍，撿到的東西一定要還給人家。」

「貨車呼嚕的開走了，我怎麼還呢？」

「交給派出所警察……」淑貞說到這裡，她的心不由得猛抽了一下，把餘話嚥下去……

七年前，她和醫學院同學結婚，眾口都道是天生地配的一對，兩家都是世代行醫，積德傳家，門當戶對，氣質相投。

結婚儀式簡單，卻安排個美好的蜜月旅行，出發的前夕，先去看一場《齊瓦哥醫生》電影。新婚寒夜，他倆並肩出去，緩緩地踏著鋪石的巷道，走到街口，淑貞從鞋尖處拾起一張百元鈔票。

出門見財，大吉大利，這對新婚夫婦卻感覺怪不自在，總把失款者想像得很悲慘，那張鈔票放在口袋裡似乎會哭會叫，若不立即報案，再好的電影也看不下去，蜜月也不好過，於是在電影街附近找到了派出所。

「巡官，我們撿到一張鈔票。」他輕輕地說。

警官正在看晚報，抬頭瞄他一眼，伸手捏起鈔票問道：「是你撿到的？」

「是她──」他原想說「太太」，舌頭一時轉不過來。

警官於是轉向她：「小姐，妳只撿到這一張？」

「是的──」

警官拿起筆來做筆錄，記下拾遺者的姓名、性別、年齡、職業、住址和拾遺時間，最後問到「發現地點」。

「在正氣巷口，親民路邊。」淑貞說。

那警官「哎呀」一聲說：「小姐，走錯了門路，那地方不是本所的管區，請到親民路派出所去報案。」

一出派出所，這對簇新的夫婦起了歧見；他想看完電影再說，她卻主張乾脆坐了計程車先去報個案，再入場。真是死心眼！他平素愛坐計程車，這回卻提出好堂皇的反對理由：「咱們倆什麼時候都好坐計程車，就是這回子坐不得。撿到的錢才不過一百元，如果坐了計程車去，完成這件善事，所付出社會成本佔去的比例未免過高，違背了處理事務的原則。」

於是往前走，不像新婚夫婦漫步街頭，倒像湖南趕屍似的，趕到了親民路派出所，從頭再做了一次筆錄，終於順利完成手續，兩人都鬆了一口氣。最後警官伸出手說：「請把你們——隨便哪一位的身分證給我看一下。」

他倆都愣住了，兩張國民身分證都夾在結婚證書裡，忘了帶出來，只好慢慢走回家去拿身分證，反正這一場電影泡了湯。

洞房花燭夜，相對直苦笑，在淡淡的燭光中，淑貞依偎在他的懷抱裡輕輕地說：

「對不起，都是我不好，殺了你的雅興。」

「這不是妳的過錯。」

靜靜地、緊緊地相擁，突然花燭爆起小火花，閃了一下。

「妳在想什麼？」

「我在回想爸在講堂上說過一句話，」她的爸爸是著名外科教授，「他說：要在手術房裡保持清潔，必須付出相當的代價；要在社會上保持高潔，必須付出更高的代價，你記得這句話嗎？」

「記得——不過，我希望，像這樣的事情，下一代的孩子不必像我們付出這麼大的代價。」

「但願如此。」

第二天，在蜜月旅途上，淑貞發覺他變了，走起路來不再踢石子，努力避免把視線投在道路上，她只好也把眼睛抬高，多欣賞天邊朵朵的雲彩。

一眨眼，淑貞面對的是六歲的女兒和這隻撿來的破葫蘆，她發愣著，久久說不出話來，小女兒輕輕地拉著她的衣襟說：
「媽，妳帶我去見警察好不好？……」

——刊於一九八三年《台灣新聞報》〈西子灣〉副刊

廿、雨中殘荷

這是一個風緊雨急的日子，小周在辦公室裡一直坐立不安，提不起精神辦公，他忍到正午稍過，寫個便條壓在桌上：「往經濟部洽詢要事」，提起公事包就走，到他「老地方」打牌去了。

他搭公車，向來不忙找座位，先看女人，此時車中無甚佳色，他就走到車廂中間，挨著一個商專女生身邊站著，瞄她兩眼，覺得她實在太青，乏味，就閉目養神。車抵衡陽路口，上來了一位少婦，並不漂亮，但夠成熟，也嫵媚，小周眼睛又亮了，但她立在車門口，隔著幾層人牆，他下決心穿越過去。「對不起，我先下車，請讓一下」，一句話，他從一個老人身邊猛闖過去，踩著兩個乘客的腳尖，又把一個女生撞向右側座位，跌倒在一位阿兵哥身上，隨即掀起一陣歡笑和咒罵聲，小周慣於充耳不聞，專心釘住目標。忽然，公車來個急轉彎，車身向右一傾，站位的乘客立姿一偏，頃刻間，形成一道人縫，他立時乘隙而過，恰恰好，擠壓在那少婦的胸脯邊上，使她動彈不得，除了她盡力把頭偏向窗口。

這時，車外雨下得緊，街景一片迷濛，窗外襲來寒氣，車中冒出汗臭，小周卻渾身暖香，正得意間，車抵福州街口，在萬箭齊發的斜雨中，他瞥見一位少婦披著一襲玫瑰色帶篷的雨衣，踏水過街，身段美好，步履輕捷，從後門攀車而上，她的臉朝向車外，在斗篷披肩掩蓋下，只露出一截高鼻梁和小下巴，美得像哪位藝術巨匠神來的一筆勾勒；搭掛在車頂吊環那隻纖手，更是嫩白迷人——鐵定是個大美人，可惜不見真面目；他的心窩兒怪癢癢的、蠢蠢欲動，可是，車廂前後間層層人牆阻隔，路程遙遠多艱辛。

當然，他不能再運用一次「我先下車，請讓一下」的詐術，只好苦等，在每個停站上，趁乘客流動之際，寸寸往後推移，居然慢慢移到中間來了。這時，在車身搖晃中，可隱約窺見她的上身，她把腰帶束得很緊，腰身顯得那麼纖細可愛，正陶醉中，公車又來個急轉彎，趁乘車一偏，他乘隙而入，怎料得，車身一斜，雨水由窗沿滲入，逼使座位上乘客紛紛起立，通道堵塞，寸步難移，大美人可望而不可及。他絲毫不灰心，輕輕摸著自己的下巴，在等她下車時，看個清楚。

機會終於來到了，從她的斗篷上落下幾滴水，掉進了一個小男孩領口裡，冷得他直叫，她趕緊伸手解下斗篷，揭開了她的面目。她不是大美人，也不是醜惡婆，而是與他同衾六年的周太太，這意外的現形，有如暗處迎面冒出一道強光，逼使他緊閉雙眼，低垂下頭，倒也有一陣意外的喜悅，又略帶自慚；只一下子，他恢復常態，仰起頭，板起臉，呼喚著她：「阿美……」

她轉過身來，對他驚訝一瞥，只用手輕輕一撥，低聲打個招呼，周邊的人都讓開路，她走近過來，對小周輕聲細語道：「大姐生病，我去看過，她叫我替她到電力公司去繳費。下這麼大的雨，你上哪兒去？」

「這種天氣，打狗，狗也不肯出門去。真倒楣！局長硬要我冒這麼大的雨，代表他去內政部開會，有啥法子呢？」小周撒謊從不打稿子，又善於假裝一副很受委屈的樣子。此時，他向老婆仔細端詳一下，突然發現她長得相當不錯，這是他久久所未有的感覺，既似時光倒流，又像偶然逢新知。

「你，怎麼老瞪眼看我？」她詫異地問。

「我看，這件雨衣好像不是妳的。」他一向轉舵極快。

「出來的時候，大姐給我披上。」

車到水源路口，她先下了車；小周繼續朝「老地方」前進，此時雨下得更緊，剛刷新的老婆影像又逐漸被沖淡了。

——刊於一九八〇年《聯合報》副刊

廿一、相看兩不厭

——訪酒井忠夫博士　談他對「中國幫會組織」的研究及其他

結識上海灘頭人物

一九八二年四月，我應日本東方文化研究會之邀赴日考察旅行，下榻於該協會理事長酒井忠夫私人研究室內，起居設備，一應俱全，他交給我一支門鑰，讓我自由出入。

這間研究室藏書以漢學居多，最令我注目的，是一櫃有關幫會組織的資料。當酒井博士問我想訪問日本什麼樣人物？我當然把他列入訪問名單之一。

這位七十高齡的文學博士，曾擔任大學歷史學教授達四十年之久，並任日本歷史學會會長（一九六六至六八年）及全國道教學會會長（一九七七至八一年）。在他的研究室中，我見過法國巴黎出版酒井忠夫博士一篇論文〈中國洪幫組織〉，引起我特別興趣。我於是問他早年怎麼會對中國幫會產生那麼大的興趣？

他先晦了一聲，又吁了一口氣，然後細說一段往事。他少時，就對中國道教著了迷，在日本理科大學研究東洋史，更加精研道教，漸漸發現中國民間結社，不論清幫、洪幫的中堅份子，多是崇奉道教者。不入虎穴，焉得虎子？他於一九三五年，以歷史學碩士身分往上海研究中國幫會組織與道教的關係。

他在上海僱用一名姚姓紹興人當譯員，姚君介紹他結識上海灘的江湖人物，包括各種幫會，尤以洪幫人士居多。當時中國人非常痛惡「大和魂」，他得力姚君之引介，與他對道教的認同，而能與上海各幫會人士相處融洽，深入研究，使他成為在日本研究「中國幫會」最權威的專家。

在當年兵荒馬亂中，酒井先生就看出中國不會亡的道理，他感覺日本軍佔領下的中國人民都很能堅忍而力持自尊，連工人也以對等的地位與日本人交涉問題，這一點，日本人是絕對做不到的。如果易位而處，他相信日本人會把民族自尊失盡，因為日本人是在強勢時易於忘形，而在弱勢時易於變形的民族。當時，他面對中國人民種種堅忍卓絕的表現，心中非常感動，產生出一種難以形容的親密感，這種親密的友誼，一直延續不斷，以迄於今。

一九四五年日本投降，翻譯員姚君立即向他表明身分，原來他係奉重慶中央政府命令，以譯員身分掩護追隨酒井先生，記錄他日常生活，歷時一年有半，任務隨戰爭而結束，終端報告的結論是：酒井先生絕未有對不起中國的行為，請安心準備歸國；他為了工作緣故，隱瞞著身分，失禮之處，尚請酒井先生多加原諒。姚君從此一別，音訊杳然，迄今三十餘年。

從回憶往事轉回到現實，酒井博士就我所提出的問題作答。

問：您研究漢學，專精道家思想，請說明儒家和道家思想對中國的影響。

答：儒教思想對中國政治影響至久而深遠；而道教思想本身包含著堅強的民族意識，根植於中國民間，因此，歷代支持道教的大都是民間幫會，而道教強化了民間幫會的凝聚力。

問：最近日本已成為國際熱門的研究課題，大都認為今日日本的成就，儒家思想與現代科技的結合居於重要因素之一，您的看法如何？

答：不可否認，儒家思想對日本影響至深。不過，過河橘子成為枳，儒家思想傳至韓國、日本之後，都成為異鄉的「儒」了。正如佛教自印度傳至中國、日本之後，都順應國情而有變異。

儒家思想在日本算是舶來品，享有取捨自如之便，日本吸收了最有利的儒家營養，於是很自然地把儒家思想與西方科學結合起來，產生一股新的力量，構成這個有衝力而和諧，有理想而能實踐的國家。儒家思想在中國成為正統思想，列入國家典章，必須全單照收，而事實上又不能。因此，歷時久遠，逐漸僵化，而形成虛殼，在與西方科學文明融合過程中困難自必較大。

鴨子與公雞

問：中國人和日本人最大的差別在哪裡？

答：中國人和日本人看起來很相似，其實，差別很大。一個比一個人來說，中國人很帥、很聰明、靈活，日本人絕對不是他的對手。可是，一組比一組人來說，中國人常常吃癟。中國民族性有一點很可愛，見到弱者，都想拉他一把，扶他起來；可是不大樂於見到出類拔萃的角色。因此，中國人喜歡獨闖天下，在國際商場上，往往以單槍匹馬與外國大商社較量，自必吃虧。日本人正相反，喜歡崇拜英雄，扶強抑弱，（此時筆者笑著說：酒井博士可是例外的吧！）遇上一個強人，大家都樂於把他捧起來，從其領導，而少怨言。單看觀光旅行就很清楚，日本旅客像一群鴨子，帶頭的導遊人員只需持著一把旗子，就能把整隊人馬像鴨群似的，乖乖帶上路了；中國人倒像一群公雞，個個雄赳赳，氣昂昂，都想高飛遠跳，使領頭的疲於奔命。

問：中國的道教已走了很漫長曲折的道路，您為什麼又特別提倡和重視它呢？

答：我認為道教更適合於現代的中國。我所謂道教，非指那些流於迷信欺詐的邪道，我所提倡的是真正的道教精神。在中國文化史上，道教最重視科技，包括：冶金、化學、天文、地理，特別是醫療保健方面，都有很卓越的成就與正確的觀念。因為近代醫療方針高度的專業化，醫師大都只能醫病，不會醫人；病人早已怨聲四起。道家的醫理，從上古時代起即強調「整體醫療」觀念，醫師能看的不限於「病」，而是一個整體的人，從人的整體上診察其病理，而施以治療。道教觀念既已深植於中國民間，並具科學基礎，因此，我以為促進道教現代化、科學化，乃是復興中華文化的一條最簡捷而健康的道路。

中國道家不僅看到人的整體，也著眼於宇宙的整體，今日地球已經病了，人類壽命那麼短，而地球復健的時間又那麼長，我們應該用道家的眼光來照護「她」，不可只圖眼前近利，太透支了地球，太勞累了地球！

問：您將怎樣實現您的理想？

答：十年前，一九六二年，有一群眼光看得遠的日本學者，如：石井光次郎、本內信、安岡正篤、福井康順、宇野精一等教授發起組織東方文化研究會，以中、日、韓三國為軸共同促進東方哲學、文學、科學、藝術之交流，並計畫在臺北、漢城❶兩地分設辦事處，以加強交流工作。

——刊於一九八二年五月十日《中國時報》〈人間〉副刊

---

❶ 漢城：已於二〇〇五年更名為首爾。（編按）

廿二、啞寺之夢

人類已經進化到需要這樣的一種教堂：無音、無字、無色、無佛。

人類把地球弄得烏煙瘴氣，喧鬧不堪。上有怒吼而過的飛機，下有橫衝直撞的車船，震天撼地的工場，無遠弗屆的政令宣傳，無孔不入的競選大拜拜，商店狂叫大廉價，職業孝男苦哀號，喜家鞭炮擾四鄰……宗教世界更不甘寂寞，爭相發出世紀末的哀鳴，意在呼喚，實在驅散人間迷惘的羔羊。

家，本是精神的避難所，一踩進門，老婆大喊「自摸雙」，孩子們在地板上大擺電動玩具，又是飛機、大砲、戰車、機關槍；轉過頭去，老傭人坐在電視機前又哭又笑，在這當兒，電話、洗衣機、開水壺三者同時響起來了……

我一直覺得這世界什麼東西都過量了，人太眾，物太豐，聲太噪，我卻覺得似乎缺少什麼，日裡想，夜裡夢，終於想出來了，我們需要一座寂靜無聲的教堂，既然無聲的，該把「教」字去掉，稱之為「啞寺」或「寂堂」。

建造啞寺或寂堂，第一要件，盡可能做到接近「絕對隔音」的程度，堂內佈設一片空曠，平坦無色，不掛片紙隻字，絕無美術圖案，沒有講臺、座椅、麥克風。大家都坐在一塊平實厚重的素色地毯上。

啞寺裡，嚴禁出聲、寫字或讀書。寺外設著一濯足池，進寺者先把隨身物品放置在「寄物處」，到池邊洗淨雙腳，然後赤足而入，席地而坐，共沐在靜謐中。

我祈願臺灣有一位善士肯慷慨捐資，興建啞寺，其功德勝造七十級浮屠，八百座大雄寶殿，三千家教堂。啞寺是空蕩蕩的，但建材費並不便宜，單是「絕對隔音」一項費用相當可觀，設計更費周章。至於「平淡無色」這四個字看來好輕鬆，設計起來最耗智能，所謂無聲之聲，無色之色，其微妙精奧處，非高手莫能為。

有朝一日，臺灣第一座「啞寺」或「寂堂」興建落成，可能有人以為我是創始者，其實不然，此構想早有其原始理論根據，倡行計畫，更有其淵源在，我不過熱心推動而已。

比起現今，老子年代的環境算是清靜多了，可是，二千多年前，老子開口閉口無不談靜：

「致虛極，守靜篤。」

「靜爲躁君。」

「無欲以靜，天下自定。」

「大音希聲，大象無形。」

「我好靜而民自正。」

孔夫子在《大學》首章首段上，就提到靜：「知止而後能定，定而後能靜，靜而後能安……」

莊子：「必靜必清，勿勞汝形，勿搖汝精。」

淮南子：「蕭條者形之君，寂寞者音之王。」

劉禹錫：「眾音徒起滅，心在靜觀中。」

劉勰：「不鑑於流波，而鑑於靜水。」

少年時，我能熟記這些金句，但經不起時代的幻變，我一直在喧囂的世界中角逐著；早已淡忘了靜之為何物。

今年秋分之日，晨八時半，我坐在新公園❶一株大樹下等候著一位朋友。初秋固熱，經涼風一吹，我睡著了，忽覺有人搖我肩膀，睜開眼，見一位老者向我歉然微笑道：「先生，打擾了您的睡眠，今日秋分，天清氣朗，此時此刻，一群哲人在臺北省立博物館❷中集會，各方聖哲都已到齊，只缺個記錄員，聞道先生在園中休息，特來拜請擔任大會記錄，並兼發佈新聞，倘蒙同意，請從速移駕會議廳。」

新聞職業培養我具有特殊使命感，一聽到有新聞，我就無法拒絕，於是隨他走去，登上臺階，昂然步入大廳，但見全部坐滿皓髮銀鬚的老人，陣容如此整齊壯大，不知今朝有何佳會？正尋思中，那老者指引我坐在第一排右角記錄席上。

「我在對角座位上擔任記錄，」老者說：「您用今文，我用古文，可相互比照補遺。散會後，我會告訴您，哪些部分的記錄可以公開發表，就偏勞您發佈一下。」

---

❶ 全稱「臺北新公園」，一九九六年更名為二二八和平紀念公園。（編按）

❷ 原名「臺灣省立博物館」，始於一八九九年，是臺灣歷史最悠久的博物館；一九九九年，改制為國立臺灣博物館。（編按）

「請問貴姓大名？」我說。

「敝姓司馬，負責大會新聞組，完全外行，請多指教，回頭，我跟您交換一張名片。」老者匆匆地走了。

趁大會開始之前，我得趕緊了解一下關於會議宗旨及與會人員等資料，於是翻閱議程及簽到簿，讀了一段前言，知道這是一年一度的國際會議，今年輪在我國舉行，以「現代人類精神生活的危機」為中心議題。

再看簽到情形，大會主席簽了名：「李耳」，這是很通俗的姓名，未免有同名的；往下看出席人：孔丘、墨翟、孟軻、莊周、韓非、法顯、慧能、玄奘……有如幾道強光撲來，逼我緊閉雙目，趕緊翻過一頁，再睜開眼睛來，那又是一列外籍來賓的簽名：釋迦牟尼、穆罕默德、蘇格拉底、柏拉圖……其中有一位我最喜歡的希臘老哲人戴奧真尼斯，不必問，坐在尾排的那位手提著燈籠的老頭，一定是他❸。

我好神氣，居然在這麼一列簽到簿上點起名來，點了兩回，才發現缺了一位重要人物，心中好不自在，便走向對面會議桌，輕聲叩詢新聞組長：「司馬先生，請問耶穌為什麼沒來？」

老先生把嘴唇貼在我耳朵上，刺得我怪癢癢的；「他——很喜歡臺灣，可惜，大家總把他看做以色列人……現在中東問題如此敏感，他來此地的確有許多不方便……何況沙烏地阿拉伯跟我們關係又那麼好……孩子，你懂了嗎？」

這個怪老頭，一下子稱我「先生」，一下子又貶我為「孩子」。在這場面上，我只好忍氣吞聲回到原位。

大會開始，主席李耳老子先生起立致詞，只說三個字：「吾無言。」他隨即垂下眼皮，閉目養神，這以後，諸子百家各抒讜論，唇槍舌戰，熱烈非常，老子先生居然紋風不動，直至各國代表一致通過籲請各宗教教主藉其神力，促使各教會大力推動建造啞寺或寂堂計畫，以寂啞來教化並拯救陷溺於聲音深淵中的人類。至此，老子才輕輕地點頭一下，但，眼皮一點也沒動過。

閉幕時，老子致詞，還是唸三字經：「吾無言。」

這時，新聞組司馬組長匆匆地走過來，我的記錄也整理好了，就交了給他。他滿懷感激地說：「麻煩您一整天，關於新聞方面，我們決定除了『啞寺計畫』一項外，其餘諸大問題，因諸子百家意見分歧，無法獲致協議，列為『天機』，不可公佈，務請謹慎保密，至於『啞寺計畫』的大眾傳播工作，就偏勞您了。」

「一定遵辦！」

我告辭而出，新聞組長送至館門前，遞給我一個紅包：「此區區車馬費，是大會向您表示一點敬意。」

「不敢，絕對不敢收。」我堅拒著。

❸ 戴奧真尼斯（Diogenes，紀元前四一二？～紀元前三二三），希臘哲學家。

「您這樣子，我對大會難以交代。」

「這樣辦好了，請把這份禮轉送給希臘哲人戴奧真尼斯老先生。他老先生不分晝夜，一直打著燈籠，在絕望的黑暗中苦尋真理，尋找了幾千年，還沒著落，真是辛苦極！請把這份禮轉給他，替他的燈籠添些小蠟燭，表示我對他的一份敬意。」

「只好照您的意思辦好了。」司馬組長收回紅包，隨手遞給我一張名片，便匆匆走進去。我拿起名片一看，但覺天旋地轉，暈眩中，還看得見名片精印著古樸蒼勁的三個字：「司馬遷。」

我頓時失了平衡，從博物館臺階上摔下去，驚醒過來，此身卻在二百公尺外的一棵不茂不枯的大樹下，定睛一看，我的朋友正站在身邊。

「你來了！」我趕緊坐起來，連打幾個呵欠。

「我不但來了，而且來過好幾回。公園裡這樣喧鬧，你居然睡得這樣熟，怎麼搖也搖不醒。」

我看一下手錶：五點五十三分，仰天西望，太陽落了山。

「今天，什麼事都耽誤了，朋友，請你送我回家去。」

「你還睡得不夠呀！」

「不是，我要回家趕寫一份報告。」

——刊於一九八一年十月五日《臺灣時報》副刊

廿三、說「們們」

「們們」是什麼?以此作題,狗屁不通,但有所據。話說本年十一月二十二日《中國時報》〈人間〉副刊發表時報文學季散文帖之十九,作者陳煌,題目〈菊們〉,另加外三帖:〈蓮們〉、〈屋們〉、〈鳥們〉。如果說,一朵以上的菊花或蓮花,一棟以上的屋子,一隻以上的飛鳥,屬於複數名詞,底下得加個「們」字,我很慶幸也有機會趕時髦,此文題目「們」字,正是複數,故曰:「們們」。有些缺少洋化的同胞,初讀此文,不免噁心、反胃,不要緊,吃一片止吐劑就好了。

經我多年的觀察,喜歡用「們」字的朋友,多屬中英文兩不行的人。讀通中文者,對洋文自有其免疫力,吸其精髓,而不受其污染;讀通洋文者,亦必深曉所謂複數名詞加語尾,是非常累贅而無意義的洋玩意兒,中外學者一致認為「簡雅」是中國語文的優點,也是民族語言高度進化的徵象。

中國語文在處理複數名詞方面,合情合理,靈活生動,大凡想當然的複數,一律不表示。比如說:「你上街去買一雙鞋子」,英文鞋子加S,中文不加們,你不可能只買一只鞋子回來。在必要時,中文一旦出現複數名詞,就非常優雅生動,加在詞底下的,例如:「魚群」、「雁行」、「菊叢」、「麥浪」;加在詞頂上的,例如:「森林」、「眾神」、「列國」、「叢書」、「群島」等。這比加S、加們,不知要高明多少!

幾年前，我認識東海大學一位美籍教師，小名叫做利克（Rick），忘了全名，他非常熱愛中國和華文。有一天，我在臺北一家冰果店遇到他，談到語文問題，我請他注意勸導他的中國學生，寫英文有點像中文，倒情有可原；寫中文像英文，則萬萬不可。我說此話，前半段，他了解；下半段，他不解。我便打開小提箱，隨手取出一封東海學生來函給他看，滿紙盡是洋式中文，這封信是告訴我班上同學舉辦活動工作分配情形，我還記得最後一句話裡有「其餘的我們」五個字，洋化十足。

利克先生讀了，頓足大呼：「好恐怖！」問我這情形是否很普遍？我說，不但在各大學很普遍，連報紙、廣播、電視也一致努力推廣這種劣質中文。

「你聽吧！——」這時，冰果店的電視機正在廣播晚間新聞：

「車禍發生之後，老百姓們圍在馬路上……」

「老百姓」這三字，是中國老百姓說得最久最親切的話，其複數的含義更是不容置疑的。今日在劣質的新聞廣播員口中，竟變成「老百姓們」，多麼彆扭！撇開中文不談，英文的同義字People於此複數亦不加S，如果美國電臺人員在廣播時，在此字上加個S，美國的聽眾將作何感想？

我的洋朋友利克先生兩眼發紅了，他攤開雙手問著：「我們該怎麼辦呢？」

做為一個大污染時代的馴良讀者，我一直像大多數人一樣保持著緘默，直至在號稱《中國時報》文學季散文帖上，讀到〈菊們〉這篇劣質的文字，我不能不起而抗議。

允許我稍稍脫離本題，只從〈菊〉文中抽取出一句來：「……仍然可以看到那群鳥們在空著的天空努力地飛著。」

如果引用「空著的天空」這妙語，來形容那篇散文，倒是很恰當。

寫至此，想起林語堂先生在〈釋雅健〉一文最後一段話，抄錄下來，做為結語：

「我最恨有些作家，好的白話字面不肯用，不會用……『人家』二字也不會用，『人們』卻常用，而意義又不同，這樣下去，比襲人、紫鵑都不如，還談什麼白話文學！」

——刊於一九七八年十二月十七日《臺灣時報》副刊

廿四、假冒

香港，號稱「東方明珠」，畢竟是英國的養女，任憑給她添上珠光寶氣，她還是個養女，我常過境，卻少逗留。

這回，我一走進香港國泰旅館，櫃檯服務生就遞給我一封電報。那是我的朋友自倫敦發來的，原約當晚在此與他相會，他因故延期啟行，要求我在港等他一個禮拜。柳家表姐住在九龍，聽說這回我得在港滯留十來天，她好樂。她家只有十三建坪大，居然隔成兩房一廳，一家三口，現在要外加一客，如何住得？她的設想是：把兩位表侄合用的睡房讓我住，而將孩子們趕到客廳打地鋪。兩年前，我到過九龍她家，還記得，那個小房間擺著一張雙層小鐵床，床頭緊靠著壁櫥，下層兩個抽屜全被床腳堵死，上層兩扇門只能啟開一半，就碰上床欄。那年我初次來到，表姐一家人不免大忙特忙，我看他們開壁櫥拿東西，有如穴中探物，真是辛苦極了。我便建議把那扇櫥門改成拖拉式，櫥床之間，互不抵觸，豈不方便？表姐聽了，連聲叫好，就對兩位在大陸當過紅衛兵的表侄說：「你們看，表叔畢竟喝過臺灣水，不一樣，就是不一樣。」

因此，我堅持各就原位，由我在客廳打地鋪。住表姐家倒很愜意，白天，表姐一家人都外出打工，我獨居第七層公寓裡，非常清靜。在倫敦的朋友到達前，我為自己安排了七天的休閒生活：什麼事都不做，什麼地方都不去，每日頂多下一趟樓，到附近市場添購些名酒佳餚，書報更是論包成綑從電梯運上來。滿室盡是書香、酒香、茶香、餅香、果香，都嘗過了，最後一道水果是新疆的哈密瓜。

如此才享三天清福，那個星期六下午，才一點半鐘，兩表侄先散工回來，接著表姐也下班，她還順道到市場帶了一大籃菜回來，一踩進門，就嚷著說，要派我一樁差事。原來她在市場上見人便大吹她家來了個臺灣客，於是，惹上了麻煩。有個朋友請她幫個忙，他親戚的孩子剛從大陸游水來港，如今，大陸仔在香港即使能找個工作，也受盡人家欺凌，於是，他冒充臺灣仔，不但容易找到工作，領班對他也另眼相看，不過，時刻提心吊膽，明知早晚要露出破綻來，因此，他拜託表姐請我給這孩子上一堂「臺灣課」，免得給人家看穿底細。

我對此還未表示意見，兩位表侄就從房裡飛躍出來，爭先恐後地嚷著：「我也要參加聽課，我也要參加……」

我實在不情願破壞難得的休閒生活，便從箱中取出兩冊臺灣觀光局送的「臺灣指南」諸類書籍，文圖並茂，倒是上好教材，請表姐交給他們一讀就通了。

「不夠！不夠！」大表侄柳樂山搖著頭說：「我買過一本臺灣書，比您這本還厚得多，不夠用，我們請表叔親自講解，而且讓我們發問，由您解答，才夠應付。」

「而且——」表姐接了口，「身教也很重要，要想冒充臺灣仔，必須從你身上感染一點臺灣的氣質才好。表弟，你自己不覺得，我們很敏感，當年我和你從同一條巷子長大，可是，如今你，一舉一動，一顰一笑，尤其用詞運句，跟我們大不一樣。想做臺灣仔，非由你親身講解不可。這兩天，我家兩個孩子已經從你口中學得不少新名詞，再不說什麼『水平』，改口『水準』，不叫什麼『愛人』，改稱『內子』、『外子』、『先生』、『太太』，諸如此類，都不是『臺灣指南』上學得到的。他們連臺灣仔什麼樣子都未曾見過，叫他怎麼冒充下去？表弟，請你可憐，可憐他們吧！唉！你是天上人，不知道凡間……」表姐的聲音哽住了。

我只好答應，便請表姐通知出去，趁明天星期假日，趕緊開課，上午八時開始，人數不拘，其他一切聽表姐安排好了。

星期日大清早，門鈴叮噹響，進來了四個大陸仔，都是男孩，長得很清秀，披頭散髮，窄褲腰皮帶，一派香港裝，一點也沒有游泳過的樣子。最大的吳天明，二十一歲，大學二年級；其次林志山，十九歲，高中畢業；再下來，江大鵬，十八歲，高中二年；最小的陳宏同，十七歲，初中畢業。

我從中挑出個最小的打趣道：「陳宏同，你這麼瘦小，怎麼能游泳過海？我想一定是哪一隻大鯊魚發了慈悲，把你馱了過來，你說對不對？」

這句話，引起滿室笑聲，陳宏同垂下頭，臉色紅一陣、白一陣，笑聲方止，他就昂起頭來，緩緩而鄭重地說：「我一路上都遇到貴人指引，才能平安過海，到了香港，又得貴人開導，教我冒充臺灣仔，很快找工作，今天早上，又遇上貴人——您，林先生準備教我，怎樣做個像樣的臺灣仔？我很幸運，遇上這麼多貴人，實在很感激。」

「哇！好會說話。」我請大家環坐在客廳沙發上，連表姐一家人共有七位。我就臺灣的土地、人口、氣候、政治、教育、經濟、交通、風俗、名勝等分別扼要簡明的介紹後，隨即請大家發問。

他們問得非常瑣碎，在書上確是很難找到的，也不是我所能一一回答。比如問及臺北公車、火車、飛機票價，我尚能概略回答；至於電費、自來水費、瓦斯費等項，我自己也不大清楚。我怪他們為什麼要問得這麼細，他們回答得好，如果一個人對那些數字能夠說得滾瓜爛熟，不用表明身分，自然而然會被看做臺灣仔，在香港就好混得多哩！

此時，江大鵬站起來，伸手到內外衣袋裡摸來摸去，摸了好半天，摸出兩張十元港鈔來。

「怎麼啦？這麼早就要繳學費啦？」我打趣道。

「學費暫欠，以後再補。」江大鵬抖著手中兩張鈔票道：「我想跟林先生換一點臺幣，放在身上當護身符。」

這下子，我變成銀莊老闆，六個大小孩子都圍攏過來，要跟我換錢。

我帶的臺幣現鈔也不多，於是把所有的小鈔硬幣，都掏出分贈他們。

趁大家忙著向我道謝，我瞄一眼手錶，這動作提醒了表姐，她便請大家留下來一起吃飯，然後，逕自入廚房做飯去了。這時六個孩子圍成一堆，交頭接耳，細語片刻，又各回原位。吳天明站起來鄭重其事地說：

「謝謝林先生給我們上了這一課，還送給我們好多臺幣，現在我們沒有能力，希望以後有機會回報。我們到香港來，頭幾個月沒有事做，每日到處逛，因此，把香港逛得很熟，今天下午，我們希望能陪您逛香港，您想逛什麼地方，我們都能帶路。」

「謝謝各位，香港，我常來，什麼地方都玩過了，這幾天，我在這裡等一位朋友，暫時不想出門。」

「有一個地方，您一定不曾去過。」陳宏同說：「宋城——剛剛建好的宋城。」

「對的，我們帶林先生去玩宋城，聽說全部都是宋朝的裝潢，剛剛才開幕。」江大鵬附和著說。

「我知道這個地方，我和朋友約好，過幾天，和他一道去，不用麻煩各位。」

「林先生，我請教您，宋朝是什麼時代？是不是孔夫子那個年代？」林志山問著。

我無法相信，這問題竟出自一個高中畢業生口中。

「誰能替我解答這個問題？」我從最小的柳樂水起，一直問到最大的吳天明，都沒能回答。

「現在，我把題目改變一下，」我說：「宋朝的上一代和下一代是什麼朝代？——誰能回答這個問題？」

個個都搖頭，搖得我全身涼了半截，彼此愣了好一會，我輕聲地問道：

「難道學校沒有歷史課，從小學到大學？」

「有。」吳天明回答道：「不過，當時是政治掛帥，那古老的歷史，派不上用場，我們都不去上。」

「難道每一個地區，每一個學校都一樣？」

「當然都一樣。」林志山說：「政治像一陣大風，吹遍大地。」

「難道老師都不管？」

這一問，引起滿室笑聲，我越追問，笑聲越響，我只好叫小表侄柳樂水回答。

「表叔，您好笨，我們不叫老師下跪就夠好了，老師怎麼敢——」

「你們太不尊重老師哩！」我真的好生氣。

沉默片刻，江大鵬緩緩地說出道理來：

「事出有因，不是林先生所能了解。舉個小小例子：四人幫被抓起來的前一天下午，我的老師在課堂上照常規把江青捧上天去，將天下所有功德全堆在她的身上。不料，第二天早上，同一位老師的同一張嘴巴，把江青打入十八層地獄，又把人間所有罪惡全朝她身上堆。我於是站起來發問：『老師，為什麼您昨天把她說得那麼好？』老師紅著臉回答：『今天報紙才登出來。』像這樣的老師，叫學生怎麼尊重呢？何況我們生活在那個社會裡，根本就沒有『尊重』這個字眼。」

江大鵬舉出這個小例子，的確頗能幫助我破解大陸上某些「謎」兒。

「我再請教您一個問題，」林志山說：「我到香港以後，聽人家說：地球是圓的，這是真的嗎？」這麼個小小問題，在我聽來，彷彿引發一陣強烈的爆炸似的，震耳欲聾，火星四射，逼得我緊閉雙目，仰靠在沙發背上。

大表侄柳樂山走到我身邊，輕搖著我的肩膀：「表叔，我也是到了香港，才聽人家說地球是圓的。請您告訴我，地球怎麼會是圓的？」

突然我神經質地大笑起來，笑得在沙發上打滾著，笑得叫個個人發愣。這時隱約聽見吳天明輕聲責備著林志山：「多幼稚！聽人家胡說八道，什麼地球是圓的，就隨便亂問，給人家笑掉了大牙，你看，多難為情！」

笑過了，我好想哭，哭不出來，終於逼出聲音來：「地球確實是圓的。」這個淺俗的答案，竟使他們個個瞠目結舌，好生驚訝。我嘆了一口氣，才接著說：「如果你們是七歲八歲的小孩子，那有多好，我好替你們說明地球為什麼是圓的，也好說明宋朝是個什麼時代。可惜，你們長得太大了，我就不知道從何說起。我的表姐和我是同一所小學畢業，還是由她慢慢地教你們，她也有責任這樣做。對不起，現在，我忽然覺得頭痛，想到樂山的床上躺一會。」

樂山陪著我走進他的睡房，剛躺上床，表姐就來探視。我關照她請客人先用飯，讓我好好睡一覺。

一覺長睡醒來，屋裡空寂無人，但見表姐在客廳裡留一字條說：她帶兩位表侄去探望一位朋友，飯和菜放在保溫電鍋中。這時我一點胃口都沒有，心中非常煩躁，於是乘電梯下樓，走過一條弄子，就到鬧市，在路攤買了兩份晚報，便掉頭往回走，在轉角處，看到一個少年人在路邊擺著一攤好漂亮的李子，看了真叫人流口水，在廣東話的世界裡，我像個啞子，習慣地使出了手語。

「一斤三塊錢。」那少年用非常標準的國語回答。在香港，難得聽到的。

「小弟，你的國語說得好棒，哪裡人？」

「臺灣。」

「怪不得！給我選三斤好的。你來香港多久了？」

「剛來不久，」他一邊秤著，一邊回答，「先生，您呢？」

「我住臺北，到香港來旅行，你住臺灣什麼地方？」

他沒答腔，只低垂著頭，揀選李子，上過秤，包裝好，在找錢給我的時候，他才抬起頭來，臉面紅得像個李子一樣，透過他那一對濕潤了的眼睛，射出那極盡哀怨的光芒，輕聲地對我說：「對不起，我是個大陸仔，為了要在街頭站一角，而少一點麻煩，不得不這樣撒謊，先生，原諒我，假冒臺灣人！」

我彷彿著了火，渾身發燒，好難受，好難受，提起那袋水果疾跑，好在天降驟雨，未引路人注目，我奔入公寓，不乘電梯，朝著樓梯一層層爬上去，登上第七層，把手支在表姐房門上喘息著。此時，雨下得緊，樓窗外投射入一道道如刀的閃光，我可以無視，響起一陣陣震撼樓板的雷聲，我可以不聞，我卻無法抹去那個小同胞，他只圖做一個中國臺灣人而向我乞憐求恕的神色，我實在難以忍受，閉上眼，就聽到那刺耳的聲音：「原諒我，假冒臺灣人！」睜開眼，就看到那一對，不，那幾億對極盡哀怨又親切的眼神在逼視我，在逼視我……

——刊於一九八一年三月二十三日《中國時報》〈人間〉副刊

後記：

本文中關於「地球怎麼會是圓的」一段，在《中國時報》發表時被刪掉，作者對《中國時報》編輯的斧刪甚表諒解，因為這件事很難令人相信，當時內子周碧瑟也在座，她說：如果不是她親耳聽到，她也無法相信。

廿五、三面鏡子

一九八二年元宵節，我家有佳會。

夏威夷大學崔玖大夫應東南亞各國禮聘，當了婦產科的「巡迴大使」。這位女大夫精力充沛，聲如銅鐘，她從夏威夷出發，像一陣旋風似的，橫掃太平洋，經印尼、菲律賓、新加坡，及至泰國，逢到春節，她才轉個彎，回到臺北來過年。

十二年前，崔玖大夫在臺灣創建婦幼衛生機構與體制，將婦女子宮防癌抹片推進每個家庭，成績卓然，名震遐邇。她每次回臺，不免要看看她的接棒人兒們，其中之一是我的老婆周碧瑟。很巧，碧瑟於舊曆年邊往金門為前線婦女做抹片檢查，剛剛回來，我於是敬備一席春酒為崔大夫和她洗塵。

泥土與福橘

酒未上席，閒聊中，接到電話通知，林宏志也回臺北，馬上來跟我拜個晚年。他是美國加州園藝研究所研究員，去年秋天，應聘往中國大陸福建地區指導園藝改良工作。他從小常聽他老祖母細說福州鄉土風景有多美，溫泉有多好；尤其福州的橘子，最是念念不忘。於是，他在進入大陸之前，先回臺北一趟，探望年逾九旬的老祖母，並問她對福州鄉親有什麼吩咐？回程時要帶些什麼土產？這突如其來的問題，使老祖母愣住了好一會，她痛苦地搖一下頭：「我只要兩件東西：一撮福州的泥土和一個福州的橘子。」

這兩件東西，都是園藝家垂手可得的，何況此時正是福橘的盛產季節。

林宏志這麼快從大陸回來了，此時此景，我想他可順手帶幾個福橘給我嘗嘗，更添這酒會一番情趣。我有三十多年未嘗過福橘，依然記得它紅得那麼可愛，皮薄薄的而富彈性，汁多而甜酸合宜，在柑橘類中確乎另具一種風味。

林宏志果然提著一只塑膠袋子走進門來，我好樂，他終於把福橘帶到了。沒想到，他伸手進去，取出來是一瓶泥土，重重地放在桌上，那是用實驗室玻璃瓶裝著，上標「土壤分析」四個字，並記載取樣地點時間。

「宏志，你來得真巧，我給你介紹崔玖大夫，兩位旅美學人遠道而來，相聚一起，共飲兩杯，真是難得！」

我伸手摩娑著那隻瓶子說：「這是怎麼一回事！我又不是搞土壤分析的，大年節裡，你帶這瓶泥土來幹麼？」

「『土壤分析』只是個幌子，使我好通過出境關卡，這瓶泥土是準備給祖母陪葬用的。唉！我從大陸回來，什麼人都見過了，就是還不敢見我的老祖母，我在福州竟找不到一個橘子，我這麼說，你們絕對不能相信，我走過福州許多地方，也看過無數果園，就是沒見過一株橘樹。」

「什麼？福州會沒有橘樹？」我說。

「我講的是實話，福州所有橘樹不是老死，就是砍掉，全都改種了桃子。」

這聽起來，好像聽說臺灣沒有了香蕉，撒哈拉沒了沙子一樣的不可思議。

碧瑟提醒我請客人上座。待酒過三巡，我才開口請教這位大陸客：福州福地，名傳古今，怎麼會落得連當地名產福橘也沒了！

林宏志把話從長說起。他生長於臺灣，學成於美國，對原籍地福州全陌生，卻熟知福橘，因為在中外園藝課本上對福橘都有詳盡的記述，在美國加州、日本九州也見過這品種。這回他到福州去，原想一見道地的福橘真面目，沒想到，他走遍了福州大果園，竟然看不見一株橘樹，也買不到一個橘子。他曾在一處山林中發現兩株半野生的橘樹，那實在吃不得。福橘究竟到哪裡去？他問過中共園藝幹部、公社人員、生產隊隊員，他們都異口同聲回答一句話：「桃三、李四、橄欖七。」

這是一句福建諺語，外鄉人不易了解，應由我來解釋一下：「這句話的意思是：果樹生產期——桃三年，李四年，橄欖七年。」

宏志微笑點首著，認可我的詮釋。他接著說：中共農業幹部為大力提高農藝生產，他們認為百果之中，唯桃子生產效能最高，一種下土，三年有收，其他如：荔枝、枇杷、柑橘、龍眼、橄欖、文旦等水果，生長期較長，一概列為低效能的果樹，予以砍除，因此福州一帶已成桃子天下了。

「你既然是以專家身分應聘去的，為何不曉以農業經濟的道理呢？」我質問著。

「百果同林，四季收成，這是連非洲土人都懂得的道理。」宏志憤慨地說：「我告訴他們一遍又一遍，不論從土壤學、病蟲害說、肥料學、水利學、氣象學、經濟學、營養學……各方面看，園藝栽培都必須多元化。」

中共幹部聽了只一味笑著。經一再盤詰，個個幹部都笑道：林宏志的口氣和歐美日本專家是一模樣的，果園多元構想很好，但是行不通的。為什麼會行不通？究竟為什麼？一位公社負責人被宏志逼問得無可奈何，終於道出了實情：「老鄉親啊！種別的果樹，要等那麼多年，才有成果向上級報繳，誰能擔保我當公社頭頭能當那麼久？如果由我苦苦栽種，而讓後任頭頭去享功受用，我才划不來呢！算來算去，還是桃子好，種三年，有得吃，枇杷、荔枝再好，那是天邊月……」

此時，宏志深深感到公社幹部的官僚、自私到了不可救藥的地步。可是，他還不死心，於是下鄉去訪問果農，問問他們的意見，聽到的竟是萬眾一聲：「我們擁護上級交下的生產政策。」

對這樣惡劣的園藝政策，地方上下竟能如此一體擁護，而堅持到底，真使宏志百思不解，於是他下決心破解這個「謎」。運氣總算不錯，有一天，他在福州市郊遇到一位同宗的老果農，論輩分，他算是宏志的叔公。他便向叔公請教：為什麼大家都擁護種桃政策？老叔公小聲地回答：「我們果農也頂贊成種桃，一來桃樹長得快；二來，桃子容易填飽肚子，雖然都屬公產，大家連分帶偷，多少總有一份；至於葡萄、枇杷、荔枝、橄欖諸類，那是雅人吃的仙果玉漿，填不飽咱們野人的肚子啊！」

此時，宏志頓覺頭腦像撕裂一樣的疼痛，於是稱病回到福州市，連夜收拾行李，奔往廣州，經香港回到臺北。

「我是一個園藝家，臨行時，老祖母苦思故國山河，只想要一個福橘，我竟空手而回！」宏志舉起杯子，他的眼神比酒濁。「她已九十三高齡，我實在不忍心把實情告訴她，又交不出橘子來，唉！我怎麼好對她做個交代？」

「你把酒乾掉，我就告訴你。」我說。

他竟一飲而盡。

「很簡單，到樓下去買一簍臺灣橘子哄哄老祖母。」

「使不得，我從小到大，就不曾有一事瞞得過她，尤其是福橘，她準看得出來，也吃得出來。」

「那麼，你告訴她，為了預防植物病蟲害，臺北海關是不准帶水果入境的，你在褲袋裡暗藏了一個福橘，也給海關人員摸出來，充公掉了。」

「好辦法！回頭我就帶那瓶泥土去看她。」林宏志又乾了一杯。

褻物與郵差

宏志的福橘問題交代過了，卻留給我們無限感慨，同時，引發崔大夫想起最近她在泰國也觸到一個暗礁。

泰國衛生部邀請崔大夫去指導婦幼衛生工作，她滿懷著自信，十二年前，她在臺灣設計那套婦幼衛生體制，自可駕輕就熟地移植到今日的泰國，時光相距十二年，應該很快可以推動起來。

既有臺灣的經驗可循，泰國衛生當局也拿出魄力來幹，在曼谷設立類似臺灣婦幼衛生機構，大致照臺灣老辦法，以子宮防癌抹片與家庭計畫雙軌推進，在各地區指定婦產科診所為特約醫院，全面替婦女做子宮防癌抹片檢查，抹片用硬紙板夾放，再裝在專用的信封裡，郵寄往曼谷檢驗中心，這套辦法在臺灣推行多年，已成為家喻戶曉的婦女作業，料想泰國也定能順利推行。

這個設計完美的運作系統，很順利地在泰國曼谷建立起來，怎麼也想不到，竟卡在泰國郵差手中。緣因泰國各地郵差發現這些信封裡，裝的是女人的褻物，因此斷然拒絕遞送，而且獲得社會廣泛的同情與諒解。按泰國的習俗，一個大男人如果接觸到女人的內衣褻褲，定要倒楣透頂，又何況子宮抹片上塗的是女人陰道的白帶，那真是「打入十八層地獄」的惡作劇，怎麼能派男人來遞送呢？

就這樣，整個子宮防癌的運作被卡死了。崔大夫非常焦急，曾向泰國郵政當局交涉。郵政官員很開明地表示道：他們是絕不信邪的，但對此卻愛莫能助，他們不能強令全國郵差遞送抹片，因為無法保證全國郵差都能恆常平安，萬一哪個出了車禍，或掉入河裡，摔了一跤或被家犬咬了一口，大小事故，都將歸因於女人的抹片帶來霉運，誰都擔當不起這責任！

然而，泰國婦幼衛生的一切設施都已齊備了，這件德政大業不能不做下去，為了權宜之計，只好在全國各地普設「抹片收集站」，各地婦產科診所必須經常派遣護士把抹片送往當地收集站，然後集中轉運往曼谷檢驗中心去處理。醫師本來就不大愛做這種不賺錢的生意，再加上這一道麻煩，更懶得去做，於是推行效果大打折扣了。

崔大夫的話猶未了，碧瑟就發出咯咯咯的笑聲，我於是伸手輕打老婆一下，她卻越笑越起勁，我於是責問道：「妳幹麼這樣笑？」

「我笑，咯咯，我笑，咯咯，聽崔大夫描述泰國郵差那副德行，使我感覺臺灣的郵差太可愛！我為什麼不笑呢？……」

金門與陽明

「碧瑟，妳此番遠征金門去辦防癌，一定遭遇到更多的困難吧？」崔大夫關切地問道。

「一點困難也沒有。」碧瑟說得好輕鬆。

「金門婦女很保守，臺灣那套婦科辦法，在那裡行得通嗎？」

輪到碧瑟吹牛了。

今年二月寒假期間，國立陽明醫學院高年級學生組織陽明防癌十字軍，由周碧瑟老師帶領前往金門，一登上陸，立即進入情況，全縣護士和助產士已在衛生院禮堂集中待命，由陽明十字軍隊長璩大成做四十分鐘講解之後，隨即與當地助產士及護理人員分別搭配，分赴金門及小金門五個鄉鎮展開工作，一面為進門婦女做抹片檢查，一面訓練當地護理助產人員學習做。

完全採取臺灣的模式，在陽明十字軍到達之前，金門縣衛生院及農會已事先動員護士及農村家政人員下鄉做了防癌衛生教育宣導，檢查開始之日，全縣各村里辦公處的擴音器響起呼喚聲，霎時間，家家戶戶婦女走向指定地點去做抹片檢查。五天下來，金門護理助產人員都學會了，陽明十字軍就交下棒子，而由她們繼續做下去。從這一天起，金門衛生院經常將抹片空運臺北中華民國防癌協會處理。這一移植的成功，使防癌工作在金門地方生了根。

「金門的民風淳樸，婦女的觀念卻很現代化。」周碧瑟很得意地說著：「將臺灣這一套辦法移植到金門去，好像運一架臺灣電視機到金門一樣，只須把插頭跟電源一接，就立即顯出清晰的影像來，因為，金門一切條件已齊備。」

「在亞洲地區，像金門那樣的小島嶼，那樣小的漁村，不知有多少萬個，可是，有幾個能如金門？」林宏志又感慨一番，「要一個地方能有金門那麼好的公共設施倒不難，而民眾能有如此進步的觀念則很難能可貴。」

「科學必須是整套的，不能零售的。」崔大夫輕輕地點出了結論。

此時，我睜大眼睛，把崔大夫、林宏志、周碧瑟三個人，用力地看了一遍又一遍。

「你幹麼這樣瞪著我們？又不是不認識！」碧瑟疑惑地問著。

我默不作聲，只忙著審察，再審察，此刻，呈現在我眼前的不是三個人，而是三面明亮的鏡子。

——刊於一九八二年四月十五日《聯合報》副刊

廿六、「北京人」的遺風

羅素說：「現代人的政治水準仍停留在石器時代。」可是，我的看法不只是政治水準如此……

難怪裴醫師近來很少參加應酬，市立醫院訂下了一項規定：醫師外出必須隨身攜帶「呼叫器」，以便隨時保持聯絡。那東西是很不講情理的，不管在什麼場合，愛叫就叫起來，令人提心吊膽，情趣盡失；如果把它關掉，斷了聯繫，又恐有失職守，裴醫師於是下了決心，對一切酬宴能不參加就不參加。他當醫師原本就很委屈，現在只好更加認命。裴氏小姓，在臺世代衰窮，這一代，總算出了他這麼一個奇才，自幼學績超凡，每考必居榜首，可是，他一心志在考古，使他父母焦心如焚，在大學聯考之前，乃邀請裴氏長輩共同勸他學醫：一人懸壺，全家登天。他只好委屈自己，成全家族，當個醫師。在醫學院頭兩年中，功課不緊，他還不時溜到考古系去過過癮，如今，他身為醫師，白天忙得不得了，只有在夜裡做過幾次驚險的考古夢。

當院方配給他那具「呼叫器」時，他皺一下眉頭，伸手接過，那神態好像一個老囚犯被另加一副新式的枷鎖，破口罵它「追魂器」。

這天晚上，他小表妹結婚，他老婆出國考察去，他才不得不去參加。臨行時，偏遇上兩個急診的，他倒認為運氣好，如果病人來遲一步，等他到了喜堂，追魂器響起來，那才煞風景呢！就這樣耽擱了五十分鐘，他急急忙忙換了西裝，趕到「李後主」大飯店。這是一座二十八層的巍峨巨廈，內有華室千間，形同迷宮。他按喜帖上附印著的喜堂位置圖，進入玄關，按圖像東側走，乘著電扶梯向下降至地下第二層，踏上那條又寬又長、鋪著紅花地毯的走道，先留意看電話亭的位置，這家飯店的名堂真多，先經「牛郎堂」、「織牛院」，繼而「杜甫館」、「太白閣」，兩室之間，必設一電話亭，他可放心了，再往下走，過了「居易軒」、「清照苑」，就見到小表妹的喜堂——「東坡廳」，往裡一瞄，婚禮已完成，喜筵正開張，他便走向入口處，簽名送禮，步入禮堂，在靠門近處，找個空位落了坐，環視一下座上客，無一相識，這真好，隨時好抽身離去，也免得臨宴而問診。

小表妹真有氣派，她居然在如此豪華大廈中舉行婚禮，裴醫師心中不免感慨一番。想當年，他才當住院醫師，就草草地結了婚，跟這不能比。不過，話說回來，那時他即使有能力鋪張一下，臺北也沒有一處像這樣夠水準的場所。

堂頂描金鏤花天花磚上，分成六列，懸垂著二十四盞大吊燈，每盞燈座密植著一叢叢鐘乳型的玻璃柱，均勻散射出柔和如月色的光芒，照耀在講臺正中那幅用雷射精製的「囍」聯，映射出只應天上有的奇采，那紅，那黃，那綠，那紫……都不屬人間的。滿堂充溢著極盡華貴的喜氣……可是，才上一道菜，初斟滿杯酒，那喜氣就快消失盡，眾賓交談話題盡是滅門血案、綁票擄劫、強暴輪姦、連環車禍等等凶聞惡訊，大家全把這門婚慶喜事忘得一乾二淨了。

七年前，裴醫師以公費留學德國歸來，最看不慣的，莫過於參加本地喪禮或喜宴的人大都缺少誠敬之心，弄得哀喜分不清。近幾年，國內物質建設突飛猛進，而國人的生活方式依然故我，以致「物品」與「人品」的差距越來越大，尤其明顯的，在今天晚上這麼一個華夏盛宴中，人和境顯得很不相稱，氣氛更欠調和，但是，裴醫師已漸能適應這種憂喜雜陳的場面，此得力於他素有考古的癖好，從古籍中去尋求解釋，他相信現代的中國人血液中多少還含有莊子的細胞，縱然在喪禮中不敢學老莊鼓盆而歌，至少也能談笑風生；至於婚禮壽宴，更不妨童言無忌了。他於是漸漸由嫌惡而轉為欣賞我民族特具這分可愛的稚氣和天真的氣質。

這時，坐在裴醫師左側一位長得白白胖胖，戴著金邊眼鏡，年紀近五十邊的男人，自我介紹他姓李，在一家貿易公司當經理，他先就近向裴醫師敬了一杯酒，再一一循序，敬到對面那位禿髮清的中年男人，他把酒瓶伸長過去，特別熱絡地招呼著：「周股長，好久沒見面，今天一定要跟你喝兩杯。」

「抱歉，抱歉！」周股長慌忙用手掌蓋著杯子，「最近，我患肩背痛，正在服藥，一滴滴都不能喝。」

「那是五十肩，沒有什麼了不起！」李經理放大著嗓門說道：「我有個偏方，治好很多人，你乾下這一杯，什麼病痛都包在我身上。」

於是，斟了滿杯，周股長遲疑一下，橫起心來，一飲而盡：「乾了！請說出你的偏方吧！」

李經理不慌不忙，先打了個通關，然後燃起一支菸，慢吞吞地說道：「列位，五十肩這一關，大家都要過的，我算是過來人。我有一種祖傳祕方，非常靈驗，欲求此藥，得有耐性，趁著夜月明，最好是陰曆十五，午夜零時至一時間，到戶外尋找一隻雄性癩蛤蟆，放三碗水，加生薑三片，活活清煮，只食湯汁，一劑見效。」

「請教一個問題，為什麼要指定月光夜？」一位穿工專制服的學生問著。

「問得好！此症乃陰陽失調，須借雄性的蛤蟆，吸取月陰之精華，以資調劑。」

「全是廢話。」周股長一臉受騙委屈的神色，「這時季，恐怕癩蛤蟆還在冬眠呢；就說有了，最近臺北陰雨綿綿，兩個月不見天日，哪得月亮？等到天清月出，我早被五十肩折磨死了！老李，廢話一篇，罰酒一杯！」

李經理欣然舉杯受罰，正思辯解，不料，坐在他旁邊的江祕書插了嘴：「李經理的藥方的確很神奇，可惜藥引難求，我倒有一種比較簡單的偏方，也十分靈驗，不妨一試，到菜市場去買一隻鱉，先用一根筷子逗著牠，直逗到牠發狠起來，緊緊咬著筷子不放，你用力拉扯，牠必須伸長頸子對拉著，這時，拿把刀來，從頸項上砍下去，一刀兩斷，流出鱉血，用碗盛著，趁熱嚥下，包你肩骨硬朗，不再痠痛。」

周股長聽了，搖頭擺手道：「我寧願一輩子肩痠背痛，也不敢生吞鱉血。」

「難怪人家不敢吃，」江太太滿懷同情地說：「周股長，你放心，另外還有一種偏方，比較省事，也好入口。到藥鋪買一整隻龜殼，切成碎片，另加香菇三朵，放水三碗，用溫火慢熬，等熬剩一碗時，就可服用，一服見效，再服斷根，這方子可以代替鱉血，但無藥引之難。」

「鱉血就是鱉血，怎麼能用龜殼代替？」江祕書重重地放下酒杯，立時自覺失態，強自抑低了聲調說：「婦道人家，不懂醫道，不可隨便插嘴。」

「什麼？我不懂？」江太太提起她略帶嘶啞的大嗓門：「我問你，你什麼時候學過醫道？告訴你，我的曾祖是江南十大名醫之一。」

周股長慌忙立起，陪著痛苦的笑臉，溫婉勸慰著：「千萬不要爭吵，難得一對賢伉儷都精通醫道，心腸又好，介紹良方給我，說真的，好藥不嫌多，我決定這樣：單日吃鱉血，雙日吃龜殼，雙保險，一定好，哈哈……哈哈……」

正當全座笑聲翻騰之際，不早不晚，裴醫師身上的呼叫器發出「嗶……嗶……」的聲音，他急忙伸手至腰際摸到小開關，輕撥一下，關掉了，立即裝出若無其事的樣子，再隨眾哈哈大笑了幾聲，把那呼聲掩蓋了過去。可是，他瞞得住別人，卻瞞不住坐在身邊那個人，李經理向他瞄了一眼，抿著嘴唇微妙地笑一笑，側著頭輕聲說道：「您原來是位大人物，隨身攜帶呼叫器來吃喜酒，這麼晚了，女祕書還在追蹤您，請問貴姓？在哪裡得意呢？」

「小姓裴，『非』『衣』裴，在打工混飯吃。」

「哦，裴先生，太謙虛了吧！咦！您還不快掛個電話回去聯絡一下？」

「沒有事，不理它。」裴醫師深怕被追根究柢，趕快舉杯敬酒，支應了過去。

他平時在醫院忙得跟病人說話都來不及，很不容易聽到民間流行各種稀奇古怪的偏方，在這種閒聊場面中，最有助他了解一般人的醫療心理和行為，所以他狠下心關掉呼叫器，而且小心避免暴露自己的身分。

「周股長，我認為採用正統漢方比較妥當。」一位講廣東國語的中年男人說：「很簡單，你到漢藥店配一劑葛根湯，連吃幾服，必定見效。」

「不行，葛根湯太猛！」一位披著一襲灰色長袍、滿頭白髮的老者說：「我看周股長血氣尚虛，改用紫胡湯比較合宜，另加龍骨、牡蠣兩味，效果不比葛根差，而性溫和。」

周股長從身上掏出一冊殘破的筆記本，仔細記下藥名及煮法。

「了不起！」裴醫師心中暗暗讚嘆著，只差一點說出口：「沒想到在座中竟有這麼多位神農氏！」

「我看這些偏方都是治標，運動才是根本療法。」一位身軀頎長、堅實、精壯的青年說：「我是教體育的，家叔曾患五十肩，我幫助他做一種柔和的腰部運動，早晚一次，血脈通暢，徹底根治。」

「老周，我坦白對你說，你什麼藥都不用吃，而且，我料定你也不是做運動的材料。」一位長得滿有福相，肥頭大臉上戴著一副近視兼老花眼鏡，自稱是月影出版社黎經理，酒量頗豪，很痛快連飲下三杯，才發表他的高論道：「最要緊是不要為任何疾痛所阻嚇，每日照樣上下班，照樣吃喝玩樂，年紀大了有時不免背痛，根本不必吃藥，你到西門町圓環邊，找那位瞎子神醫，替你按摩幾次，包你舒服透頂，什麼五十肩、一百肩都會消掉，這樣做，如果你的病痛還不好，你可以向我要回所花的按摩費。」他大口吞下一杯酒，再用一種叫人不可不信的語氣強調著：「你要知道，這是最好的一種物理療法，絕對有科學的根據。」

「若論物理治療，我想，到陽明山泡溫泉才是治療五十肩最舒服而有效的療法。」一位禿頂平額光如銅鏡，臉色紅潤，身軀挺健的老人說。

「論溫泉浴——」一位穿榮工處制服的青年接了腔：「我倒認為陽明山的熱泉遠不如蘇澳的冷泉好，我在蘇澳幹過幾年建港工程，對冷泉有過切實的經驗。」

席間片刻沉默，裴醫師以為話題至此了結，正想起身掛個電話回醫院，不料，江祕書又重提舊議：「鱉血實在很滋補，只略帶腥味，不難入口，奉勸各位試試看。」

「呸！又是鱉血、鱉血說個沒完沒了。」江太太氣沖沖地從嘴裡吐出兩片瓜子殼，不屑地瞄她丈夫一眼，「你自己野蠻，儘管去野蠻，可別教人家也跟著一樣的茹毛飲血……」

「唉！妳不懂，妳不懂，這是最自然的醫學……」

「茹毛飲血，就是茹毛飲血！」

這對夫婦爭吵起來。大家紛紛勸解著，而裴醫師卻獨自愣住。也許他酒喝多了，勾起了一場考古夢，彷彿覺得眼前的景象都在一座旋轉的舞臺上進行著，臺上照明逐漸遠離，模糊，終於幻成一片空白，轉瞬間，由隱而顯地呈現出一幕新的景色：一片遼闊的北中國荒原上，一群原始人圍著一隻死野豬環坐著，距此不遠一棵大樹底下，仰臥著一個病人，身上覆蓋著一層鬆軟而顫動的乾草，發出一陣陣微弱的呻吟。那群人執著尖削的石刀、骨鑽、木叉、竹尖，很費力地切割著那隻破碎支離的豬體，有的用腳踩著，有的用手撕成碎片，便就地茹毛飲血，啖肉啃骨，而大快朵頤……他們的臉型大致相近：傾斜的前額，突起的眉稜，鼻梁寬闊得幾乎淹沒了鼻尖，在高大的顴骨和突出的嘴尖下，露出一排血跡斑斑的巨齒——一看便知，那是我們的老祖宗「北京人」。

一陣狼吞虎嚥之後，隨即掀起一片嘈雜的交談聲，細聽之下，語言不可解，聲調倒親切，看他們個個憂戚的神色，悽惶的目光，急切的動作，不難了解，他們正在努力設法挽救那垂危的夥伴，各憑著險惡蠻荒生涯中所獲得的一些自療經驗，而提供出許多藥物，諸如花枝果核、蟲鬚鳥翅、魚骨貝殼、流沙、碎岩……多屬就地取材，包羅萬象，這在洪荒年代中，族類同胞的互愛與關懷，他們奉獻出那麼原始、青澀、粗野、草樸的自然藥物，但其用心至為純真、虔敬；人與境之間，尤見相稱調和，這究竟是什麼年代？——自非考古知識淺薄的裴醫師所能斷言，不過有一點可以確定，這是神農誕生與「本草」問世之前很久遠的一個年代，最使這位現代醫師感到不可思議的，北京人這種互助共濟的好生之德，透過人類最頑強的一種遺傳基因，歷經數十萬年的天災地劫，又復越過神農時代的巔峰，竟能久持其本質於不變，一代接一代地傳遞了下來，以迄於今，繁衍成地球上最大的一個民族。

「裴經理，怎麼啦？你不吃，不喝，也不開腔。」

李經理拿起酒杯輕觸他一下，立時使他從古遠的幻境中彈回到二十世紀的一個華廈盛宴中。

「我看，這位先生法道很高，能禪定靜聽，而不發一言，心中必深藏很多學問。」披長袍的老者舉起杯子說：「先敬一杯，再請閣下就剛才大家所爭議的論題發表高見。」

在眾目逼視下，裴醫師幾乎抬不起眼來，他微微低首，舉杯回答道：「請多包涵，喝酒可以，說話實在不便。」

「為什麼？」
「因為——」
「因為什麼？」
「因為——我是個醫生。」

——刊於一九八三年十二月號《皇冠》雜誌第三五八期

附註：
本文所列舉各種偏方藥單，皆出於道聽塗說，讀者千萬不可據此服用。

廿七、老書僮遊美記

我妻碧瑟到美國留學深造，我也跟著去，幹麼呀？——當書僮。

一九八三年八月三日，我先陪她到夏威夷海灘弄潮三天，六日飛抵舊金山，她的臺大醫學院「死黨」蘇淑姿駕車到機場接我們到「黑塢」（Hayward）——她家，行車三十公里，一路上好清涼，而淑姿一臉帶著歉色說：「真不巧，你們碰上了美國罕有的大熱浪。」

我生平喜見罕有事，於是搶著問道：「熱浪幾時來？」

「就是現在，你不覺熱嗎？」

「現在幾度？——拜託！講攝氏。」

讓她慢慢把美國習用的華氏折算成攝氏：「三十四度。」

她的算術及格，可是，熱浪之說卻不攻自破。三十四度在臺北夏季是常溫，因濕度關係，同是三十四度氣溫，臺北卻比這兒燠熱多了，這算得什麼熱浪？

淑姿嫁給臺大醫學院同班同學陳衍祥，在早幾年，夫妻檔一同到美國謀生，在同一家醫院服務，有了兒女之後，她即辭工，他主外，她主內，住在黑塢一座精緻的兩層花園洋房，讓我夫妻住在樓下客房。行李剛放入房，女主人又為天氣道歉：「加州人家很少裝冷氣，也不備電風扇，這幾天，遇上了二十年來未曾有的大熱浪，我們毫無招架的能力，只好委屈你倆了。」

說實話，我倒有來此避暑的感覺，真的好清涼。我本知趣，每逢內人遇上閨閣死黨，我必迴避，獨自到客廳去坐，開起電視機，扭轉數不清的頻道，終於找到了新聞節目。螢光幕上映出經由人造衛星拍攝的氣象圖，播音員說明著：「東自紐約，西至舊金山止，出現一條帶狀的熱氣流，久滯不散，造成了空前的大熱浪，在過去二十四小時中，被熱浪薰死的已超過二百人，在可預見的日子中，熱浪尚無離去的跡象……」

「哎呀……媽咪……」突然，背後傳來一聲呼叫，轉頭一看，是陳家的一女一男寶貝兒女，不知什麼時候蹲在我的椅背後，看到這則報導嚇得呼爹叫娘。「媽呀！熱浪再不去，也要熱死啦！」

遇熱即溶的「糖人兒」

螢光幕又一閃，映出了加州海濱的鏡頭，海灘上擠滿了成千成萬個弄潮人，像昆蟲一樣蠕動著；接著，又轉換一個農莊的景色，在一家農舍裡，一頭牛和一隻狼犬爭相靠攏一架老舊的電扇，看了真叫人心軟，如果時間來得及，我真想打個電話回臺灣，請臺灣愛護動物協會捐贈兩百架電風扇來救濟美國動物，造它一個世界大新聞。正看得出神，鏡頭轉到一位衛生官員，答記者有關熱浪來襲國民保健問題。這位官員面帶凝重的神色，使我立時想起，不久以前我國衛生署署長許子秋在電視中，發表有關臺灣B型肝炎嚴重問題時一模一樣的表情。他痛述今年美國遭受熱浪侵害造成嚴重的損害，籲請全美國民善自保重，避免在燠熱、不通風地方逗留過久；如無冷氣設備，應敞開門窗，多飲冷水，飲量過多，不妨加點食鹽。最後，他用極無奈的語氣強調著：「只要大家心境平和下來（calm down），暑氣自然消散。」這句洋腔，譯成標準的中國話是：「心靜自然涼。」我猜疑這位衛生官的祖先具有中國血統，不然，他哪來這套東方的保健哲學？

這時淑姿在廚房裡忙著準備晚餐，她宣告要燒一道標準中國菜歡迎我，碧瑟幫著她洗切過了，這才發覺少了一片薑。據淑姿說，我非吃這道菜不可，而這道菜又非薑不可。市場相距甚遠，幸好這一帶住有不少華僑人家，於是，撥了十來通電話求援，終於有個華僑人家從冰箱裡找出一片老薑。這時，男主人陳衍祥正好下班回家，車未停妥，淑姿叫他掉轉頭去取薑。他開了八哩路，運回一小片薑，細切一半，另一半待明兒送還人家，這道菜，我吃了必定成仙。

「老林，你喝什麼飲料？」衍祥問著：「啤酒？果汁？可樂？」

「謝謝，一杯熱茶。」

沒多久，衍祥端出了一杯熱騰騰的臺灣凍頂，小男孩艾默利瞪著圓眼兒瞧著，我也瞪眼瞧他，他終於忍不住用英語問我：「安可，你為什麼不怕熱？」

我轉過搖椅，伸手到書架上取下一本《A至Z》兒書，我剛才翻了一下，那書按字母順序編排，繪著世界種種動物。我告訴他，這本書裡所有動物，包括人類，也包括住在臺南的他們爺爺、奶奶在內，大都不怎麼怕熱，因為，動物體內都有溫度調節器的設備，用來調節體溫。可是，生活在美國的人被舒適的環境寵壞了，體溫調節器漸漸失靈，所以很怕熱，最近，臺灣也漸漸有這種趨勢，都變成了遇熱即溶的「糖人兒」。

消費者另建「匯率」

女人大都是精算家，內人在國立陽明醫學院主授生物統計學，她雖精於計算，但，尚無斤斤計較的習氣，在臺灣市場購物，她的確顯得夠丈夫氣；可是，我還怕陪她進入美國市場，她每看一種貨品標價，都按匯率乘以四十，把美金折成臺幣，然後吐一下舌頭，如此走過了市場每一條甬道，都下不了手，這比走長路累多了。好在，半途殺出了程咬金，「死黨」淑姿對碧瑟計算法提出強烈的異議。她主張只能乘之以十，才合公道。理由是：美國一般薪水階級，平均月薪二千美元，扣除美國重稅及保險金，餘下一千五百美元，而臺灣同等級工作人員，平均月薪為一萬五千元，恰好是一比十，因此，站在同一消費者立場，美金與臺幣折算法只能乘之以十，才不欺侮生活在美國的人。何況，此中還有個大差別，美國地域廣，不論住城或居鄉，沒有汽車活不下去，在臺灣則可。所以，華僑平時省吃儉用，每次回國看臺北人出手那麼闊綽，老華僑實在不敢跟進。

一經高明指點，我豁然頓悟。按照此法計算，覺得美國物價，樣樣合理，比如：吃一頓早餐美金兩元，乘之以十，折算為臺幣二十元，很合理；一頓午餐美金五元，折合臺幣五十元；上一趟飛機場，大約美金二十元，原本匯率折算臺幣八百，太貴了，現在折成兩百元，真對呀！從這一天起，我在美國大吃大喝，理由充分，心安理得，老婆也沒奈我何！

影星遭光榮的踐踏

八月九日，我們飛到洛杉磯，正巧攝影家柯錫杰也流浪到那裡，他帶我夜遊洛城電影街。那裡每家影院門前地面上都鋪著一系列頂尖級的明星紀念銅牌，像花磚一樣地鋪設在人行道上，大約每跨兩步鋪一面，我像小孩玩跳磚遊戲似的，連跑帶跳朝著明星的銅牌，一個接一個地踩過去。看牌名，大都老成凋謝了。影城的人真夠幽默，明星由他們捧上了天，又由他們踩在地上，銅的事實擺在眼前。

我想到狄斯耐樂園❶走一趟。錫杰說：時逢暑假，孩子都出籠，樂園擁擠不堪，怕我樂不敢苦。他不知道，我到樂園去，主要目標就在美國小孩身上。

十日，大清早，我到狄斯耐，園門前廣場上一系列幾十座售票間都排了長陣，我隨著人潮進去。也許我真的老了，對各種好玩的遊樂設備都沒有什麼興致，倒是第一座美國歷史館給我非常深刻的印象。我們被引入一個大禮堂，堂前有一座講臺，觀眾坐定，響起了悠揚的美國國歌，舞臺上的帷幕徐徐揭起，臺上燈光漸漸明亮，逝去一百七十四年的林肯總統赫然出現在臺上一張靠背椅上，他緩緩地立起，對著臺下群眾發表一場生動的演講，講詞是那麼熟悉，音調是那麼親切有力，神情嚴肅而和藹，舉止栩栩如生——明知那是一個機器人做替身，但是，真的好感人！在這裡，我看到美國人對下

---

❶ 狄斯耐樂園（Disneyland）：官方正式中文譯名為迪士尼樂園。（編按）

一代的教育方法。我們從小學到大學，幾乎每一學年都上過「國父遺教」的課程，也花幾億元在臺北蓋了一座國父紀念館，並在各地豎立無數銅像。為什麼不能再花一點錢把「國父遺教」做得這麼親近我們的孩子呢？

至於其他著名遊樂館，諸如：模擬的「太空中心」、「太空旅遊」、「飛車鬼洞」、「潛水探祕」等等節目，都很逼真刺激，倒不在我眼中，那些玩意兒哪個大爺有錢都能做，整個樂園場地，我的眼光焦點都積聚在每一細節上。樂園真大，我從清晨走到夜晚，一經比對地圖，我走過的尚不及全園四分之一。一日之中，不知走過多少門道，爬過多少梯子，摸過多少椅子、桌子……每一轉彎抹角都是圓弧形，平整的，不見有半個稜角，每一設施都努力做到減輕可能傷害至最低限度。

可敬的狄斯耐「尿布床」

樂園替殘障兒童設想得無微不至，處處放著輪椅，備以待用。在這裡最可以看出美國兒童的教養，每日以萬計的兒童隨著大人入場，如果這在臺北，其髒亂將不堪設想。沒見過哪個美國孩子亂丟廢棄紙，拉屎拉尿。在食品店、飲料攤、玩具鋪邊上，孩子向父母示意想要什麼，大人只要輕輕說個「NO」，孩子就乖乖止住了，這一點，使我很不解。在一個休息室，我遇到一位女華僑，便向她請教有關美國孩子的教養問題。她說：「中國孩子有教養是假教養，看來個個都是小紳士，那是假的；美國孩子的教養是真教養，有時看起來，似乎缺少教養，其實並不。」她舉例說：「中國父母對兒女用騙，用唬，嬰兒哭了把奶頭塞過去；孩子不聽話，唬著要把他送醫院去打針。美國父母絕不如此，儘管兒女可以直呼父母的名字，但是，要講理，絕不用奶頭止哭。至於外出旅行，事先早已開過家庭會議，大半由孩子當主席，定好計畫，編好預算，如果父母額外買一件東西給孩子，那是禮物，兒女要向父母千謝萬謝。在這樣教育方式下，孩子上了公共場所，才不致天下大亂。」

說起來，有點不好意思，我生平上人家家門，有個古怪的癖好，最喜歡偷看人家廁所地板廚房的抹布。這回，我到狄斯耐樂園，更要做一件自己喜歡的樂事，我好像不小心，誤入了女廁所，趕緊歉然退出，這一進一出，看到了做夢也夢不到的景象，狄斯耐樂園的女廁所，兼備有換尿布的設備，就像夠水準婦產科嬰兒部那麼雅致，提供給母親們為嬰兒換尿布用，這設施在樂園中不過是九牛之一毛，可是，對母親而言，有了它才確保狄斯耐不致變成一座地獄，也只有像這樣國家的母親能妥善使用這設施，而不被糟蹋。美國之為文明國家，我絕不欲以其有太空船而加以肯定，寧願以有此尿布床而加以肯定。

見景生情故國思

加州蒙特利市（Monterey）是美國馳名的海濱勝地。該市以曲折的海岸、嶙峋的岩石、蒼翠的松林、湛藍的海洋、奔放的浪花而馳名於世，許多名士影星都在此設置別墅；來自臺灣的寓公和一批經濟罪犯也多落腳於此，我足履過處，不時聽到鄉音在。我們踏踏實實玩過那一帶海濱、別墅以及

「十七哩公園」，眾口無不讚賞；若論山和水，倒看不上眼。臺灣北宜公路從鼻頭角起，那一帶迤邐的海岸曲線，條條盡是神來之筆，萬古磨琢而成的海岸平臺更是稀世奇觀。雖然蒙特利也有幾處散落的奇岩，造型雖似，很是小家子氣，哪比得上臺灣東北岸突起石峰氣勢；可是，咱們的確有見不得人之處，國民不知愛惜，在海濱鑿石而養殖海產，又把天然族類趕盡殺絕。看加州人家對一草一木、一砂一石，無不視之如寶，照護得無微不至，隨處見得山禽海鷗與弄潮人共相嬉戲，這一點我們辜負了江山之情。

在加州玩得頗盡興，算算碧瑟上課日子快到了，學校路程甚遠，要送她到美國南方紐奧良杜蘭（Tulane）大學醫學院，學校規定八月十四日註冊，我們玩到十三日才飛離舊金山，往來機票都託蘇淑姿代為打辦，我原想遊紐奧良經紐約乘韓航回臺灣，比較順路便宜，神遣鬼差，她替我多花錢改訂華航，錯過了一次韓航在蘇俄領空上舉辦的國際性「死亡盛宴」。這番往紐奧良航途，經「大峽谷」上空，飛行員刻意降低高度，低飛而過，好讓乘客在空中觀賞，天然奇景，一覽無遺，十分壯觀。班機在德州達拉斯停留片刻，到達紐奧良機場已是下午五時，臺灣同學會派代表到機場來接，他駕著一輛一千元美金買來的老爺車，據他說，是不久前花一千五百元購得，開起來倒滿靈光。

自幼嚮往的「夢城」

杜蘭大學校本部設於郊區，校景極為優美，可是，醫學院設在鬧市中，附近街道商店林立，路邊經常集聚閒蕩的黑人，相當髒亂，治安不靖。我們到達醫學院宿舍，天黑了。碧瑟在六樓配到一間小套房，同學會代表一再叮嚀：夜間搶風很盛，天黑不可外出。在這情況下，我們挨餓一餐事小，遠道而來，不帶棉被，原想就地採購，這一晚該怎麼過？幸好在旁有兩位中共學生聽到，邀請我們上十樓她們的房間吃晚飯，並允借一套寢具過夜。餐桌上，提起臺灣同學事，她們如話家常，顯然彼此之間已十分融洽了。

餐畢，辭謝下樓，向管理員領了六樓房間鑰匙，進門一看，一片髒亂，蟑螂四出，那是碧瑟最懼怕的小傢伙，我先用DDT打了一場掃蕩戰，然後由她下手整理。我發現從臥房到浴室，四壁門板錯落地釘著好多釘子，料定前一位房客，即使不是中國人，至少是和中國很接近的國家。因為壁上釘鐵釘子是中國破壞性文化的特色之一。第二天早上，碧瑟向管理員領了本房信箱鑰匙，打開一看，信箱中還積藏幾封舊主人的信件，一看是來自泰國的醫生，我猜得沒錯。

我在小學時期，就神遊過紐奥良，《飄》是第一本令我入迷的西洋小說。小學五年級上課時，我用課本掩著偷看傅東華的譯本，當書中女主角郝思嘉伴隨玩世不恭的白瑞德到紐奥良度蜜月時，我的心靈已隨著《飄》而飄向紐奥良，如今雙腳踏斯土，似乎有舊地重遊之感。兩百年前，這兒是法國殖民區，至今仍努力保持法國風情，市政廳刻意把古典的馬車和落了伍的電車象徵性地保留下來。因此，進入紐奥良，如入夢境，不愧有「夢城」（Dreamy City）之稱。《飄》改編的電影《亂世佳人》，多在此拍外景。第二天，我一大早就起床，在晨霧中獨步夢城街道。

這一天，平素貪睡的碧瑟也起得稍早，她要趕搭校車到校本部去辦註冊，並接受為期七天近乎我國學校之「新生訓練」（Orientation），不過較偏重交誼遊樂，從交誼中了解大學各部門的運作和生活環境，也歡迎帶眷參加，我不願以她的「寶眷」身分去聽訓，卻樂意分享他們的遊樂和舞會。頭一天上午八時正，她加入了新生隊伍搭乘校車而去，我留在宿舍裡準備過半月「伴讀」的書僮生活。

風吹草動草木皆匪

上午差五分十一點，碧瑟上氣不接下氣地衝入門來，臉色發青，如同大難臨頭，她一邊翻箱倒篋，一邊嚷著：「快，趕快，趕快，跟我走，走……」她從箱中取出一夾子文件，裝進小提包，拖著我進入電梯，「趕快走！汽車在門口等著。」

停在門口是一位高年級同學的老爺車，上了車，碧瑟才定了神。她說：今天上午，一位沙烏地國女生到學校途中，她的手提包被打劫，連護照也被搶走。在新生訓練中，訓導人員特別強調安全問題，他說：本市搶案是不分晝夜，不分男女，不分貧富，不拘多少，見錢就搶。學校當局要求新生，上課以前做頭一件事，到銀行去開一個帳戶，最好開個支票帳戶，把錢都存入，用錢開支票，以策安全。碧瑟聽到這裡，就從講堂悄悄地溜出來，在校門口，抓到這位有汽車的男生，請他護送回宿舍，接我一同到銀行去開帳戶，把國科會給她一學年的學雜費都存進去。

我們於是選擇最靠近宿舍的一家銀行，只隔一條街。這位男生一邊開車，一邊很自得地告訴我，不久以前，他只花兩百美元買到這輛舊車，到明年畢業時當廢鐵賣掉，還可以收回兩百美元，我看這輛和昨天那輛一千五百元的老爺車實在難分上下。

這家銀行建築裝潢很富麗輝煌，倒是顧客顯得不相稱。以臺北人的眼光看，櫃檯前那幾列顧客大半衣衫襤褸不整，碧瑟身上那一襲「化子」衣，在這裡顯得華貴起來。按規定：開支票帳戶要和經理面談，大家坐在幾張靠背椅上排隊等候，前排有一位青年穿背心短褲，好像剛從水溝爬出來似的，好邋遢！這種人也開支票帳戶，我心中納悶不已。等輪到他坐在女經理的桌前，我以臺北人的胸襟等著，看她怎樣向他橫眉傲視一番。沒料到，她一樣的親切和藹、尊敬對待這位顧客，沒有半點傲色，而且細心指導他填好申請表格，然後輪到碧瑟上去。

浪漫情調的法國區

碧瑟每天上學去，我在宿舍裡閉門讀報，花兩角五分錢，買一份百來頁的當地報紙，讀得過癮。我畢竟是個中國男人，住在學校女生宿舍裡，多少覺得有點彆扭，忽聞鄰室發出一陣嬰兒啼哭聲，趕緊幸災樂禍似的放下報紙，走到廊道間，碰上一對青年男女抱著一個嬰兒從房裡出來，他們齊聲向我道一聲：「早安！」從此，我才釋然了。

每日早上，報讀累了，我就外出走走。多常到「法國區」去，看看那些往來穿梭的馬車，路邊上畫家的揮毫，熱情洋溢而不賣錢的歌者，以及免費的魔術雜耍表演。我常常跟他們閒聊，問過他們靠什麼生活？幹麼如此熱烈獻藝？他們都道純為訓練自己，把觀眾的反應都當做「鏡子」，不斷地鍛鍊表演，期待著一朝一日，電視公司或歌舞團的藝探把他們吸收去，這是他們的目標，他們才不稀罕眼前幾個賞錢呢！

走累了，稍挪一下屁股，落座在露天咖啡座上，喝一杯濃郁的咖啡，聽著遠處傳來一個黑人如泣如訴的歌唱，伴著近處樹蔭下一個流浪者的琴聲，又穿插著往來馬車的銀鈴聲，偶爾配上密西西比河上輪船汽笛的長嘯——不管調和不調和，這正是紐奥良的交響曲。聽了欲睡，就睡吧！絕不會有小販或服務生走近來打擾你；醒轉過來，眼前往往出現一輛或兩三輛古香古色的馬車，由車伕攙扶著步下一位或數位披著十八世紀法國貴婦服飾的高雅端莊貴夫人，不要輕揉你的眼睛，是夢是真？別去分清。

易被驚醒的夢幻

突然想起妻放學時間近了，就起身走回去，大半不走直徑大路，轉向斜陽古道，看看百年前法國式的門廊宅院，透過高樹低牆，看花園上、院落裡、陽臺間空著的雙人椅，我不自覺地停步片刻，留連不前，期待著在那裡突然出現郝思嘉、白瑞德、美蘭等書中人物，難道他們還在晝寢嗎？正沉思，在街的那邊，突然傳來一陣遭劫呼救聲，眼見一個白種婦人緊追著一個小黑人，而消失在小徑中，這才把我從夢幻中驚醒過來。

我於是大步走回去。紐奥良是一個夢城，好美好美的夢城，不過，常常被劫掠驚呼聲喚醒過來，把美夢撕裂了，很快又復合，又撕裂……這正是紐奧良的節奏。

此外，我開時還喜歡接近黑人，尤其那坐在街沿發愣的黑傢伙。我從小對黑人有好感，深受《飄》小說所描述那些可愛的黑人的感染，跟現在美國人和華僑口中所聽說的黑人大不一樣，眾口都道黑人是懶怠、愚昧、骯髒、白吃、不自尊、不自愛、不節育的一群，我很難完全相信。我不吸菸，每次都帶著香菸試圖去接近他們，我很受歡迎，他們很少白抽我的香菸，總是想盡辦法回報我一支香菸，或一塊糖、一杯酒，或一張小黑人的塗鴉。

當然，在黑人中，仍有許多帶有非洲黑森林時代的原始血液。有一次，在電車站前排隊，我眼看著隊尾有個黑種婦女，催迫著她的兒子插進隊前，我很友善地勸阻她，這舉動引起街上白人大大吃驚，認為我這個東方人做了一件很大膽的事。這位黑婦很坦率地對我說：這是黑人傳統生存之道，不只是黑人對白人，即使黑人對黑人也是如此的，從非洲原始森林時代起，「搶先」是他們傳統的生活方式。

因此，白人輕視黑人，也因此，黑人更仇視白人，如此惡性循環下去，代代相傳。我訪問過許多美國人，問到黑人的犯罪率，沒有一個人敢回答；回答這問題，立即觸犯美國最敏感的「種族歧視」法律，由此可見，美國的種族平等，似乎僅止於語言及文字上的講究。

許多美國留學生和老華僑都愛提一句老話：「美國是人類的大熔爐。」在口頭上，我也這麼說，不過，在文字上，我要把「火」字旁拿掉，美國只是一個「大容爐」，沒有足夠的火候，沒有熔合，各本原質，黑人永遠是黑人，中國人永遠是中國人。

驚心動魄的安全守則

過了幾天，杜蘭大學為新生舉辦市區旅遊節目，我欣然以「寶眷」身分加入，跟著搭乘校車到校本部，先到各學院走走。校園草坪、花樹、建築的格局配置好美。我於是坐在樹蔭涼椅上等待旅遊時間，拿起一冊學校印製的《新生手冊》，讀到〈安全守則〉，越讀越恐怖，好像在讀《午夜驚魂》電影劇本似的，讓我試譯幾段：

一、交通方面

1當你走向你的停車處，要事先把車鑰握在手中，以免站在車外搜尋皮包或口袋，而遭到危險；啟開車門，迅速而仔細搜索後座或座椅下有無藏匿歹徒。

2快速把車門關上，拴牢。

3不要隨便搭載要求搭便車的人。

4如果你發現有別的汽車在跟蹤你的車，切勿停下，即使到了家門口，也不停，設法駛向鬧市或警局門口，行駛中打起信號燈，必要時揿動汽車的喇叭。

5車子拋了錨，趕快掀起引擎蓋子，坐在車裡，關起車門，等待救援，可以請求可靠的過路人替你打電話給修護廠或警察局。

6不要去幫助拋了錨的汽車，不論對方什麼性別、年齡，只能替他打電話。

7你到停車場上停車，只能給管理員一支車鑰，不可把整串的鑰匙都交給他。

二、**宿舍方面**

1房門時時上鎖，即使只在走廊或鄰室逗留一分鐘；錢包要隨身帶，即使只由自己的臥房走進浴室。

2發現陌生可疑的人徘徊於走廊上，立即用電話通知管理員。

3不要在你房門上留字，告示你走向何處以及何時歸來……

看得我整個背脊都發涼，在這樣風光明麗的校園中，讀到這樣恐怖的「安全守則」，我承認是善意的，但很難接受，總覺得這是另一個國家大學的「安全守則」飄到這校園草地上來，而被我撿來看。很不幸，這是個事實，怪不得，碧瑟這幾天神經兮兮的，終日惶惶然。我要替這位醫學院研究生做心理治療，想到做到，從那天下午起，我每天都帶她出去吃晚飯、上電影院、咖啡館、逛夜市，由早而遲，由遠而近，不過，她必須遵守我的「安全守則」，出去夜遊，穿樸素衣服，不戴手錶，身上各懷美金十元（她捨不得，減為五元），遇到劫匪，傾囊獻出，歉然以對。我天天都帶她出去，無不平安歸來，口袋裡老放著那五塊錢，無奈欲獻無門，碧瑟漸漸恢復了她的安全感。據我所知，紐奧良治安不好，但是，受害者多以過分暴露錢財及「驚弓之鳥」居多，若能以書生本色泰然處之，反而平安無事。

耍把戲唬黑人

我按家常習慣，每日早起到宿舍門口前空地上打太極拳，黑人多早起，紛紛圍集觀看，我於是裝腔作勢起來，使出那幾道邪門花招，而且打得唬唬有聲，個個黑人像黑貓兒看小孩玩皮球似的，一雙雙發光的眼睛隨著我的拳式而晃動起來。有一天，當我打好了拳，而垂下雙臂立著，有個年輕的黑人走過來，恭敬有禮地問道：「請問，這是中國功夫嗎？」

「是的，中國功夫的一種。」

「我能不能拜你為師？」

「很難！」我煞有介事地回答：「要等很久，等你修養到能忍能耐，忍到了挨打而不還手的程度，才能學中國功夫，這是中國武術的傳統規律。你們黑人心地都很好，只是血氣太猛，忍不住，不能學這門功夫。」

黑人們聽我稱道他們心地很好，個個樂得咧開大嘴巴。

「那位——那位——」一個黑婦問著：「每天隨你進出的女孩是誰呢？——你的女兒麼？」

她說碧瑟像我的女兒，眼力不錯，我和她的年齡的確差了一大截。

我立即肅然立正，拱起雙手回答道：「哦，她，是我的老師——一位中國武林傑出的女高手。」

大家都愣住了。

「她的功夫比你高幾級？」久久，一個中年黑人問著。

「沒法子比，差太多了！最可貴的是她的涵養功夫，能做到無論怎樣激怒而不激動，挨打絕不還手，因為，她只須輕手一出，必置對方於死地，故她不能不忍，也唯她能忍。」

「啊！——呀！」一片讚賞聲。

「你的老師為什麼要到杜蘭大學來？」

「她來此研究中國內功與生理的關係。」我胡謅至此，自己也有點不好意思起來，趕緊拱拱手，轉頭步入學院宿舍。

至此，我在紐奧良「伴讀」的任務已達成，立即著手整理行李，準備回臺灣去。

任務達成歸去來兮

八月三十日早晨，臨別的前一天，碧瑟挾著一疊課本上學去，出門時，歉然向我表示：今天她的功課很重，不能請假陪我共度在「夢城」的最後一天。她說了，掉頭就走。只片刻工夫，她歡天喜地奔回來嚷著說：「太好了！太好了！今天停課一天。」

「為什麼？——為我送行？」我笑著問。

「學院貼出佈告：冷氣機壞了，停課一天。」

在美國，學院冷氣機壞了，停課一天，理所當然。我趁她替我收拾行李的時候，向她表示我出去走走，向紐奧良做個最後巡禮，並道聲「再會」，她欣然應許。我於是揹起照相機，走出宿舍，一出大門，迎面撲來一團熱氣，我終日待在冷氣房中，真是不知寒暑，今天好熱，舉頭望著遠處高樓的溫度計標誌燈：「華氏一百度」——折合攝氏三十七度，是好熱，但我無事遨遊，仍感一身清涼。步上電車，想到富有情調的聖卻爾（St. Charles）大道法國式住宅去玩玩，電車才過一站，忽然坐在我身邊一位金髮女郎撲倒在我身上，她全身發燙，滿臉通紅，呼吸急促，是中暑了。這時，乘客立即通知司機停車，叫我不要移動，等待醫師來到，大家紛紛拿出報紙和書本朝著病人身上扇。幸虧，這女郎非常細嫩苗條，在美國是難得一見的，如果換個通常美國大塊女人，豈不把我壓垮？

美國警察行動真快，頃刻間，警車呼嘯而至，走上來一位警察，立即把乘客都趕往停擱在後面的另一輛電車上，使車廂的通風好一點，我仍然動彈不得，只好把精神集中於欣賞懷抱裡女郎的嫩白臉蛋，她翹著長長秀麗的眼睫毛，我揣度著那眼皮裡究竟隱藏著什麼樣的眼珠兒，時光就不那麼難度了，好快，醫師來了，他走上來，伸手翻翻她的眼皮，摸摸她額角，聽聽心跳，終於嘆了一口氣埋怨著說：「她是我今天看的第八位這樣的病人，再看下去，我自己也要昏倒。好，把她抬下去吧！送上救護車，停在轉彎角落上。」

病人剛剛從我身上被抱起來，擱在後面鐵軌上那輛電車的乘客紛紛下車，有人大聲嚷著說：「請醫師趕快過來，這邊又有一位老太太昏倒了！」

我趕緊站起身來，向司機告辭：「我想回去，不玩了。」

「你怕昏倒？」

「才不會像你們美國人那麼不中用。」

司機伸手去取錢退還我，我向他搖搖手說：「不用退了，大家再見！紐奧良再見！」

我搭第二天——八月三十一日早班的班機往舊金山，再轉華航返臺灣，所以那天凌晨就起身，碧瑟送我到紐奧良機場，臨別時，我想咬著她的耳朵，輕輕地告訴她，我已派她做「中國武林女高手」，又急把話吞下去，不說，讓她自然泰然去應世，是再好不過的。

九月一日，美國防癌保險公司駐華代表張世良先生驅車到中正機場接我，見面時，他只勉力向我一笑，隨即用哀戚的聲調說：

「最新的消息：『韓航』班機在午夜被蘇俄空軍擊落，我深怕你臨時轉航。」

我被強烈地震撼一下，愣了一會，輕聲地說：「只差一點，後來我改訂了華航。」

我和世人同為韓航死難者深表悲痛，但是，我似乎對死難者多添一分淡淡、隱隱失陪的歉意。

——刊於一九八四年元月號《皇冠》雜誌第三五九期

廿八、魚淵行動

一九八四年六月，我住在加州一處海濱小鎮表姐李安娜家，依臺北生活習慣，每天早起晨跑。那一天，我昏了頭，迷了路，竟跑進工廠區裡去。正四下觀望，看到路的盡端一座大廠房前，豎立著一片色彩鮮明的木製大海報，上寫斗大的英文字：Made In Taiwan。「臺灣製」這三個字好親切，使我好興奮，疾跑過去，看看臺灣又出了什麼新貨色？一看，我愣住了，那大木牌上寫著一行血淋淋的英文，看了卻叫人驚心動魄：

失業——臺灣製

海報上繪著一個神色憔悴的美國工人，手中端著一個很大的空碗兒，低垂著眼皮，似乎在喃喃訴說那幾個字，下端則是這家鞋廠宣告無限期停業的告示。

看到這裡，我不免替美國人難過一陣，冷靜一想，憶起我國在當年歐美洋貨強勢壓境所造成的慘況，心中又湧起一種不知甜酸的滋味。轉頭來，發現有幾個上班路過的白人、黑人，正駐足或停車路邊觀賞這幅海報，我趕緊拔腿奔回表姐家。

李安娜表姐只比我大九個月，我就成為她心目中永遠長不大的小表弟。在小時候，我是個刁頑搗蛋鬼，經常在她家園中丟瓦片、打彈弓，一不小心，擊破她的門窗或吊燈，那必是小表弟幹的好事，而且花樣百出，她家對我毫無辦法，也防不勝防。到如今，彼此都老大了，她對我依然存著戒心，把我請到加州來，卻要限制我的行動。她是一位優秀的電腦工程人員，每日上班去，都把我挾帶到她的研究室，叫我安坐在靠窗的一張工作檯前，我要讀什麼書，她都借來給我，就是不許我亂走動，下班時，她必帶我出去玩樂。

她從小就是很獨立的女性，以後，一直過著很恬適而快樂的美國式獨身生活，若論婚嫁，應當說她早嫁給了電腦，別無二心。每個人都有個弱點，她的確是個有膽識的女丈夫，但怕一件小東西：壁虎。我從小喜歡捉壁虎戲弄她，有一回，她從我家走出來，打起陽傘，傘軸上立時垂懸下一大串活生生的壁虎，她就這樣昏倒下去，從此，我怕她，正如她怕壁虎一樣。

此番表姐叫我到加州來，倒有點差事派給我做。最近她發展出一種學校管理學生用的「點名電腦」，經初探市場，很受學校歡迎。話說加州政府教育經費豐足，對中、小學校教育補助經費卻有一項規定：補助經費之多寡，以學生平均出席率為重要決定條件之一。大家都知道，在美國，凡「臺灣生」學童人數多的學校，出席率都偏高，這一點，連帶影響到學校教育補助費的收入，這是無可奈何的事實。別的物資好向臺北採購，可是「臺灣學生」不能隨便進口，幸而加州出現一個奇女——李安娜小姐，她很應時地發展出這一型校用的「點名電腦」，如果哪個學生蹺課，或遲到，或早退，在當天晚上，晚餐稍後不久，電腦就會按碼輕撥電話給有關家長，用最優美的音調敬告著說：「親愛的家長：貴子弟今天在學校蹺了課……學校對此深表關切，相信貴家長以同樣的心情……」等語，然後，輕輕說一聲「晚安」，卻使被通知的家長整晚兒睡不著，開始好好管教約束子女。就這樣，加州一帶中小學校風紀為之大振，學生出席率隨而劇升，州政府補助費相應增撥，校長眉開眼笑，電腦公司財源滾滾，真是大家樂。設計人李安娜表姐眼見情勢大好，唯恐好景不常，一日三通電話到臺北，把我這刁皮搗蛋的表弟叫去加州，共商如何把握時機，充分發展及保護她的智慧財產。我這個人心很軟，受了表姐一番殷勤照護，就替她賣命了。在構思過程，不免有所疑惑，於是問道：

「為什麼學校老師自己不打電話給家長？」

「老師白天都很忙，即使老師有空，也有心，白日裡，美國家庭是十室九空。」

「為什麼不在夜裡打電話去呢？」

「哇呀！叫老師夜裡打電話，那還得了呀！學校要付好多加班費，不是大虧老本嗎？」

情況大致明白了，我開始打腹稿做草案，我漸漸了解表姐所以借重我，實則是借重東方。她認為近年臺灣生的學業成績在美國教育界很叫座（雖然心裡暗妒），因此，她想必須借重「東方精神」來打動美國教育界，而推銷她的電腦，於是，她請我來替她出點子，想對策。

我於是向她提議：應該把這項品名商標東方化，命名為「孔子牌電腦點名機」❶，給這廠牌貼個孔子的金字，也帶有引導美國佬向吾國見賢思齊的暗示作用，表姐大表贊許，接下去，我草擬一項專攻學校的定向傳單，經與廣告部門不斷研討，終於決定採用這幾行標題：

現代的孔子誕生了，他幫助
老師創奇蹟
學校發大財

傳單發出去不久，大量回函訂單湧至，表姐做得越起勁，她抱著電腦越親熱，整天都坐在機前搞得沒完沒了，我卻閒著無聊，終日坐在她身邊讀閒書。

「唉！討厭……」好一段日子難得聽她哼一聲，她突然指著螢幕咒罵著：「混蛋，又來了，你看，又來了！」

我走過去，螢幕上出現一列列奇異的訊號，不斷地奔馳幻變著。我說：「這好像是外星球發射過來的……」

「才不是外星球，就在外街上一群野孩子利用電路玩把戲，在跟我搗蛋。」表姐走向茶几，先倒一杯咖啡給我，「就讓他們玩個痛快吧！我正好休息一下。」

「街上孩子玩把戲，怎麼會玩到電腦室來呢？」

---

❶ 本文所提及電腦廠牌名稱，純屬虛造。

「表弟，你以為現代美國小孩還玩你當年老把戲打彈弓哪，丟瓦片哪，弄水槍哪，捉壁虎嚇表姐哪——都過時落伍了，人家美國小孩刁皮手法高明得很，透過電路，把瓦片、壁虎送進屋裡電腦螢幕上來，不聲不響，無臭無味，絲毫無損，只叫你面對著螢幕乾著急，卻一點奈何不得，這些野孩子，你看，你看……」這時，螢幕出現幾行英文字：

「先生、女士，打擾了，很抱歉，再見！——夕陽街突擊小組敬啟。」至此，干擾的電波消失了。

「你能不能用儀器偵測出發射的位置，而把他們逮到？」

「要偵測是不難，不過……」表姐抿著嘴唇笑道：「我問你，小時候，你從隔牆擲瓦片，落在我家屋頂，打破我的天窗，如果姑媽真要抓你，還怕抓不到？問題在抓到了又怎麼樣？何況這些野孩子比你當年的本領高，也文明得多，他們能破我們的密碼，而在螢幕上耍那兩下子，耍完了，拍拍電腦的屁股就走，彼此很相安。」

「唉！很悲哀，我連玩把戲都落伍了。」

「哈哈！哈哈！你認輸了吧！」她立時收起笑容，走回她的電腦。

六月十八日，在表姐家早餐的時候，聽到電視臺廣播，引述《紐約時報》一篇專欄報導，根據密西根大學一項研究報告，以美、日、中（以臺北地區出生為準）三國在美國小學的成績做抽樣調查研究，結果是小學第一學年，「臺灣製」小學生不論英文、數學均名列第一，次為日本，美國殿後；至五年級，英文課程，仍以臺灣生名列第一，但數學讓與日本，退居第二。新聞報導了一段落，電視記者分別訪問三個國家學生家長，美國家長在訪問鏡頭中所表現的神態，使我聯想起當年趙小蘭擔任白宮訪問學者，以及中美混血兒梅仙麗當選一九八四年「美國小姐」時，電視播映消息中，美國人都是極盡禮貌的讚美中兼帶些兒醋意酸味，從聲音裡很能聽得出：「臺灣家長管教得緊，平時很少讓孩子做家事，而且偏重於書本和考試……」

聽了新聞報導，表姐好得意，我於是輕輕地提醒她：「天下事，往往是福至禍隨，往後幾天，你要特別小心。」

「你這套老莊哲學早已過時，更不合美國社會。在美國，好事往往接二連三而來，福至未必禍隨。」

「但願如此。」

這件好事才過四天，AQO公司❷總經理透過對話機把表姐叫了出去。當她回到研究室，已換一副垂頭喪氣的神色，坐在工作檯前，久不出聲。

「表姐，出了什麼事？」

「真的老莊還有靈嗎？」

「未必盡然！」我很審慎地說：「不過，對於多難民族而言，老莊的話顯得特別靈。」我注意到

---

❷ 本文所提及公司行號名稱，純屬虛造。

性格堅強的表姐眼睛中突閃出一道微弱的水光，於是接著問道：「有什麼事？我幫得了忙嗎？」

「亂子鬧得太大了！大到要砸掉整個孔子牌電腦業務。」

情況如此：一些美國野孩子受盡「孔子點名」的氣，再加上連日電視報導「臺灣製」學童名冠美國天下，風光出盡，他們都憋不住氣，於是在學校孔子牌電腦上大動手腳，就這樣，「孔夫子」大發神經，凡成績優異、品行甲等的臺灣生家長，電腦都發揮其通訊功能，一一通知：「親愛的家長，貴子弟本日蹺了課……」

臺灣家長接到校方通知子弟蹺課逃學，遠比美國家長奉到法院傳票「貴子弟燒燬兩處人家」，還要緊張驚惶得多，於是星夜展開調查，證明並非事實。第二天，乃向學校提出嚴重抗議，學校隨即轉向AQO電腦公司抗議，公司老闆隨即責問李安娜表姐。這件事，如果她擺不平，四方訂單勢必撤銷或退貨，其後果不堪設想。

「表弟，你不能眼看著表姐栽在這幾個野孩子手裡，你從小撒野長大的，得替我想個對策。」

「密碼改一下就好了。」

「哈，有這樣高段的小孩，不管你怎麼換碼，道高一尺，魔高一丈，等到我鬥贏了，公司早已垮掉。表弟，你得趕緊想個有力的對策，挽救你的表姐！」

「現在，我和你說正經的，這件事，最重要的是：保密、沉著、不動聲色。野孩子最感興趣的是看到大人驚惶失措的樣子，所以第一步，公司先派員去安撫臺灣家長，同時向校方保證不再發生類似事件。」

「保證？我是搞電腦的，不敢保證，你敢？……」

「必須先去安撫一下，至於如何對付？山人自有妙策，請給我一個晚上時間，鐵定明早交卷。」

第二天早上，在表姐上班前，我向她遞上一份「魚淵計畫」方案（Abyss Project），表姐看了立即認可，隨即送到公司經理部，該方案摘要如下：

一、吾人必須體認，這些頑童讀書不用功，卻有第一流頭腦；故當善加誘導利用，方爲上上之策。

二、迅速採取行動，偵查出全部頑童名單（包括夕陽街突擊小組在內），由公司以貴賓之禮，派專車邀請他們前來工廠參觀，饗以美國小孩子最喜歡吃喝的冰淇淋、可樂、麥當勞等飲料食品，所費無多，同時特定一間出入方便的空房，做爲「天才兒童研究室」讓孩子們自己去安排運用，公司只負責提供圖書儀器，藉以啓其才能，勞其筋骨，耗其精力，「孔子牌」則可穩如泰山。

三、設置天才兒童（亦即頑童）研究獎學金，自小學至大學研究所爲止；旨在爲公司儲備優良人才的種子。

上午十時，AQO公司召開緊急會議，由總經理休士先生主持，通過採納「魚淵」方案，決以快速的步驟展開「魚淵行動」。李安娜表姐手法也很敏捷，她很快速地從電腦中檢出被封殺的電碼，顯示此中有幾個學生縱使蹺了課，電腦也失去通知的功能。根據這些被封殺的電碼抄獲一單嫌疑犯，而從中再篩檢出一位真正竄改電腦檔案的「孩子頭」，立即以貴賓之禮，單獨邀請他來到公司，賦以重任，負責誘使分佈於各處的「魚精蝦怪」們一齊入網，而歸於一淵——「天才兒童研究室」。該室揭幕之日，表姐私下邀我觀禮，始作俑者都不免心虛，我未敢驚動各路小英雄，只留心默察各項設備，相當壯觀，原來公司沒處安放的逾齡儀器及下水貨，現在都搬到這裡來充場面，孩子們有如群鼠掉入大米缸，得其所哉！

表姐為使我能留居美國，不自居功，竟把「魚淵」底細報知老闆，承蒙休士先生約見，他首先對「魚淵」計策，大加讚美一番，接下去，問我「魚淵」（Abyss）一字何以得名？這一問，看出美國佬真的好笨。

「在中國，只須略受啟蒙教育的人，大都懂得『驅魚入淵』的意義，不過，這成語一經我設計改造，如同所有『臺灣製』品一樣，不免稍嫌粗糙一點，能得到你的欣賞，我覺得很榮幸！」

這段話，經李安娜一番詮釋，休士先生方才懂了。最後他誠懇地表示邀聘我在該公司企劃組服務，在美國景氣還很低迷的時期，這實在是很慷慨的表現，我懂得此中道理，為使表姐立時死掉這顆心，刻意把話回得很絕：

「謝謝休士先生，我既有才能設下此淵，斷無自投入淵的道理吧！」

彼此歡笑一陣，興辭而去。

在加州居留至九月，我玩膩了，便向表姐辭行，她遞給我一張AQO公司贈送的頭等機票，我簽收了。一生頭一遭坐進頭等艙，穿著一身不合等位的服裝，步入艙內，把我那隻歷盡風霜的登山背包往櫃裡一擱，坐下來冷眼旁聽乘客交談當日最熱門新聞：美國「發現號」太空梭頻頻故障，已查出原因，係電腦矽晶片採用臺灣製品；同時美國國防部透露，美國半數以上精密武器都採用這種貨色的矽晶片，換言之，「臺灣製品」已危及世界的安全體系❸，不早不晚，在這倒楣的日子裡，我坐上了頭等艙，耳邊充滿著貴賓們針對「臺灣製」的問題展開熱烈的討論，使我有一種被審問的感覺，很不是滋味。

坐在左排是一位白髮如絲的美國紳士，他猛然發覺冷落了我似的，向我點頭微笑，低聲問道：「你從哪裡來？」

「我是臺灣製的。」我對準了指標，故作輕鬆地答道：「出來旅遊玩樂。」

「好極了！」一位紐西蘭貴婦熱中帶冷地說：「請問你對於太空梭中矽晶片出毛病的新聞，看法怎麼樣？」

「此時言之過早，很抱歉，我只能這樣回答：如果這批晶片是美國製、英國製、法國製、瑞士製、德國製、義大利製……只要換一個地區製造，美國當局及輿論就不至如此輕率斷言；只因為那是臺灣製的，才引起過敏性的反應，大家不叫出來，心裡癢得難受。」

沒想到，這句話很靈，居然發生了抑制過敏症的作用，一時艙內沉寂下來。我這人體質很怪，一

---

❸ 後來事實證實，臺灣製的矽晶片並無問題。

靜下來，我的手臂就發癢，這種皮膚炎也屬過敏症，很難根治，好在藥膏隨帶在身，擦一下，就好過，於是想睡了。平心說，給我坐頭等艙，最是糟蹋；即使派我坐三等艙，我也是一直酣睡到終點。

——刊於一九八四年十二月號《皇冠》雜誌第三七〇期

廿九、死亡的迴響

午夜裡，被一陣不尋常的電話鈴聲鬧醒，我昏沉沉地起來接聽，那聲音近乎《午夜驚魂》電影的旁白，顯得那麼陰森、遙遠、疲弱而時有頓挫，自稱是史蒂芬夫人，發自美國肯塔基州，倒說一口美國北方的口音。她問明我的身分後，發出一聲：「我找你好苦喲！」然後絮絮叨叨地說下去：「林，請你耐心聽我說，我一點不在乎電話費，要把話說明白。我患了癌症。醫師說，我只有半年好活，所以，我眼前的行情只時間最貴，我願意用最貴的時間跟你通話，電話費對我已微不足道，你願意接聽嗎？——

「好，謝謝你肯聽我細訴，我告訴你，我的家像個小皇宮，我幸福得像皇后，有個具有大臣風度的丈夫，公主一樣的女兒。不幸現在我面對著死亡，才體會出死亡的本身並不可怕，可怕的是在死亡周邊那一列的恐怖景象：在我死後，我的丈夫將抱著另一個女人睡在我所設計的精緻臥床上，我活潑可愛的女兒將傻愣愣地面對著一位陌生的繼母，那架與我朝夕相伴的鋼琴將被另一雙不可知的手撫摸著，還有，還有，那兩隻由我親手餵養的貓狗，半生心血灌溉的庭園、花樹以及一草一木，都將由一個不勞而獲的女人撿去……這些，這些才令我恐怖，我願接受死亡，但無法接受這些追著死亡而來的可怕事實（話筒中發出嗚咽聲），我受不了啊！我要發瘋，要趕快發瘋，好讓我放一把火，把這一切燒個精光，可是，我不爭氣，瘋不起來，下不了手，啊！林，你聽得清楚嗎？我還沒死，就被打入恐怖的地獄……

「當然，我的丈夫、親友、醫師、牧師各用大道理來勸慰我，要我學習面對死亡，靜待主的恩召，這全是話不對題，藥不對症，因此，我一直困在這恐怖的景象中，直到兩個星期以前，我在一本舊雜誌上讀到你的一篇文章，文中引用一位中國古代女詩人的臨終遺詩，藉著這首詩，移換了我的心，淨化了我的靈，我才從痛苦的地獄中解脫出來。這本雜誌是一位好心朋友從費城寄來給我，雜誌名叫……唉！封面都爛掉了！等一等……對不起，這是《國際扶輪》季刊，一九五一年出版，年代相當久遠，你還記得嗎？」

她絮絮叨叨的，使我來得及在蒙塵的「記憶堆」中去搜尋舊跡。當年我曾應扶輪社之徵求，寫了一篇文章，題目為〈中國古典女性的內在美〉，經譯成英文，刊載於美國一家《扶輪季刊》。此文列舉中國歷代古典女性的美質，最後一代乃舉晚清時福建閩侯縣一位女詩人的臨終遺作，就是史蒂芬夫人所說使她「從痛苦中解脫出來」的詩篇，其實，那不是詩，而是一幅「自輓聯」：

莫對生妻談死婦
須將繼母當親娘

這幅自輓聯語婉意賅，上聯示意丈夫續弦，但慎勿以她傷及新婦；下聯勉女兒努力適應新家。

美國扶輪季刊主編曾鄭重地把英譯稿寄來給我過目，我只對其中一字提異議；上聯「莫對生妻談死婦」，譯者將「談」（talk about）翻作「讚」（praise），這顯然是美國佬會錯了意。中國女性大都能勇敢面對死亡，如同面對生育一樣的自然，不但不要丈夫在新妻面前讚她一言半語，連「談」也不要他談起，才合乎中國女性風格，因此，我改譯成：

Don't talk about me before your second wife;
Love your stepmother as you did me.

我的記憶和地球另一邊的聲音對上了，我的腦神經才有線路繼續細聽她的傾訴：

「你還記得，那好得很。當我讀了那首詩，好像觸上高壓電流，爆起一道強光，真是光芒萬丈，照耀之下，我顯得多麼狹小，卑微，懦弱，使我羞愧得幾無藏身之地，而領悟到死與生，憎與愛，失與得，地獄與天堂，都在一念之間，我終於得救了……」

接著，話筒中爆出一陣森冷的笑聲，平添了夜半峭寒。空氣為之凝凍了好一會，她才接下去說：

「林，找你好苦，世界上有數不清的扶輪社，從一個扶輪轉到另一個扶輪，轉了好幾轉，終於轉到了你。我死前有個最後的願望，求你能成全我。我抱定決心，只要還有一口氣，不辭路遠，一定要到中國去參拜這位詩人之墓，請你告訴我，她叫什麼名字？墓在何處？求你告訴我，告訴我……」

我不知道。但是，對於一位垂死者，我不能立即使她失望，只好答允設法替她打聽，請她好好療養，等待我的回音。

提起這幅自輓聯，當追溯到我在大陸家鄉初中一年級時期，聽國文老師陳雲官先生講課時引此「自輓聯」為解例，我只記得「自輓者」出身於吾鄉鄰境的閩侯縣，至於她的姓氏以及家墓何處？全不知道（也許是忘了）。我確知目前陳老師在鄉尚安健❶，是不難託海外友人寫信去請教，只是很渺茫。先父一生執教，歿於抗戰末期，還沒過幾年，連他的一方小墓碑都被寸材難求的鄉人挖去補牆，何況這位封建時代溫情主義的女詩人古墓？恐怕連影子都沒得了。不過，我既受人之託，總得寫信回鄉問問看。

在史蒂芬夫人國際電話頻催之下，我連寄好幾封信問陳老師，歷時半年，未得回音，終於接到史蒂芬先生來電，通知夫人已辭世，雖然她的最後願望未達成，卻死得很安然，此乃得詩人之賜。她於臨終時曾交代一句遺言：央人用中文書寫這幅自輓聯，刻在她的墓石上，最好能借我的手寫。

此時，我突然感到微微的眩暈，隱約聽到那縹緲的遠處傳來一陣陣近似耳鳴的隆隆聲，我知道，這一支古典的〈安魂曲〉正繞著地球激盪迴響著。

——刊於一九八五年七月二十九日《聯合報》副刊

後記：

在史蒂芬夫人辭世後，輾轉收到陳雲官先生回函，承示自輓聯係出於先賢林則徐先生之女公子，即沈葆楨夫人林普晴之手筆。本文在《聯合報》副刊發表後，又收到讀者胡堅勤先生來函，提示林普晴女士曾以〈廣信乞援血書〉解重圍，乃巾幗英雄也。她生於一八二一年中秋，死於一八七七年中秋，享年五十六歲，有曾國藩的輓聯為證：

爲名臣女爲名臣妻江右佐元戎錦繖夫人分偉績
以中秋生以中秋死天邊圓浩魄霓裳仙子證前身

其夫沈葆楨將軍的輓聯：

念此生何以酬卿，幸死而有知，奉泉下翁姑依然稱意
論全福似應先我，顧事猶未了，看床前兒女怎不傷心

讀了上面兩幅輓聯，作者認為還是林女士的自輓聯最有氣度而叩人心弦。

---

❶ 陳雲官（一九一一～一九八六）：生於福建省福清縣，畢業於廈門大學中文系，為臺靜農教授之高足，作者的啟蒙師。

卅、兩個太陽

九歲那年，李尾珠在她家後山果園裡玩耍，瞥見一位白髮蒼蒼的老人在籬牆外寫生，她便爬出竹籬，立在一旁，看那老人繪畫，只見他勾勒幾筆，眼前一片景色呈現紙上，她覺得很好玩，從此相熟起來，她跟著人家叫他劉伯伯，也到過他家會見劉伯母，距她家只隔兩條長巷。

有一回，尾珠應劉伯伯之約，將她歷年學校美術作業紮成一綑，帶到劉家給他看。好奇怪，通常老師看美術作業，一張畫不消三、五秒鐘，劉伯伯卻看得那麼仔細，左看右看，近看遠看，一張張地看下去，翻到最後一張，尾珠趕緊搶了回去，劉伯伯很好奇，他偏要看，尾珠拗不過，只好給了；她羞怯地低下頭去。

「好！這幅畫得真好！」劉伯伯讚美著，欣賞了一會，才轉過頭來說：「我看，這幅畫是妳很小的時候畫的，那時候是幾歲？」

「二……二……二年級。」尾珠的心猛跳著。

「妳很有繪畫天才，可惜不用功，妳的畫隨著年齡而退步，妳看，二年級這幅畫多好！在一個畫面上，妳大膽畫出兩個太陽，右一個朝日初升，左一個夕陽西墜，最難得的是兩個太陽的形象和光芒各有不同的表現，造成很生動的對比，非常有創意，有想像力，太可愛了！可是，妳後來的作品就不大像樣，退步了很多，不但線條刻板，也缺少想像力。尾珠，妳幼年時期那麼豐富的想像力到哪裡去了？」

尾珠有如受到意外的驚嚇，臉色突變，慌慌張張拾起畫頁，抱著就走，她不顧門外正下雨，往前直跑，劉伯母提著一把雨傘趕出來叫她，她理也不理。

「讓她去吧！」劉伯伯泰然自若地說。

尾珠奔回家，立即把門關上，撲在床上，很用力想哭，哭不出來。她回想起當年那位女老師，面對著全班同學把這幅畫重重地摔著，罵道：「尾珠，妳分明在搗蛋，怎麼天有二日？」接著，提起一條籐鞭，一把拉過她的手，猛打三下，痛得她大聲叫饒。從此以後，尾珠作畫小心翼翼，循規蹈矩，深得全校師生讚賞，榮獲歷屆兒童畫展覽優等獎，如今，她聽了劉伯伯的評語，他不獨偏愛〈兩個太陽〉那幅畫，且率直指責她退步了。這對她，比當年挨打手心更加痛楚，在老師和劉伯伯之間，她是一樣的敬重，她實在不情願任何一方有什麼對錯，於是，她想哭，哭不出來，憋在心裡，好苦！

十一歲那年一個春天晚上，尾珠坐在客廳裡看電視，新聞節目廣播著說：「我國名畫家劉天雲先生膺獲本年度最優的美術金鼎獎。」螢光幕上隨即映出劉伯伯的影像，播音員接著說：「很可惜，劉先生因病未能來參加頒獎典禮，特請本市美術館館長代表領獎……」

尾珠立即躍起，奪門而出，直奔劉家，她心想劉伯伯一定起不來了，躺在那架吱吱叫的竹床上；沒想到，他還在屋子裡寫大字，聽到腳步聲，才轉過身來。尾珠抱怨著說：「劉伯伯，您好壞！您好壞！為什麼不告訴我，您是一位偉大的畫家？」

「我不是畫家，也不偉大。」

「你還要瞞我，電視都播出來了，您得了金鼎獎。」
「那是電視說，我可沒有說。」
「您為什麼不去參加領獎，真的生了病？」
「我好得很！」劉伯伯有力地揮動著雙臂，「妳看，我像有病的樣子嗎？」
「頒獎典禮公開宣告您生病了！」
「實在是懶得去領獎，我只好稱病。尾珠，妳坐下來吧！」劉伯伯慢慢地燃點著菸斗，徐徐地吐著煙霧，「一個畫人、詩人、文人、藝人……所有創作者都一樣，只憑自己的作品滿足自己，其他都是廢料。要我花一天光景到城裡去，為的向別人鞠個躬，領個獎，我不懂，這和我作畫有什麼相干？這一天，我不如待在家裡，多畫幾筆，多寫幾字；即使悶著無聊，還不如到妳家的後山果園散散步，或者陪我的老伴喝喝茶，吟吟詩，多愜意呀！幹麼要那麼辛苦去領獎？再說，我家四壁都掛了名家書畫，哪有空間容納那張獎狀？尾珠，妳的才氣很高，記住我的話，妳只要努力用功，千萬不要去留意分數或獎狀，更不要去看別人的眼色，妳一定會有成功，也會很快樂。」
電話響了，劉伯伯拿起話筒：
「我是劉天雲……噢！李先生，你的小千金正好也在這裡……我很少看電視，剛才聽尾珠說過，謝謝你的誇獎……是的，說實話，那幅畫，我當初是想畫尾珠，可惜，沒有畫好……託李家的福，僥倖得了獎……什麼？李先生想收購那幅畫……那不行……我知道，尾珠是李家最後一顆明珠，很寶貝……很抱歉，那幅畫，我實在不想賣……出多少錢都不賣……李先生，這樣好了，錢的事情，不用再談了，你如果真的要這幅畫，那倒也簡單，我只有個條件，尾珠七歲的時候，畫過一張畫，畫題叫做〈兩個太陽〉，這幅畫，我很喜歡，請你跟她商量，如果她肯割愛，我倒樂意跟她交換一下。」

「真的？」話筒裡發出驚訝的聲音。

「我從來不說廢話，一言為定，再見！」劉伯伯輕輕地放下話筒。

尾珠飛奔過去，緊抱著他，猛搖著頭，激動地哭著說：「劉伯伯，我懂了，求您不要這樣，不要這樣啊……」

那天，李氏夫婦到劉家去交換畫品，看見客廳上擺設著一套竹椅竹桌，寢室裡放著一架竹製的雙人床；只有畫室中放著一張大木桌，卻用一頂草笠做燈罩，一位名士生活如此寒素，他們感到很意外，於是，一回到家，就打電話給一家家具公司，通知立即送一套上好的沙發到劉家，並說明是李家贈送的。

這套引起四鄰注目的沙發竟被擋在劉家門口，不管怎麼說，劉伯伯硬是不讓工人搬進去。他說，他喜歡他的那套老舊竹椅、竹桌，因為竹美，竹涼，竹輕，竹乾淨，竹好洗，說得工人目瞪口呆，無可奈何，原封不動，再運回去。先是交換畫品的事，使得尾珠心中一直隱隱地作痛，現在，父母贈送家具被拒，又使她覺得難為情，從此，她很少再上劉家門。

十三歲，本是女孩子作怪的年齡，尾珠到了這一年，也變得很精靈，她漸漸對自己的家覺得很不順眼。那是一棟古式的四合院，夾雜著現代的裝潢和設備，其間陳列著形形色色的藝品和玩物，四壁掛滿了錦旗和獎狀，為恐蒙塵污染，幾乎每一件物品都套上一層透明的塑膠紙，把整個家弄成如同一間糖果店，這使尾珠更加想念劉伯伯的家。他的宅院不大，十分明亮，陳設粗簡，卻很調和，總給她一種清爽、安詳、舒適的感覺。她說不出此中道理，卻相信一點，如果把她家交給劉伯伯一家人住，也會變得很美；如果她一家人搬到劉家去住，也會弄得一塌糊塗，因此，她開始懷著一種心願，有一天，她將拜劉伯伯為師，求他教她怎樣安排自己的生活環境，長大之後，她要用自己的土地、樹木、山石建造一幢屬於她自己的小屋子，很美、很美的。

那年夏天的一個下午，天上忽然降下一陣山雨，劉伯伯揹著畫架走進李家的果園裡來躲雨，尾珠看到，趕緊遞給他一頂斗笠，引他到涼棚下，接過他的畫架，再給他一條大毛巾擦臉，一杯熱茶暖心。這時，整個果園為驟雨、山風、雷電以及劉伯伯的微笑所籠罩，尾珠覺得這景色好美，好美。這正是她吐露她的心願的時刻，正像一隻雲雀在向一棵山樹傾吐心聲一樣的優美和自然。

劉伯伯聽了她的心願，好高興，笑著說：

「太好了！妳的年紀這麼輕，就有這麼高的志趣。不過，這門功課，我可擔當不起，妳必須自己去拜師。」

「在這鄉下，劉伯伯不肯教我，叫我到哪裡去拜師呢？」

「我不是不肯，而是不能。妳的老師就近在身邊。」

「誰呀？──」尾珠的眼珠只一轉，若有所悟地說道：「我知道了，您說的是雕塑家楊英風先生麼？以前，他住在我家隔壁，可是，他早就搬到臺北去了。」

「他也幫不了妳。」劉伯伯搖著頭說：「沒有一位藝術家能幫助妳安排妳自己的生活環境，我也只能替妳介紹幾位老師，由妳去試試看。」

「拜託劉伯伯介紹。」

「我先向妳推薦一位初級班的老師，他是妳家那隻小貓。」

「我家的小貓？」尾珠真想笑，可是，面對著劉伯伯嚴肅的神態，她不敢笑。

「是的。」劉伯伯鄭重其事地說：「妳在空閒的時候，多留心觀察觀察牠，過一段日子，我再來問問妳。」

一陣山雨過去，眼前一片清新，劉伯伯揹起畫架，辭別而去。此時，尾珠如同陷在迷霧中，思量著劉伯伯要她以貓為師的一段話，真的嗎？不像真的，可是，劉伯伯一向口出真言。

才過一個月光景，尾珠在上學途中遇到劉伯伯，他很關切地問起小貓給了她什麼功課？

尾珠思索了一下說：「近來學校功課很忙，一回家，就關在書房做功課，所以，只在過道見到，匆匆觀察牠幾回，只發現一點：不論小貓坐著或臥著，不論牠在牆角、門邊、石階、屋頂、樹下、煙囪、爐灶、佛壇、花瓶、酒罈、沙發椅、電視機旁邊……任何一個角落，牠都把自己安排在最適當、最優美的位置上，我家的擺設不下數百件，好像只有牠看來最順眼。」

「好，好極了！」劉伯伯稱讚著：「第一門功課，妳修滿分了。現在，妳必須進一步深造，再去拜蜘蛛、蜜蜂、飛鳥、松鼠……山上所有動物為師，牠們也都是我的老師，所以，妳我算是同學了。現在，妳要上學去，我也要上學去，再見吧！」劉伯伯朝著山上走去。

從此，尾珠充滿著信心，依著劉伯伯的話，常到她家的後山上尋訪各種昆蟲鳥獸，並以為師。這一天，她留意到幾棵山樹上都築著不同形式的鳥巢，每個巢都坐落在樹上最安全、最優美的方位上。趁著老師離巢去，她偷偷地爬上樹去，探頭察看巢窩，窩底上鋪著一層細嫩的枯草，安放著幾顆如珠似玉的小卵，啊！原來老師正準備做母親呢！「恭喜，我的老師！」尾珠一邊默默地祝福，一邊小心翼翼地抽取樣品，仔細比較，巢裡巢外所選用建材有差別，一嫩一粗，一軟一堅，編織得那麼靈巧結實，使她感動得幾乎要哭出來，她匆忙把它恢復原狀，從樹上輕輕地滑了下來。她對自己私闖人家的住宅，雖不免感到幾分歉意，但是，心裡很興奮，於是，朝著劉家奔去。

「劉老師——」她輕輕地叩門。

「這裡沒有劉老師！」門裡傳出了聲音。

「哦，對不起，劉伯伯。」

門開了，劉伯伯出現在門口，她就立在門邊，向劉伯伯報告拜師的經過，以及她攀樹探窩巢的最新一課。

「妳可有什麼心得？」

「牠們家裡沒有一件多餘的東西，各種建材十分切合適用，沒有一絲浪費，安排得非常素雅。」尾珠喘氣著說。

「恭喜妳！畢業了！進來坐吧！」

「今天功課忙，我改天再來。」

「好，我再問妳一句話：妳懂得尊師重道嗎？」

「我懂。」

「從今以後，妳不得再私闖師門，更要小心愛護山上所有小老師。」

「是的，劉伯伯。」尾珠負疚地低下頭。

「好，妳回家做功課吧！」

尾珠轉過身，正起步，又回轉身來說：

「劉伯伯，我想請教您一個問題——一個好有趣的問題。」

「不管有趣、沒趣，妳儘管問好了。」

「劉伯伯，您推薦所有動物給我做老師，包括我家的小黃貓在內，可是，您為什麼不推薦我家那隻最漂亮的牧羊犬？您為什麼單獨冷落牠呢？」

尾珠在心裡準備劉伯伯發出一聲大笑，沒想到，他很冷靜而嚴肅地回答道：

「當時，我沒邀請妳家牧羊犬做妳的老師，心裡著實難過一陣子。理由倒也簡單，牠很不幸，受過太多人類的利誘和教養，因此，牠比誰都矯揉做作，哪配做妳尾珠的老師？」

她走了，心滿意足地走回家去，穿過兩條巷子，就望見夕陽正伸出長臂，在她的家園上抹著一道紅彩。

——刊於一九八〇年十二月八日《聯合報》副刊

【賞析推薦】

且聽狂人說故事——重讀林今開《連臺好戲》

文／歐宗智
私立清傳高商校長
臺灣文學研究專家

像是林今開的自傳

多年後重讀林今開《連臺好戲》，依然為著者說故事的本領折服，而這一齣齣好戲也再次地打動心坎。這樣文體特別、文字明快的好書，的確難得一見。

林今開是個奇人、怪人、狂人、妙人、好人、可愛的人❶。他的一生極具傳奇色彩，曾任記者、教師、藝廊經理，還開過舞廳、搞過工廠、創辦育幼院，任職防癌協會，其經歷可謂多采多姿。更戲劇化的是，他結束第一次婚姻，當子女業已長大成人，他竟「老運好」，跟與自己年齡相差一大截、學醫出身、榮獲中華民國第十屆十大傑出女青年的周碧瑟結婚，這簡直不可思議，難怪他陪少妻到美國留學深造時，會被誤認為「父女行」。

這樣一個「異類」，以新聞記者寫實的筆觸，敘述所見所聞以及親身經歷，全書未以作品的類別或年代編排，但大致按「劇情」發生的年序輯成，其妻周碧瑟說，《連臺好戲》像是林今開的一本相當完整的自傳❷，而他從現實生活中吸取戲劇的質素，巧妙地把故事、情節安排到散文中，看起來又似為十分精采的小說。尤其可貴的是，內容莫不發人深省，令人掩卷之餘，細細咀嚼回味，並且為著者的智慧而嘆服。

故事引人入勝

《連臺好戲》最引人入勝的應是各篇所敘說的故事。由於著者是說故事高手，懂得如何利用剪裁，製造懸疑效果，每每完成的傑作，常令讀者欲罷不能，及至篇末，真相大白，恍然大悟之後，忍不住要擊節叫好。

---

❶ 沙牧語，見林今開《新狂人百相》代跋，臺北：皇冠，一九八五年五月。
❷ 見本書《連臺好戲》，〈妻之序言——把林今開還給讀者〉一文。

像〈殺手與神父〉，太平洋戰爭中，於硫磺島戰役率先攀登上火山岩頂，豎起第一面美國國旗的海軍陸戰隊英雄賈利國，在一條山徑上遭遇一名日本狙擊兵而近距離把他射殺，心中留下極深刻印象，因為死者驚惶的表情、「全家福」照片、幸運袋……，令他迷惘；當他回到美國接受英雄式的歡迎時，卻感覺極度痛苦，一直生活在英雄與殺手的疊影中，直到最後，他終於遁入空門，擔任神父聖職以救贖。著者把這其中的轉折一一交代，當他敘述硫磺島戰役經過，讀者猶如身歷其境，為這可歌可泣的慘烈場面而怵目驚心。

另外，〈李連春的連臺好戲〉是敘述糧食局長李連春的一個個小故事，充滿機智，令人振奮。〈包龍眼的紙〉中，經由不知名英文刊物一篇殘缺不全的文章，著者抽絲剝繭，鍥而不捨地探求真相，讓我們見識到李連春局長以及著者自己的敬業精神。而〈傳家之寶〉裡面，畢業證書和席德進紫色山水畫的真真假假、〈郵差父子〉一文追蹤「情書事件」的峰迴路轉，都讓人為著者的巧思大大激賞。

深思與啟示

著者回憶八年抗戰的艱苦歲月，最是教人動容。〈最早的一課〉，寫的是著者為募捐「救國基金」，雖當時仍是小孩子，卻愛國不落人後，忍受著被鞭打的皮肉之痛，力求生動演出街頭劇《放下你的鞭子》，真是賺人眼淚。〈一縷青煙〉敘述，要過年了，家中竟苦到「無米可炊」的地步，但著者的母親認為，一家人肚子可以空，只是灶穴卻不能空，以免村人因看不到炊煙而為林家擔心，於是母子二人攜手硬撐，努力劈柴來白煮開水，讓林家屋頂的煙囪冒出高高的、大大的煙，讀來鼻酸。〈強盜和乞丐〉中，著者於抗戰流亡期間，為了乞食求生，淪落到連「漿過衣物的米湯也想喝」，怎不可悲！相對於今日生活之富裕，讀後當必心有戚戚焉。

《連臺好戲》有關教育的故事則令人深思，〈一分之差〉裡，著者對學校教育提出尖銳的批判，他不相信任何一科分數的準確性——特別是文科，怎能夠打五十九分呢？而這一分之差，有時竟決定了一個學生的終身命運，評分者豈可不慎！〈兩個太陽〉指出，藝術應該以大自然為師，若循規蹈矩，只會消滅天才！而能大膽畫出兩個太陽的小畫家比起來就太可愛了！〈魚淵行動〉裡面的「頑童」與「天才兒童」更僅是一線之隔，只要導引得宜，啟其才能，那麼原本令人頭痛的頑童即能展現天才，真妙！真絕！這些故事相信會讓為人師表或為人父母者有所啟示吧！

深具諷刺特色

「諷刺」也是《連臺好戲》的一大特色，像著者在〈能傳家缽似君稀〉提到，臺灣人迷信日本製征露丸的神效，可笑的是，日本人卻認為臺灣製的征露丸較為靈驗；流行長時保溫電鍋的日本，老一輩的人擔心年輕一輩的婦女因此更加懶化，他們為堅持「日煮一飯」的家法，乃千方百計託人採購只能保溫二十四小時既便宜又合乎家道的臺灣電鍋；尤其〈月夜換馬奔豐田〉一文，日本豐田汽車公司那些把英語背得滾瓜爛熟，卻不擅英語會話，以致成為一具只能播放不能輸入的雙腳「錄音機」似的女服務員，以及〈機器人遊臺北〉那位因擔心出錯而失去自我的日本百貨公司電梯小姐，都被林今開形容為「機器人」，這對曾經造成全球「日本第一」風潮的東洋人來說，的確夠諷刺的。

當然，林今開對中國人的諷刺更不遑多讓，如〈高處不勝寒〉，名醫學教授患普通常見的盲腸炎，只因病出專家，眾醫師都往尖端去鑽，未見及淺處，以致因延誤而併發腹膜炎，使這位名教授平白吃了許多苦頭。〈三面鏡子〉裡，令老祖母念念不忘的福州橘子，汁多而甜酸合宜，別具風味，不料多年後，福橘卻因生產期長、效能低而被急功近利的公社官僚予以砍除，如今，福州一帶已成生產期較短的桃子的天下，再也買不到一粒橘子了。又如〈假冒〉中，在香港街頭賣李子的少年，是個大陸仔，他為了避免麻煩，不得不撒謊，假冒臺灣人，此不免讓人聯想到今日臺灣的大陸偷渡客，怎不喟嘆！

瑕不掩瑜

〈母難日〉一文，著者因體認到「女人生育本就是半身在床上，半身在棺材邊」而從小發願不做生日；〈黑驢子之夢〉中，林今開做為記者，堅持道德勇氣，揭發一般人自私的鄉愿，終使自己被迫離開報社；〈焚稿嫁女報平安——喜帖〉，著者觀察到熱鬧的喜宴太累人，為不讓朋友受累，乃決定免俗，即使受到朋友責怨，也自認比煩人好，此在在顯現林今開的狂人本色，令人嘖嘖稱奇。

《連臺好戲》雖然好戲連臺，但也不是沒有缺點，全書共收三十篇，其中有三分之二篇章字數都在四千字以上，多則近萬，可是書中亦夾雜了數篇不到二千字，甚至字數更少的極短篇或小小說，如〈戲如人生〉、〈小就美〉、〈花燭下的祈願〉、〈雨中殘荷〉等，使全書體例前後不協調；此外〈說「們們」〉是談中文西化問題的雜文，〈相看兩不厭〉則為中國幫會組織的訪談記錄，與眾多「有故事」的篇章放在一起，因性質不同而顯得突兀。如果將這些篇章抽除，《連臺好戲》內容會更加整齊，而且絲毫無損其分量與可讀性。

無論如何，林今開這個狂人和他所說的精采故事，即使多年以後，仍讓人深深懷念。

國家圖書館出版品預行編目資料

連臺好戲／林今開著
—— 初版 —— 臺中市：好讀，2016.3
面：　公分，——（典藏經典；85）
ISBN 978-986-178-378-9（平裝）
855　　　　105001896

好讀出版

典藏經典85

連臺好戲

作　　者／林今開
總 編 輯／鄧茵茵
文字編輯／簡伊婕
美術編輯／廖勁智
內頁編排／王廷芬
行銷企劃／劉恩綺
打　　字／張筱媛
發 行 所／好讀出版有限公司
臺中市407西屯區何厝里19鄰大有街13號
TEL:04-23157795　FAX:04-23144188
http://howdo.morningstar.com.tw
（如對本書編輯或內容有意見，請來電或上網告訴我們）
法律顧問／陳思成律師

戶名：知己圖書股份有限公司
劃撥專線：15060393
服務專線：04-23595819轉230
傳真專線：04-23597123
E-mail：service@morningstar.com.tw
如需詳細出版書目、訂書，歡迎洽詢
晨星網路書店 http://www.morningstar.com.tw

印　　刷／上好印刷股份有限公司 TEL:04-23150280
初　　版／西元2016年3月1日
定　　價／290元
如有破損或裝訂錯誤，請寄回臺中市407工業區30路1號更換（好讀倉儲部收）

Published by How Do Publishing Co., Ltd.
2016 Printed in Taiwan

ISBN 978-986-178-378-9

讀者回函

只要寄回本回函，就能不定時收到晨星出版集團最新電子報及相關優惠活動訊息，並有機會參加抽獎，獲得贈書。因此有電子信箱的讀者，千萬別吝於寫上你的信箱地址

書名：連臺好戲

姓名：______________ **性別：**□男□女　**生日：**____年____月____日

教育程度：______________________________

職業：□學生 □教師 □一般職員 □企業主管

□家庭主婦 □自由業 □醫護 □軍警 □其他____________

電子郵件信箱（e-mail）：______________________**電話：**________________

聯絡地址：□□□ ____

你怎麼發現這本書的？

□書店 □網路書店（哪一個？）__________________ □朋友推薦 □學校選書

□報章雜誌報導 □其他____

買這本書的原因是：____

□內容題材深得我心 □價格便宜 □封面與內頁設計很優 □其他____________

你對這本書還有其他意見嗎？請通通告訴我們：

____

你買過幾本好讀的書？（不包括現在這一本）

□沒買過 □1～5本 □6～10本 □11～20本 □太多了

你希望能如何得到更多好讀的出版訊息？

□常寄電子報 □網站常常更新 □常在報章雜誌上看到好讀新書消息

□我有更棒的想法____

最後請推薦五個閱讀同好的姓名與E-mail，讓他們也能收到好讀的近期書訊：

1. ____

2. ____

3. ____

4. ____

5. ____

我們確實接收到你對好讀的心意了，再次感謝你抽空填寫這份回函

請有空時上網或來信與我們交換意見，好讀出版有限公司編輯部同仁感謝你！

好讀的部落格：http://howdo.morningstar.com.tw/

好讀的臉書粉絲團：http://www.facebook.com/howdobooks

請填妥後對折黏貼，直接投郵即可，無須貼郵票。

廣告回函
臺灣中區郵政管理局
登記證第3877號
免貼郵票

好讀出版有限公司　編輯部收

407 臺中市西屯區何厝里大有街13 號

電話：04-23157795-6　傳眞：04-23144188

沿虛線對折

購買好讀出版書籍的方法：

一、先請你上晨星網路書店http://www.morningstar.com.tw檢索書目或直接在網上購買

二、以郵政劃撥購書：帳號15060393 戶名：知己圖書股份有限公司並在通信欄中註明你想買的書名與數量

三、大量訂購者可直接以客服專線洽詢，有專人爲您服務：客服專線：04-23595819轉230 傳眞：04-23597123

四、客服信箱：service@morningstar.com.tw